FRANZISKA BLUM

CHIEMSEE-SOMMER

ROMAN

PENGUIN VERLAG

FSC
www.fsc.org
MIX
Papier aus verantwortungsvollen Quellen
FSC® C014496

Klimaneutral*
Druckprodukt
ClimatePartner.com/14044-1912-1001

Penguin Random House Verlagsgruppe FSC® N001967

1. Auflage 2022

in der Penguin Random House Verlagsgruppe GmbH,
Neumarkter Straße 28, 81673 München
Dieses Werk wurde vermittelt durch die
Literarische Agentur Michael Gaeb
Redaktion: Susann Rehlein
Umschlaggestaltung: bürosüd
Umschlagabbildungen: mauritius images/STOCK4B/
Sandra Ramírez de Wulff/www.buerosued.de
Gesamtherstellung: GGP Media GmbH, Pößneck
Printed in Germany
ISBN 978-3-328-10747-7
www.penguin-verlag.de

1. Kapitel

Das Wasser glitzerte wie tausend Diamanten. Nelly saß am See und schaute hinüber in Richtung Herreninsel, hin zu dem imposanten Königsschloss. Das Ufer des Chiemsees bildete hier eine kleine Landzunge mit Bänken, einem Spielplatz und ganz vorne an der Spitze einem Pavillon. Nelly hatte es sich auf dem feinen Kies vorn beim Wasser gemütlich gemacht, während der Himmel sich langsam orange färbte. Es war wunderschön hier.

»Luftkurort« hatte es in einer der Infobroschüren in ihrem kleinen Pensionszimmer geheißen. Nelly nahm einen tiefen Atemzug und versuchte herauszufinden, ob es sich irgendwie anders atmete als in der Hauptstadt. Zu Hause in Berlin war die Luft voller Gerüche: die Currywurstbude gegenüber mit Bratfett und Knoblauch, Mareikes Roller mit seiner schwarzen Abgaswolke und, wenn Herr Hilger von gegenüber mal wieder auf dem Balkon sein Pfeifchen rauchte, der Tabakgeruch, der so intensiv war, dass er bis zu ihr herüberdrang und sich durch das gekippte Fenster hereinschlich. Das schwere Parfüm der Nachbarin von nebenan, das Nelly die Nase rümpfen ließ, weil es so gar nicht ihren Geschmack traf. Und im Winter Rauch, wie er beim Verheizen von Briketts entsteht. Sie hätte ewig weiter aufzählen können.

Hier am Chiemsee fühlte sich die Luft klar an, irgendwie rein. Nelly versuchte, den See zu riechen, ihre Nase erschnupperte den Duft von frischem Gras, feuchten Kieselsteinen, den frischen Geruch nach Algen und Feuchtigkeit. Sie schaute auf. Ein markanter Gebirgszug säumte das südliche Seeufer. Das Kreuz auf dem höchsten Gipfel wirkte selbst von hier aus imposant. Nelly fragte sich, wie der Berg wohl hieß. Nicht dass sie hinaufwollte, nein, das auf keinen Fall. Allein der Gedanke! Wenn sie eins nicht war, dann eine Sportskanone. Außer man zählte tanzen und feiern gehen zu den sportlichen Aktivitäten.

Der schroffe Gipfel sah nur eben besonders aus, so als sollte man seinen Namen kennen.

Nelly wusste kaum etwas über die Gegend. Sie war einfach losgefahren, mit ein paar Klamotten im Rucksack und einer Visitenkarte in der Hosentasche.

Sie dachte an die goldenen Buchstaben, die geschwungene Schrift, die goldenen Ranken, die wie ein Rahmen um den Namen des Geschäfts angeordnet waren. Sie tastete nach ihrer Hosentasche. Es war wie ein Zwang, dass sie sich immer wieder vergewissern musste, dass die Karte noch an Ort und Stelle war.

Ob das Wasser wohl warm genug war, um mit den Füßen darin zu baden? Sie zog ihre Socken und die Glitzerballerinas aus. Mit einer vorsichtigen Bewegung berührte sie mit ihrem großen Zeh die Wasseroberfläche. Eine kleine Welle schwappte über Nellys Fußrücken, und sie hielt eine Sekunde den Atem an, spürte in ihren Fuß. Nein, es war nicht wirklich kalt, fand sie und steckte auch den zweiten Fuß in das Wasser. Die Erfrischung tat ihr gut nach der stundenlangen Zugfahrt.

Sie fragte sich noch immer, ob sie überhaupt zu dem Laden gehen sollte oder ob sie besser einen Rückzieher machte und einfach zwei, drei schöne Tage hier verlebte. Denn egal, wie es weiterging, immerhin war sie der Stadt entkommen, in der alles sie schmerzlich an die Mutter erinnerte.

Ein Hund stand plötzlich neben ihr, ein zotteliger, brauner Wildfang. Sie wandte sich um und sah am anderen Ende der Leine einen Mann. Er nahm dem Tier die Leine ab, und der Vierbeiner wedelte wie verrückt mit dem Schwanz. Nelly beobachtete, wie der Mann einen Stein aufhob und in hohem Bogen ins Wasser warf. Der Hund sprang ohne Rücksicht auf Verluste in die Fluten, bis zu der Stelle, wo der Stein auf die Wasseroberfläche getroffen war. Immer wieder wiederholte sich das Schauspiel. Der Hund schwamm zurück, der Mann warf einen Stein, der Hund stürzte sich hinterher.

Als die beiden weiterspazierten, wandte Nelly ihre Aufmerksamkeit wieder dem See zu, wo sich gerade ein großer, altmodisch anmutender Schaufelraddampfer näherte. *Ludwig Fessler* stand an der Seite über dem Rad. Das Platschen der Schaufelräder übertönte das leise Geplätscher des Wassers. Die Menschen an Deck genossen sichtlich die Abendstimmung. Der Dampfer war jetzt so nah am Ufer, dass Nelly sich überrascht umsah. Erst jetzt wurde sie sich gewahr, dass sich der Anlegeplatz des Schiffes gleich hinter der Landzunge befand. Gespannt schaute sie zu, wie der Dampfer seine Fahrt schließlich verlangsamte und dann routiniert einparkte. Sagte man einparken? Bestimmt nicht, aber woher sollte Nelly als Großstadtpflanze wissen, wie es richtig hieß?

Sie holte erneut tief Luft und dachte an zu Hause. Vielleicht war es nichts als ein gigantischer Fehler gewesen hierherzukommen. Auf der anderen Seite: Was hatte sie denn noch zu verlieren?

Möglicherweise hatte Ingrid schon recht gehabt, sie sozusagen in die Welt hinauszuschubsen, ins große Unbekannte.

»Fahr deinen Vater kennenlernen, vielleicht bekommst du ein paar Antworten, hm? Sperr die Wohnungstür zu, und wenn du wiederkommst, kümmerst du dich um alles. Ich nehme Alfred mit zu mir und erzähl ihm, was passiert ist.«

Alfred war der Kaktus von Nellys Mutter und hatte

einen Namen, weil Topfpflanzen angeblich besser wuchsen, wenn man sie regelmäßig ansprach. Zu finden, dass ein Kaktus aussähe wie ein typischer Alfred, war typisch für ihre Mutter Ruth gewesen. Ihre Fantasie hatte keine Grenzen gekannt. Sie war ein eigensinniger Mensch gewesen. Und dennoch hatte Nelly in ihr die stärkste Verbündete gehabt, egal, wie Nelly ihr Leben lebte: Ruth war stolz auf sie.

Nelly dachte an ihren Job in der Cocktailbar, an ihre seltsame Beziehung mit Marlon, die vielleicht gar keine war, ans Feierngehen, ihren lockeren Lebensstil. Viel zum Stolzsein hatte es da nicht gegeben. Aber dennoch brannte Ruth für ihr Kind, kam in die Cocktailbar und erzählte dem Kerl auf dem Hocker neben sich, dass ihre Tochter den weltbesten *Sex on the Beach* mixte. Oder sie kam sogar mit in den Club, um einen Abend lang mit Nelly zu tanzen, einfach um den Reiz, den das Nachtleben auf ihre Tochter ausübte, zu verstehen. So war es immer gewesen: Nelly entschied sich gegen ein Studium und brach ihre Ausbildung ab, Ruth schenke ihr ein Fahrrad und ein Buch über Weltreisen. Ruth sorgte dafür, dass Nelly immer das Gefühl hatte, Teil eines Zweierteams zu sein. Ruth und Nelly gegen den Rest der Welt. Gerade weil es nur sie beide gab in ihrer Familie, waren sie so sehr miteinander verwachsen.

Gewesen, fügte Nelly in Gedanken noch hinzu. Da war er sofort wieder, der raue Schmerz, wie ein Stein in ihrem Magen. Tiefe Einsamkeit und dann die Angst, die von dieser Einsamkeit heraufbeschworen wurde. Angst wovor eigentlich?

Nelly zog ihre kalt gewordenen Füße aus dem Wasser und umschlang ihre Beine mit den Armen. Das Licht wurde blasser und würde bald fahlem Abendlicht weichen. Sie legte ihren Kopf auf die Knie. Der See wurde immer ruhiger, man konnte schon erahnen, dass das Wasser bald wie ein Spiegel daliegen würde. Kein Wunder, dass hier so viele Erholungssuchende Urlaub machten. Die Stimmung, die der See vermittelte, war friedlich.

Heute war Freitag. Der Tag, an dem sie normalerweise tanzen ging. Aber Mareike war zu Giuseppe nach Italien gezogen, weil der in Bibione die Pizzeria seiner Eltern übernommen hatte, und Marlon war eben Marlon. Keine Ahnung, ob er da wäre, um mit ihr auszugehen. Trinken, feiern, ekstatisch tanzen. Es kam ihr gerade abwegig vor, zu lauter Musik herumzuhüpfen und Tequilashots zu trinken. Schon gar nicht nach ihrer letzten Nacht im Club, als Kevin, der Türsteher, sie von der Tanzfläche geholt hatte, um ihr zu sagen, dass sie zurück ins Krankenhaus musste, weil es ihrer Mutter schlechter ging.

Mitten in der Nacht war sie zurück ins Krankenhaus gefahren, und das nur, damit die Mutter sie gleich noch mal losschickte, um einen Steuerordner zu holen. Nelly löste die Arme von den Knien, reckte sich und holte die Visitenkarte aus der Gesäßtasche ihrer

Jeans. Die Erinnerung daran, wie sie dazu gekommen war, war fast schon zu klar. Sie konnte bis heute nicht fassen, dass sie wegen dieses winzigen Stücks Karton den Tod ihrer Mutter verpasst hatte. Warum hatte Ruth nicht stattdessen mit ihr gesprochen? Sie hätte ihr ja einfach sagen können, dass sich in ihrer Wohnung, im Steuerordner, diese Karte befand. Aber nein! Weggeschickt hatte sie ihre Tochter, um »die Unterlagen zu holen«. Sie hätte etwas mit ihr zu besprechen, hatte sie gesagt. Und Nelly war gegangen, nicht wissend, dass das die letzten Worte waren, die sie mit ihrer Mutter wechselte. Unwirsch wischte Nelly sich eine Träne aus dem Augenwinkel. Dennoch verschwammen die Buchstaben auf der Karte zu einem unleserlichen Durcheinander, als sie sich an den Tag erinnerte, an dem ihre Mutter gestorben war.

Sie hatte sich so beeilt, um schnell zurück ins Krankenhaus zu kommen. Ein Taxi zur Wohnung der Mutter, die ihren Bürokram zum Glück gut geordnet in einem Schrank aufbewahrte, der Griff nach dem Steuerordner, der überraschend schwer war, und schon war Nelly wieder auf dem Rückweg zu Ruth gewesen. Ohnehin hielt sie sich ungern in der Wohnung auf, die wieder ihre gemeinsame geworden war, seit die Mutter so krank war.

Nelly, längst ausgezogen, war zurückgekommen, als die Mutter an Bauchspeicheldrüsenkrebs erkrankte.

Keine Heilung möglich. Die Erkrankung war ein Todesurteil. Nelly hatte ihr gemeinsames Zuhause immer geliebt. Die Räume waren randvoll bepackt gewesen mit Erinnerungen an glückliche Tage. Vielleicht war es deshalb so schlimm, dass die Mutter an diesem Ort so schwer krank gewesen war. Die Krankheit schien all das Lichte, Helle, das Nelly mit diesem Ort verband, zu verdunkeln.

Dann, im Krankenhaus, war Nelly routiniert den Weg zum Zimmer der Mutter geeilt. Der Fahrstuhl, der lange Gang, die kühle Türklinke, die sie möglichst leise hinunterdrückte, um die Mutter nicht zu wecken.

Am Bett von Ruth saß Ingrid, wie so oft, wenn Nelly wegmusste. Ingrid war ein Wunder und Ruths beste Freundin. Sie war deshalb ein Wunder, weil sie einfach da war, wenn andere sich längst verzogen hatten. Sie aber blieb. Die beiden Frauen, Ruth und Ingrid, verband seit der Schulzeit eine Freundschaft, und für Ingrid war es selbstverständlich, in diesen schweren Zeiten da zu sein. Jetzt war sie es noch immer, nur inzwischen für Nelly statt für Ruth.

Das Bild, das sich Nelly bot, nachdem sie die Tür geöffnet hatte, war ihr vertraut und trotzdem nicht weniger verstörend als beim ersten Mal, als sie es erblickt hatte. Da lag die Mutter mit geschlossenen Augen und verschwand fast in dem riesigen Bett. Ihre Mutter, die immer ein Energiebündel gewesen war. Ingrid hatte die Augen ebenfalls zu und hielt die Hand der Mutter. Aber sie schaute nicht wie sonst auf, als Nelly hereinkam. Sie reagierte gar nicht. War sie etwa eingeschlafen?

Nelly war einen weiteren Schritt in den Raum getreten. Es war still, ganz still. Und in diesem Augenblick wurde ihr mit einem Schlag klar, was passiert war. Die Tasche mit dem Ordner fiel polternd zu Boden. Das laute Geräusch hallte von den Wänden wider. Ingrid hob den Blick, ganz langsam, als würde sie aufwachen. In Zeitlupe schüttelte sie den Kopf. Dann löste sie ihre Hand aus Ruths, erhob sich vom Rand des Bettes und breitete die Arme aus. Mit einem lauten Schluchzer ließ Nelly sich in die dargebotene Umarmung fallen. Ihre Mutter war gestorben. Die Einsamkeit, die sie verspürte, war so übermächtig, dass sie Nelly den Atem nahm. Wäre da nicht Ingrid gewesen, die sie auffing, im wahrsten Sinne des Wortes, sie hätte sich vermutlich auf dem Boden zusammengerollt. Sie spürte die Hand von Ingrid an ihrem Hinterkopf, die sie an sich drückte.

»Pscht, pscht«, machte Ingrid, als versuche sie, ein Kind zu trösten, das sich das Knie aufgeschürft hatte. Komischerweise und seltsamerweise tat es gut, von Ingrid so gewiegt zu werden und klein sein zu dürfen. Dennoch traf Nelly der Verlust, so erwartet er kam, noch viel härter, als sie geglaubt hatte.

Ihre Mutter sah so friedlich aus. Da waren keine Schmerzen mehr, und man sah es. Ihr Gesicht, an dem man in letzter Zeit ablesen konnte, wie sie mehr und mehr litt, hatte sich entspannt. Ruth sah fast zufrieden aus. So, als hätte sie etwas geschafft.

Sie hätte alles dafür gegeben, ihre Mutter bei deren letzten Atemzügen zu begleiten. Stattdessen war sie wegen eines verdammten Ordners durch halb Berlin gefahren. Sie löste sich aus der Umarmung und trat gegen die Stofftasche, aus der eine Ecke der stabilen Kartonage schaute. Der Schmerz im Fuß tat Nelly gut.

»Warum wollte sie das, hm? Wofür braucht eine Sterbende noch eine Steuererklärung?« Sie schrie. Es tat ihr gut, ihren Schmerz laut rauszuschreien. Tränen liefen ihr übers Gesicht. Sie wischte sie nicht weg.

Sie wollte auf die Mappe springen, wollte jedes Dokument darin in kleinste Stücke reißen, wollte die Zeit zurückdrehen, wollte diesen Schmerz nicht fühlen, der sie gerade zu übermannen drohte, wollte, wollte, wollte … Aber nichts davon hatte Sinn oder war möglich, und so sah sie hilflos zu, wie Ingrid den Ordner aufhob und sacht auf die Bettdecke legte.

»Warum hast du mich weggeschickt? Ich wollte so gern für dich da sein.« Nelly weinte noch immer, als sie sich auf die Bettkante setzte. Die Hand ihrer Mutter war nicht wirklich kalt. Wie seltsam, dass der Tod, auch wenn man mit ihm rechnen musste, dennoch immer unerwartet und zu früh kam.

Ingrid hatte begonnen, in dem Ordner zu blättern. Mittlerweile war sie ganz hinten angekommen. Sie zog zwei Blätter Papier heraus, und eine kleine Visitenkarte fiel direkt vor Nellys Füße.

»Da haben wir sie ja!« Ingrid wollte sich bücken, aber Nelly war schneller. Durch einen Tränenschleier sah sie bunte Murmeln, die einen noblen Schriftzug in der Mitte umrahmten. *Süße Liebe* stand da. Darunter in kleineren Buchstaben: *Die Bärendreckmanufaktur*.

»Ich war nicht beim Tod meiner Mutter dabei, weil sie eine Visitenkarte haben wollte? Warum?« Nelly starrte auf die Karte. Bärendreck. Was war das noch gleich?

»Diese Lakritzfabrik«, begann Ingrid ihren Satz.

»Lakritze, natürlich!«, fiel Nelly ihr ins Wort. Lakritze war schon seit Jahren Nellys Leidenschaft. Sie ging immer wieder gern zu dem kleinen Laden in Kreuzberg, der sich auf diese besonderen Süßigkeiten spezialisiert hatte.

»Entschuldige, ich hab dich unterbrochen.« Der Gedanke an Süßigkeiten, an das wahre Leben, an etwas ganz Belangloses hatte sie für einen kurzen Moment tatsächlich so weit abgelenkt, dass sie aufgehört hatte zu weinen.

Nelly drehte die Karte um. Eine Adresse, mehr stand da nicht, nicht einmal Öffnungszeiten, gar nichts. Und die Adresse sagte Nelly nichts. Sie hielt Ingrid die Karte hin. »Hier. Leg sie wieder rein.«

Was hatte Ruth sich nur dabei gedacht, sie loszuschicken? Hatte sie nicht gewollt, dass die Tochter bei ihrem Tod dabei war? Nelly spürte, dass neue Tränen sich ihren Weg bahnen wollten.

»Die ist für dich.« Ingrid hatte die Visitenkarte nicht zurückgenommen. Stattdessen schloss sie Nellys Finger fester um das kleine Stück Karton.

»Deine Mutter meinte, du sollst nicht allein sein.«

Nelly verstand gar nichts mehr. *Meinte*. Vergangenheit. Ab sofort würde sie von ihrer Mama in der Vergangenheit sprechen, schoss es ihr durch den Kopf.

»Sie fand, du brauchst eine Familie.« Ingrids Ton war zugleich behutsam und bestimmt.

»Und deshalb soll ich mehr Lakritze essen?«, fragte Nelly.

»Nein.« Ingrid hatte sanft gelächelt, obwohl man auch ihr die Traurigkeit und die Erschöpfung ansah. »Deshalb sollst du endlich deinen Vater kennenlernen.«

Die Erinnerung an den Tod der Mutter war noch viel zu frisch. Nelly starrte auf die Visitenkarte, starrte auf die Adresse und besonders auf den Namen, der in goldenen Buchstaben darauf stand. Anton Rieger, mit einem geschwungenen R. Ihr Vater.

Das zu verdauen, war Nelly bis jetzt nicht gelungen. Die Entscheidung, nach Bayern zu kommen, war mehr wegen Ruth als wegen ihr selbst gefallen. Ruth, die nie gewollt hatte, dass Nelly ihren Vater kannte, die ihn totgeschwiegen hatte, hatte es sich am Ende ihres Lebens, als der Krebs sie schon fast dahingerafft hatte, anders überlegt, und das musste doch einen guten Grund haben.

Deshalb saß Nelly jetzt hier, in Bayern, wo die Leute so fröhlich und rücksichtslos Dialekt sprachen, dass Nelly weder den Schaffner im Zug noch die Pensionswirtin auf Anhieb verstanden hatte.

Sie fröstelte und zog ihre Jeansjacke über, die neben ihr gelegen hatte. Es war eine extravagante Jacke mit der Applikation eines glitzernden Einhorns, das eine Freundin aus Kreuzberg, die ein eigenes kleines Modelabel hatte, eigens für Nelly kreiert hatte. Rosa, Pailletten und Glitzer waren einfach ihr Ding.

Als sie sich aufrichtete und schließlich aufstand, um zurückzugehen, tat ihr vom krummen Sitzen der Rücken weh. Sie hatte auf dem Weg hierher einen Italiener gesehen und wie immer sofort an Mareike gedacht. Außerdem hatte sie tatsächlich ein klein wenig Hunger, also beschloss sie, sich eine Pizza mitzunehmen. Sie mochte es nicht, allein in einem Restaurant zu sitzen, aber auf einer Bank irgendwo, mit einer Pizzaschachtel, das ging super, und man wurde weniger angestarrt, als wenn man allein einen Tisch in einem Restaurant belegte.

Eine halbe Stunde später spazierte Nelly mit einer Pizzaschachtel zurück ans Chiemseeufer. Die kleine

Pizzeria war nur durch ein Hotel und die Straße von der Promenade mit der Dampferanlegestelle und der Haltestelle einer kleinen Bimmelbahn getrennt, die wohl hinauf ins Ortszentrum fuhr. Die Gleise des Bähnchens durchschnitten einfach die Straße, wie Nelly überrascht feststellte. An einer Pension und einem größeren Restaurant mit Seeblick vorbei kam sie wieder zurück zum See und klappte auf einer Bank die Pizzaschachtel auf. Ananas, Oliven, Parmesan und als Krönung Auberginen. Es war eine auf den ersten Blick eigenwillige Kombination, aber Nelly liebte sie. Die Würze der Oliven und des Parmesans, gepaart mit den Auberginen, die in Olivenöl vorgebraten wurden und eine feine Knoblauchnote verströmten, passten wunderbar zu der Ananas und dem milchigen Mozzarella. Sie biss schon in das dritte Stück und stellte überrascht fest, dass sie zumindest für den Moment ihren Appetit wiedergewonnen zu haben schien. Vielleicht war das tatsächlich die Luftveränderung.

Ein kleiner Junge jagte am Seeufer kreischend einer Ente hinterher, die flatternd hinaus aufs Wasser floh und von dort einen empörten Blick zurück in Richtung ihres Verfolgers warf. Nelly schaute sich nach seinen Eltern um. Sie fand es nicht richtig, dass er das Tier aufgeschreckt hatte.

»Darf ich?« Eine große Gestalt, die wie sie selbst eine Pizzaschachtel dabeihatte, stand im letzten

Abendlicht vor Nelly. Es war mittlerweile so dämmrig, dass sie die Gesichtszüge des Mannes mit der weichen Stimme gar nicht sehen konnte.

»Natürlich.« Es war schließlich eine öffentliche Bank, da konnte sie dem Fremden wohl kaum verbieten, sich zu setzen, auch wenn sie lieber allein geblieben wäre. Nelly biss undamenhaft ein riesiges Stück Pizza ab.

»Danke. Ist viel schöner hier draußen als im *Roma*, oder?« Seine Schachtel war tatsächlich von der gleichen Pizzeria wie ihre eigene.

Nelly hatte den Mund voll und zuckte nur mit den Schultern. Sie war kein bisschen begeistert über die Gesellschaft dieses Mannes und die Aussicht, womöglich Small Talk machen zu müssen.

»Ich bin so gern hier draußen am Wasser, das ist der beste Platz überhaupt. Besser ist es nur noch *auf* dem Wasser.« Der Mann klappte seine Schachtel auf. Nelly sah ein Ei, Artischocken und Kapern. Interessante Kombination, befand sie und nahm sich vor, beim nächsten Mal seine Mischung zu bestellen. Vielleicht noch mit frischen Zwiebeln oder Anchovis.

Der Mann nahm einen ersten Bissen. »Anchovis wären auch super auf der Pizza.« Als ob er Nellys Gedanken erraten hätte! Erstaunt wandte sie sich ihm zu, um ihm einen zweiten Blick zu schenken. Sein Profil war durchaus markant. Eine gerade Nase, blonde, fast schulterlange Haare, um die Augen herum kleine Lachfältchen. Er sah zerzaust aus und als würde er sich viel im Freien aufhalten. Sie musste zugeben, dass sie den Kerl gar nicht so unsympathisch fand. Er biss wieder in das Pizzastück in seiner Hand.

»Ich liebe Pizza einfach, vor allem im Sommer. Und du?«

Nelly zuckte mit den Schultern. »Ja, passt schon.« Sie hätte von Mareike erzählen können, von ihrem Freund Giuseppe, von nächtelangen Pizzagelagen und ihrer Mutter, die die Weingläser immer wieder neu befüllte und so gar nicht auffiel unter den Freunden, sondern eine von ihnen zu sein schien. Sie hätte von der süßen Nutellapizza, Giuseppes Spezialität, erzählen können und von dem kleinen tragbaren Pizzaofen, den er angeschleppt und auf ihrem Balkon aufgebaut hatte. Aber stattdessen nahm sie mit spitzen Fingern eine Olive von ihrer Pizza und steckte sie sich in den Mund. Vermutlich war keine Pizza der Welt so gut wie die von Giuseppe, kein Wein so lecker wie der aus den Gläsern, die ihre Mutter befüllt hatte. Wie viel sie gelacht hatten! Über Albernheiten, belanglose Dinge, dumme, wirklich dumme Witze.

»Wie würdest du ein Pferd nennen?«

»Draulik. Dann könnte ich immer rufen: Hü, Draulik!«

Oder:

Wie macht die Schnecke, wenn sie auf der Schildkröte reitet? Huiii!

Solche Witze. Sie alle hatten sie geradezu grandios komisch gefunden. Sogar Giuseppe, der noch nicht so gut Deutsch sprach, fand den Pferdewitz so witzig, dass sein Pizzabauch nur so wackelte.

Jetzt gerade konnte Nelly bei der Erinnerung an Ruths lautes und ein bisschen dreckiges Lachen nicht einmal lächeln, so sehr schmerzte sie der Verlust ihrer Mutter. Das hier war ein Fehler gewesen. Vermutlich hätte Nelly gar nicht herkommen sollen. Andererseits: Wohin sollte sie vor ihrer Trauer fliehen? Es gab vermutlich keinen Ort der Welt, der Nelly nicht an Ruth erinnern würde.

»Du bist nicht gesprächig, oder? Soll ich dich in Ruhe lassen?«

Nelly wusste es selbst nicht genau. »Hm.« Statt zu antworten, stopfte sie sich ein riesiges Stück Pizza in den Mund und kaute energisch, auch wenn ihr der Appetit vergangen war. Zu fest hatte die Trauer sie in ihren Klauen. Sie schaute über das jetzt ruhig daliegende, fast schwarze Wasser des Sees hinüber zu den Bergen. An sich war der Mann ja nicht unsympathisch, er redete mit ihr – das war schließlich kein Fehler. Er konnte ja nicht ahnen, dass sie momentan keine gute Gesellschaft war. Nellys Blick wanderte hinüber zu der Bergkette am Südufer, die sich rötlich im schwindenden Licht zeigte.

»Wie heißt der?« Sie deutete auf das eindrucksvolle Felsmassiv, das ihr schon vorhin aufgefallen war.

Der fremde Mann schaute sie verwundert an. Seine linke Wange war ganz ausgebeult von der Pizza. Er kaute und schluckte, bevor er antworten konnte.

»Du meinst jetzt aber nicht die Kampenwand, oder?«, fragte er ungläubig.

»Ich mein den mit dem großen Kreuz.«

»Die Kampenwand«, bestätigte der Typ und schüttelte ungläubig den Kopf. »Also, dass ich mal erlebe, dass jemand die Kampenwand nicht kennt.«

Nelly spürte, wie sie ärgerlich wurde. Sie konnte schließlich nicht alles wissen, und dieser Kerl hier brauchte nun wirklich nicht den Oberlehrer raushängen zu lassen.

»Das ist unser Hausberg«, sagte er. »Und da siehst du noch die Sonnwendwand. Das davor, der kleinere Gipfel, ist die Gedererwand, da war ich als Sechsjähriger zum ersten Mal oben. Das ist ein wildromantischer Berg, ich kenn da einen versteckten Weg hinauf, der ...« Er unterbrach sich selbst und setzte wieder neu an. »Auf die Kampenwand fährt auch eine Bahn übrigens. Also, dass du die nicht kanntest ...« Als ob er ihr ohnehin nicht zutrauen würde, einen Berg zu besteigen.

»Meine Güte. Entschuldige, dass ich mich hier nicht auskenne.« Nelly hörte selbst, wie bockig sie klang. Aber sie hasste Überheblichkeit. Was wollte dieser Mann überhaupt von ihr? Warum saß er neben ihr?

Der Mann sagte nichts mehr, schaute sie nur überrascht an.

Nelly klappte entschlossen ihre Pizzaschachtel zu. Sie hatte eh keine Lust mehr auf Essen und schon gar keine Lust darauf, hier mit diesem Unbekannten zu sitzen. Sie holte tief Luft und stand auf.

»Wie auch immer. Nicht jeder interessiert sich für Berge, oder?« Sie versuchte es gar nicht mit einem freundlichen Lächeln. Warum auch?

»Nein. Ich …« Der Mann sah verwundert zu ihr hoch. Er wollte noch etwas sagen, aber Nelly war nicht bereit, ihm weiter zuzuhören.

»Schönen Abend noch«, unterbrach sie ihn deshalb einfach. Dann machte sie auf dem nicht vorhandenen Absatz ihrer Glitzerballerinas kehrt und ging die Seepromenade entlang davon. Was für ein Unsympath!

Mit Schwung warf sie den Rest der Pizza in einen Mülleimer. Dieser Mann würde sich in Berlin sicher genauso wenig auskennen wie sie sich hier. Trotzig schob sie ihre Unterlippe nach vorne. Sie hatte ja schon geahnt, dass sie sich hier auf dem Land kein bisschen wohlfühlen würde. Mareike hatte sie ausgelacht, als sie gehört hatte, wo Nelly hinfuhr. Und Marlon – na, der hatte nur mit den Schultern gezuckt, ganz wie erwartet. Schnell schob Nelly den Gedanken an Marlon beiseite.

Sie würde zurück zu der kleinen Frühstückspension laufen, sich einen Film anschauen, um nicht nachdenken zu müssen, denn wenn sie nachdachte, kreisten ihre Gedanken unaufhörlich und schmerzlich um ihre Mutter. Dann würde sie früh schlafen gehen. Schließlich hatte sie morgen eine ganze Menge vor.

Sie schaute hinüber zur Kampenwand, ließ ihren Blick über das Massiv schweifen, das sich im abendlichen Zwielicht dunkel gegen den Himmel abzeichnete. An sich konnte sie sich sehr wohl vorstellen, den eindrucksvollen Gipfel zu erklimmen – und zwar ohne Bahn. Sie warf einen Blick zurück zu der Bank, auf der noch immer der fremde Mann saß, und schnaubte verächtlich. An der Stelle des Seeufers, an der sie gerade vorbeikam, plätscherten die Wellen gegen Tretboote, die als bunte Farbkleckse auf dem Wasser lagen. Eine Schwanenfamilie schwamm ein kleines Stück weiter draußen vorbei. Die Anmut der Tiere hatte Nelly von jeher fasziniert. Auch dass die Jungtiere zunächst grau waren und dann erst später majestätisch-weiß erstrahlten. Ein Mann in Lederhose durchquerte ihr Sichtfeld und verdeckte für einen Moment die weißen Grazien und ihren Nachwuchs.

Lederhose! Trug man so was hier tatsächlich im Alltag? Nelly musste fast grinsen, so exotisch wirkte der Anblick auf sie, wie aus einem Film. Warum nur hatte ihre Mutter unbedingt gewollt, dass sie hierherkam, wo sie schon auf den allerersten Blick nicht hinpasste, und wenn alles noch so hübsch anzuschauen war?

Nelly nahm sich vor, ihren Vater aufzusuchen und dann so schnell wie möglich nach Hause zu fahren. Doch als sie auf dem Rückweg darüber nachdachte, war sie sich nicht mehr sicher, ob sie Berlin ohne ihre Mutter noch immer als Zuhause empfinden würde.

2. Kapitel

Die Pensionswirtin war viel zu jung. Nelly hatte sich so ein dickes Original im Schürzenkleid vorgestellt, aber ihre Klischeevorstellung hatte sich nicht bewahrheitet, als sie gestern in der Pension angekommen war. Dunkle, kurze Haare, drei kleine Kinder und einen Mann, den Nelly jedoch noch nicht zu Gesicht bekommen hatte. Allerdings hingen Familienfotos im Flur, die einen stattlichen Kerl in Lederhose zeigten, der links und rechts jeweils eines der Kinder auf der Hüfte trug und sehr fröhlich wirkte.

Als Nelly zum Frühstück aus ihrem Zimmer kam, war sie überrascht, im Wohnzimmer einen kleinen Tisch gedeckt vorzufinden. Irgendwie hatte sie sich eine Art Frühstücksraum erwartet, aber offenbar gab es dergleichen hier nicht.

Jetzt saß Nelly mitten in der Wohnung der Familie mit einem Pott Kaffee, Brezeln und hausgemachter Marmelade, wie Vroni nicht ohne Stolz gesagt hatte. Zwetschge mit Zimt sei ihre Spezialität und auch auf dem Weihnachtsmarkt der örtlichen Waldorfschule der Hit. Nelly hatte gar nicht damit gerechnet, dass man im konservativen Bayern so alternative Schulwege tolerierte, aber anscheinend unterschätzte sie das Traditionsörtchen.

»Haben Sie alles, was Sie brauchen? Noch ein paar Eier vielleicht?« Vroni stellte einen Teller mit Wurst und Käse vor Nelly ab.

»Danke, ich glaub, wenn ich das gegessen habe, platze ich.« Nelly lächelte. Hinter Vroni tauchte ein kleines Mädchen auf, das Nelly mit einer Zahnlücke angrinste.

»Oh, du hast ja schon einen Milchzahn verloren, oder?«

Die Kleine freute sich über die Aufmerksamkeit und trat noch einen Schritt näher. »Ja-ha«, sagte sie und bleckte die Zähne, damit Nelly die Lücke noch besser sehen konnte.

»Na ja, Lotti. Eigentlich war es ein Rollerunfall, oder?« Vroni strich der Kleinen mit der Hand über den Kopf. »Sie wollte den Gehsteig hoch, hat abrupt gebremst, und zack, lag sie auch schon. Hat fürchterlich geblutet. Und du musstest so weinen, gell, Lotti?« Vronis Hand schnellte erschrocken vor ihren Mund. »Mei, Entschuldigung!«

Erst jetzt rutschten ihr kleine Prisen Dialekt in ihre Worte, gestern hatte Vroni noch akkurat hochdeutsch gesprochen, nachdem sie bemerkt hatte, dass Nelly sie so gar nicht verstand. »Beim Frühstück ist das kein gutes Thema, mit dem Unfall.«

Nelly lachte. »Ich bin nicht empfindlich, keine Sorge.« Sie wandte sich an Lotti. »Aber jetzt tut es nicht mehr weh, oder?«

»Naa, gar net.« Lotti sprach breites Bayerisch. Aus dem Mund eines kleinen Mädchens klang die Sprachfärbung irgendwie ulkig. Das Kind stand jetzt ganz nah am Tisch und schielte ungeniert auf das Nutellaglas.

»Magst du dich zu mir setzen?«, fragte Nelly. »Ich schaff das ganze Essen eh nicht allein. Vielleicht magst du ja ein halbes Brötchen oder so? Also – wenn es deine Mama erlaubt.«

»Ich hätte lieber eine Semmel«, meinte die Kleine und zeigte auf das Brötchen.

Nelly musste lachen. »Ja, das kriegen wir hin.«

»Sind Sie sicher, dass Sie nicht in Ruhe frühstücken wollen?«

Nelly nickte. »Ich sitze in Ihrem Wohnzimmer. Sicherer kann ich mir gar nicht sein. Außerdem scheint mir Lotti eine sehr gute Gesellschafterin zu sein. Oder, Lotti? Erzählst du mir was? Mir ist nämlich ein bisschen langweilig.«

Lotti nickte eifrig. Sie hatte sich schon das Brötchen geschnappt und es vor sich auf dem Tisch deponiert. Vroni lachte und gab dem Kind einen Kuss auf die Wange.

»Na, wenn das so ist, dann lass ich euch zwei allein. Aber brav sein, Lotti, gell?«, mahnte die Mutter.

Wieder nickte Lotti, und ihre Mutter ging in Richtung Tür.

»Ihr rührt euch, wenn ihr was braucht, ja?«, verlangte sie noch, dann waren Lotti und Nelly allein.

»Machst du mir Nutella drauf?« Das Mädchen hielt Nelly ihr Brötchen hin. »Aber viel.«

Nelly musste grinsen. »Na klar.«

»Und was machst du hier? Hast du Urlaub?« Lotti schaute Nelly aus großen Augen an. Aus ihrem dicken Zopf hatten sich ein paar Haarsträhnen gelöst und fielen ihr ins Gesicht.

»Nein.« Während sie dick Schokocreme auf die Brötchenhälfte für Lotti schmierte, fragte sie sich, was sie der Kleinen antworten sollte. Wie viel Wahrheit war gut für Kinder in diesem Alter?

»Weißt du, mein Papa wohnt hier, und ich will den besuchen«, sagte sie schließlich und reichte Lotti das Brötchen. Begeistert nahm sie sofort einen großen Bissen.

»Ich hab auch einen Papa«, nuschelte sie mit vollem Mund.

»Sehr schön. Dann haben wir ja was gemeinsam.« Nelly legte eine Scheibe Käse auf ihr Brot und nippte an ihrer Kaffeetasse.

Lotti hatte schon wieder in ihre »Semmel« gebissen, energisch gekaut und runtergeschluckt. Nelly hätte nicht gedacht, dass so große Bissen in ein so kleines Kind passten.

»Mein Papa kann alles, und deiner?« Lotti sprach im Brustton der Überzeugung. Die Schokocreme hatte sich auf ihrer Oberlippe und weit über die Mundwinkel hinaus verteilt.

Nelly dachte nach. Wer war Anton Rieger? Was erwartete sie eigentlich von der Begegnung mit ihm? Er war ein Fremder. Jemand, der eine Lakritzmanufaktur besaß. Sie schaute auf das zufriedene kleine Mädchen, dessen Vater ihr Held war. Nellys Vater – nun, ein Held war er mit Sicherheit nicht. Schließlich hatte er sich nie blicken lassen. Das sagte ja schon viel aus. Was, wenn er rein gar nichts konnte, außer vor Verantwortung zu flüchten? Vielleicht war es besser, sich die Enttäuschung zu ersparen, die ein Kennenlernen zwangsläufig mit sich bringen würde?

Aber sie hatte Ingrid versprochen, ihren Vater kennenzulernen, da kam ein Rückzieher nicht infrage.

»Deine Mutter hat es sich gewünscht, Nelly«, hatte Ingrid sie beschworen, als sie sich voneinander verabschiedeten. Wie hätte Nelly Ruth ihren letzten Wunsch abschlagen können? Außerdem wollte sie Ingrid nicht enttäuschen, war sie doch der einzige Mensch, den Nelly noch hatte. Es gab keine Geschwister, keine Verwandten, bis auf diesen neu aufgetauchten Vater.

Auf Nellys Frage, warum Ruth sich nach all der Zeit eine Begegnung zwischen Vater und Tochter gewünscht hatte, hatte Ingrid allerdings auch keine Antwort gewusst. Ruth war wohl auch ihr gegenüber schweigsam gewesen, wenn es um Nellys Vater ging.

Das Brot schmeckte herrlich. Es war am Rand knusprig und innen weich, eindeutig frisch gebacken, mit Koriander und Fenchelsamen.

»Ich weiß nicht so genau, was mein Papa kann«, gab Nelly zu. »Ich kenn ihn nämlich noch gar nicht, weißt du. Ich gehe ihn nachher besuchen und werde mal rausfinden, wer er ist.«

»Ehrlich?« Lotti war für einen kurzen Moment so überrascht, dass sie ihr Nutellabrötchen vergaß und Nelly aus großen Augen ansah. »Da freust du dich heute aber, ihn zu besuchen, oder?« Für Lotti war das so klar, dass sie gar nicht auf eine Antwort von Nelly wartete, sondern das letzte Stück Brötchen in den Mund schob.

»Papas sind toll. Ich weiß das, ich hab nämlich schon immer einen.« Die Kleine klang sehr stolz, während Nelly sich fragte, wie sich das wohl anfühlte, einen Vater zu haben.

Sie hatte sich manchmal eine männliche Bezugsperson gewünscht, das ja. Ruth hatte alles getan, damit Nelly nichts vermisste, trotzdem hatte es Momente gegeben, in denen Nelly sich den anderen Kindern gegenüber benachteiligt gefühlt hatte.

Bevor sie ins Grübeln kommen konnte, war Lotti aufgestanden. »Kommst du mit raus aufs Trampolin? Ich kann voll hoch hüpfen! Ich zeig es dir!« Wie Kinder nun mal waren, hatte Lotti schon vergessen, worum es gerade noch gegangen war, während das Gespräch mit der Vierjährigen in Nelly noch weiterrumorte.

»Weißt du was, Lotti? Das machen wir vielleicht wann anders. Ich muss erst mal aufessen. Und dann wollte ich doch zu meinem Papa.«

Lotti nickte, überraschend verständnisvoll für ein Kind ihres Alters. »Dann nehm ich Dietlinde mit raus«, beschloss sie.

»Ist das deine Freundin?«

Lotti nickte. »Ja. Und meine Katze. Beides.«

Nelly lächelte. Sie hatte die korpulente Mieze schon gesehen. Schwarz-weiß mit einer rosa Nase, hatte sie bei Nellys Ankunft hinter dem Fenster gesessen und auf die Straße hinausgestarrt. Ein wenig hatte Dietlinde Nelly an einen dieser alten Männer erinnert, die, ein Kissen unter den Ellbogen, am Fenster das Tagesgeschehen ihrer Wohnsiedlung verfolgten.

Natürlich hatte die Katze Nelly mit Argusaugen beobachtet, als sie auf das Haus der Familie zugekommen war. Der Name Dietlinde, fand Nelly, passte zu der Katze wie Alfred zum Kaktus ihrer Mutter. Sie musste schmunzeln.

Lotti sprang aus dem Wohnzimmer. »Dieti, wo bist du? Dietlindchen?«, zirpte die Kleine. Nelly bezweifelte, dass die Katze ein Kind, das in einem Affenzahn auf sie zurannte, besonders anziehend fand. Aber ein paar Augenblicke später kam Lotti tatsächlich mit der dicken Katze über ihrer Schulter zurück. Ihr ganzer kleiner Körper bog sich zur Seite, um das Gewicht des Tieres auszugleichen. Sie ging zur Terrassentür und schlüpfte gemeinsam mit Dietlinde hinaus.

Dietlinde machte keine Anstalten zu fliehen, stellte Nelly überrascht fest, sondern ließ sich willig zum Trampolin schleppen.

Dann war das Quietschen der Federn zu hören, und Nelly hoffte, dass Lotti die Katze nicht auf das mit Stoff umspannte Sprungfeld mitgenommen hatte. Nelly stand auf. Ein Blick nach draußen verriet ihr, dass die Katze vor der Leiter saß, die hinauf auf die Sprungfläche führte, und Lotti beobachtete, wie diese immer wieder in die Luft flog.

Nelly setzte sich zurück an den Tisch und dachte erneut über ihren Vater nach beziehungsweise eigentlich über die Tatsache, dass sie keinen gehabt hatte. Sie konnte sich gar nicht vorstellen, wie man sich nicht für sein eigen Fleisch und Blut interessieren konnte. Nelly dachte daran, wie sehr sie die Liebe ihrer Mutter an jedem einzelnen Tag ihres Lebens gespürt hatte, wie viel Geborgenheit ihr das gegeben hatte. Unvorstellbar, dass Ruth sich auch nur an einem einzigen Tag ihres Lebens nicht für Nelly interessiert hätte! Nelly trank ihren jetzt kalten Kaffee mit einem letzten Schluck leer.

Entschlossen stand sie auf. Es war an der Zeit herauszufinden, warum ihr Vater sie nicht gewollt hatte.

Wenigstens ihr das ins Gesicht zu sagen war er ihr schuldig! Sie würde jetzt aufhören zu grübeln und einfach zu der Adresse gehen, die auf der kleinen Karte stand. Schließlich, und der Gedanke war so bitter wie vorhin der letzte Schluck Kaffee, hatte Nelly wirklich nichts zu verlieren.

Nelly ging durch das ruhige Wohngebiet, in dem die Pension lag, zum Fluss, der wie der Ort selbst den Namen Prien trug. Sogar die Straßennamen vermittelten bayerisches Flair, fand Nelly, als sie in die Neugartenstraße einbog. Es musste ein Vermögen kosten, sich hier ein Haus zu kaufen. Auf Höhe des Friedhofs ging sie über eine kleine Holzbrücke. Ihr Ziel war der Marktplatz in der Stadtmitte. Sie hatte sich den Weg von ihrer Wirtin beschreiben lassen. Der Ortskern wirkte noch idyllischer. Eine Ansammlung prächtiger alter Häuser war teils mit Lüftlmalerei verziert. Diese Art der Fassadenmalkunst gab es in Berlin nicht, und Nelly bestaunte den aufwendigen Hausschmuck. Sicher stand hier so manches Gebäude unter Denkmalschutz. Nelly fühlte sich in eine ganz andere Zeit versetzt. Ein Haus fiel besonders auf, weil es aufwendiger bemalt war als die anderen Häuser, die nur dezent über den Fenstern geschmückt waren. »Josef Stettner« stand über der Tür. Ein prächtiger Blumengarten umrahmte das Haus, an dessen Fassade ein besonders eindrucksvolles Gemälde prangte.

So große Sonnenblumen wie in Josef Stettners Garten hatte Nelly noch nie gesehen. Sie hatte plötzlich das Gefühl, sehr weit weg von zu Hause zu sein. Ruths Wohnung war in einem Altbau, in einem der verwinkelten Hinterhöfe, in die nie die Sonne schien. Trotzdem war sie gerne dort aufgewachsen. Nelly genoss die Großstadt, die vielen Menschen, das Bunte und auch das Raue. Hier kam ihr alles fast schon kitschig idyllisch vor. Eilig ging Nelly weiter, musste erneut über den kleinen Fluss. Dann sah sie schon die Fußgängerzone. Oder wie hatte die Wirtin es genannt? Den Marktplatz, natürlich. Die gelbe Kirche, gleich an der Ecke eine Bäckerei und natürlich das Heimatmuseum. Offenbar galten hier Wurzeln mehr als Flügel.

Nelly wurde langsamer, ihre Schritte stockten. Drei Häuser nach der Bäckerei, oder vier vielleicht, hatte die Pensionswirtin gesagt, befand sich das Süßigkeitengeschäft, »der Guatlladen«.

»Wenn Sie beim Zahnarzt vorn sind, dann sind Sie zu weit gegangen«, hatte sie lachend gesagt, es entbehrte ja auch wirklich nicht eines gewissen Humors, dass der Zahnarzt in direkter Nachbarschaft zum örtlichen Süßigkeitenhersteller angesiedelt war.

Nelly hörte ihr Blut in den Ohren rauschen. Das Wissen, dass sie gleich ihren Vater sehen würde, sorgte dafür, dass ihr der Schweiß ausbrach. Sie fühlte das

Ungewisse förmlich nach ihr greifen, während sie zögernd einen Fuß vor den anderen setzte.

Aus der Bäckerei duftete es nach frischem Brot. Es war ein weiterer herrlicher Sonnentag, und die Tische, die auf dem Platz vor der Bäckerei standen, waren besetzt. *Müller* stand über dem Eingang. Nelly sah die köstlich aussehenden Frühstücksteller. Sie entschied sich, nachher noch zwei Brezeln für später zu kaufen. Angeblich waren die Brezeln in Bayern ja köstlich wie sonst nirgends. Jetzt allerdings hatte sie gerade das Gefühl, einen großen Stein im Magen zu haben.

Das alte Kopfsteinpflaster, die gelb gestrichene Kirche, das Café, die Marktstände, die auf dem Platz aufgebaut waren: All das vereinte sich zu einer ganz besonderen, heimeligen Stimmung, die Nelly zwar wahrnahm, aber gerade kein bisschen genießen konnte.

Ihr Atem hatte sich beschleunigt, obwohl sie immer langsamer ging. Auf dem Markt gab es an den unterschiedlichen Ständen Obst, Gemüse, Käse, Fisch und Gewürze zu kaufen. Sogar einen Brotstand sah Nelly, obwohl am Eingang zu dem Platz schon dieser Bäcker Müller war. Hier, verriet ein Schild, gab es Brot aus dem Steinofen.

Nelly quetschte sich durch die Schlange vor dem Gemüseverkäufer. Dann war sie da, stand unvermittelt vor dem Laden. Sie sah das schwarze Schild mit der goldenen Schrift: *Süße Liebe – Die Bärendreckmanufaktur* stand da in geschwungenen Buchstaben. Wie auf der Visitenkarte. Sie trat ein paar Schritte näher. Im Schaufenster waren riesige Zuckerlutscher dekoriert, dazwischen standen große Bonbonnieren aus Glas, die, mit bunten Süßigkeiten gefüllt, dafür sorgten, dass jedem, der vorbeiging, sofort das Wasser im Munde zusammenlief, egal, ob derjenige nun Lakritze mochte oder nicht. Neben Nelly stand ein etwa zehnjähriger Junge, der genauso hypnotisiert durch die Scheibe starrte wie Nelly selbst, wobei sie beide natürlich ganz unterschiedliche Motive hatten.

Im Inneren des Ladens sah man eine blonde Frau mit einer rot-weiß gestreiften Schürze, die gerade eine kleine Tüte über die Verkaufstheke an einen jungen Mann reichte. Sie lachte über irgendetwas und zeigte hinter sich. Dann wandte sie sich einer alten Dame zu.

Die Tür des Geschäfts ging auf, und der junge Mann kam heraus, mit einem Lächeln im Gesicht. Mit der aufschwingenden Tür strömte ein unfassbarer Duft auf den Platz. Nelly hätte darin baden mögen. Es roch wie Gummibären, Früchte und Süßholz. War da auch noch eine feine Schokonote? Auf jeden Fall roch sie Zitrone und Nelken. Nelly schloss für ein paar Sekunden die Augen und atmete ein weiteres Mal ein, um festzustellen, ob Schokoaromen in der herrlichen Duftnote enthalten waren. Aber der wunderbare Geruch begann schon, sich zu verflüchtigen. Sie würde einfach warten, bis die alte Dame herauskam.

Ihre Aufregung hatte sich ein wenig gelegt, als sie

damit begonnen hatte, sich auf ihren Geruchssinn zu fokussieren.

Sie fühlte sich an ihre Arbeit an der Bar erinnert. Nelly hatte schon einige Cocktails erfunden, die richtige Renner geworden waren.

Als die alte Dame aus dem Geschäft kam, schnupperte Nelly erneut.

»Schokolade, wusste ich es doch«, murmelte sie.

»Wollen Sie rein?« Die alte Frau hielt ihr die Tür auf. Nellys Herzschlag beschleunigte sich wieder. Sie schnappte nach Luft.

»Also, ich, äh …«, stammelte sie.

»Ja, was denn nun?« Die Frau bedachte sie mit einem strengen Blick, der Nelly ganz automatisch dazu veranlasste, nach der Türklinke zu greifen.

»Äh … danke.«

Jetzt gab es kein Zurück mehr. Der Blick der blonden Frau hinter der Ladentheke ruhte schon auf ihr. Nelly schaute sie an. Blonde Locken, die in herrlichen Wellen über ihre Schultern fielen, und eine etwas zu schlanke Figur – besonders wenn man bedachte, dass sie in diesem Paradies arbeitete. Der Duft im Inneren des Geschäfts war so intensiv, dass Nelly die einzelnen Komponenten nicht mehr verorten konnte. Es war ein herrlicher, einzigartiger Geruch, in den sie sich sofort verliebte. Hätte es diesen Duft als Süßigkeit zu kaufen gegeben, sie war sicher, der Laden wäre immerzu ausverkauft gewesen.

Die blonde Frau schaute Nelly erwartungsvoll an. »Was kann ich für Sie tun?«

In genau diesem Moment öffnete sich die Ladentür. Nelly schaute sich ganz automatisch um. Ein Mann um die sechzig kam herein. Besonders auffällig an ihm war sein Schnauzer mit den nach oben gezwirbelten Enden. Er trug einen Filzhut und ein Hemd mit Hornknöpfen, das seinen kleinen Bauch kaum kaschierte. Dazu hatte er eine abgetragene Jeans an. Mit einer fließenden Bewegung nahm er seinen Hut ab und hängte ihn an einen Haken innen an der Tür, der genau für die Kopfbedeckung gemacht zu sein schien, sodass der Hut sich mühelos in die Dekoration des Geschäfts einfügte. Seine Augen blitzten hellwach und neugierig, und sein tiefer Bariton füllte den ganzen Laden aus. Über was für eine Präsenz er verfügte!

»Servus, Spatzl! Stell dir vor, die war nicht am Bahnhof. Jetzt müssen wir noch mal von vorne suchen. Ausgerechnet jetzt, wo die Saison schon losgegangen ist. Da findet man doch nix G'scheites mehr! So was Blödes!« Das musste Anton Rieger sein! Nelly schluckte schwer. Sie hatte Angst, ihre Emotionen könnten ihr ins Gesicht geschrieben stehen. Aber zum Glück hatte der Mann seine Aufmerksamkeit voll und ganz auf die Frau hinter dem Tresen gerichtet.

»Grüß Gott!«, schmetterte er jetzt in Nellys Richtung, die dastand wie vom Donner gerührt. Zum Glück fiel niemandem auf, dass sie sich kein bisschen für die Süßigkeiten, sondern viel mehr für das Personal interessierte.

»Grüß dich, Papa!« Die blonde Frau strahlte ihren Vater an, der zu ihr trat und sie auf die Wange küsste. Er sah ganz anders aus als die Blondine, seine Haare waren dunkel, fast schwarz und nur vereinzelt von grauen Fäden durchzogen.

»Wie ärgerlich! Also ehrlich, das ist unfassbar, diese jungen Leute haben überhaupt keinen Anstand mehr«, echauffierte sich Rieger weiter. »Wenigstens absagen hätte sie können.«

Er rückte ein paar Bonbongläser in der Vitrine zurecht, eine automatisierte Handbewegung, tausende Male durchgeführt.

»Da kann ich später gleich noch mal eine Anzeige schalten. Aber bringen wird das kaum was. Da wird deine Schwester heimkommen müssen, das wird ihr gar nicht gefallen.« Er runzelte die Stirn, dann begutachtete er das Gesamtarrangement der Bonbonnieren, schob ein Glas ein paar Zentimeter weiter nach rechts und betrachtete aufs Neue sein Werk, diesmal mit einem zufriedenen Nicken.

»Das ist echt blöd«, bestätigte die blonde Frau die Worte ihres Vaters.

Er nickte. »Mit was fang ich heute an?«, fragte er dann.

»Wir brauchen gelbe, rote und grüne Zuckergusslakritze, dann diese runden mit der Brausefüllung und die salzigen Heringe, warum auch immer die Leute die so gern mögen.« Die Blondine zuckte mit den Schultern. »Ach, die Schoko-Chilis sind auch fast aus.«

Der Mann hatte die Hände in die Hüften gestützt. »Also bitte, die Salzheringe sind die zweitbeste Sorte, die wir haben.«

»Aber wirklich nicht.« Die junge Frau schüttelte lachend den Kopf. »Du hast schon so viele Leute von Lakritze überzeugt, die dachten, sie würden das Zeug nicht mögen – aber nicht mit den Heringen!«

Auch ihr Vater lachte. Nelly konnte sich nicht abwenden. Wie verzaubert starrte sie auf ihren Vater und die Frau, die er »Spatzl« genannt hatte.

Rieger hob die Hand. »Warte, wir testen das.« Er schraubte ein Glas auf, holte mit einer Zange ein Stück Lakritze hervor, das wie ein Fisch geformt war, und reichte es der völlig verdatterten Nelly.

»Hier, probieren Sie mal.«

Nelly tat wie geheißen. Süß, salzig, mit feinem Sandelholzaroma explodierte der kleine Fisch schier in ihrem Mund.

»Also?« Die Blicke von Vater und Tochter lagen abwartend auf ihr.

»Köstlich.« Es stimmte. Eine so perfekte Lakritzkombination hatte Nelly noch nie probiert.

»Siehst du, Christina! Ich hab es doch gesagt!« Der Senior hatte einen triumphierenden Blick aufgesetzt. Spatzl hieß also Christina. Nelly mochte, wie Vater und Tochter miteinander umgingen. Man spürte Respekt und Zuneigung, sah Rieger an, dass er Christina von Herzen liebte, die mit Sicherheit seine Tochter – ihre Schwester, schoss es Nelly durch den Kopf – war. Ein leicht beißendes Gefühl gesellte sich zu ihrer Neugier. Ja, sie war ein wenig eifersüchtig.

Anton Rieger hatte sich schon wieder der jungen Frau zugewandt. Er zeigte auf Nelly, die noch immer das Geschmackserlebnis genoss. »Ha! Da siehst du es! Dann mach ich erst mal die bunten Lakritzen, die mögen die Kinder immer so gern«, sagte er zu seiner Tochter und nickte Nelly kurz zu, bevor er in Richtung einer Tür ging, die offenbar in die Manufaktur führte.

Anton Rieger war mitten in seiner Bewegung noch einmal stehen geblieben, weil ihm etwas eingefallen war.

»Wie geht es dem Michi?« Die Stimmung zwischen Vater und Tochter war plötzlich ernst geworden. Tiefe Falten hatten sich auf der Stirn des Mannes gebildet.

»Es geht schon, er …« Der Blick der jungen Frau fiel auf Nelly. Sie wollte augenscheinlich vor der Kundin nicht über ihr Privatleben reden, und ihr Vater verstand.

»Oh, Entschuldigung, was können wir denn für Sie tun?«, fragte er Nelly.

»Ich, äh, also, ich wollte …« Ja, was? Sagen, dass sie seine Tochter war, einfach so, aus heiterem Himmel und ohne Vorwarnung? Was, wenn er sie dann rauswarf? Dann hätte sie nicht einmal die Möglichkeit, ihn näher kennenzulernen, und dann … Sie spürte, dass sich rote Flecken an ihrem Hals bildeten, wie so oft, wenn sie sich aufregte.

»Bist du etwa die Aushilfe?«, fragte Christina, während Nelly noch fieberhaft nachdachte.

»Ich …« Die Aushilfe? Nelly wollte schon den Kopf schütteln, aber Anton hatte längst das Wort ergriffen.

»Das wurde ja Zeit, Mensch! Warum sind Sie denn nicht am Bahnhof gewesen? Das hatten wir doch ausgemacht. Hätten Sie ja auch gleich sagen können, dass Sie das sind!« Die laute Art des Mannes wirkte einschüchternd auf Nelly.

»Ich …« Es war, als hätte sie ein Brett vor dem Kopf. Sie fand keine Worte. Sie konnte nur den Mann anstarren, der ihr jetzt eine große Hand zur Begrüßung hinhielt.

3. Kapitel

»Wir sind froh, dass sie jetzt da sind, Cornelia.«

»Ich heiße Nelly«, korrigierte Nelly automatisch.

»Auch gut. Nelly dann. Ich bin der Anton.« Der Mann tippte sich an die Stirn, ein wenig so, als wolle er einen imaginären Hut ziehen. Sichtlich froh darüber, dass die vermeintliche Aushilfe da war, sprach er einfach weiter, ohne Nellys Zögern zu bemerken.

»Sie haben geschrieben, Sie kennen sich aus im Verkauf. Meine Christina zeigt Ihnen alles, ja? Sie haben ja gehört, dass ich noch ein paar Lakritzen machen muss.« Er lächelte Nelly an. Dann winkte er und verschwand durch eine Tür nach hinten.

»Ähm …«

»Du fängst gleich an, oder? Bist ja eh schon zu spät.« Der freundliche Gesichtsausdruck von Christina war verschwunden. Sie war sichtlich verärgert. Aus der Nähe sah Nelly, dass sie nicht ganz so jung war, wie Nelly zuerst gedacht hatte. Sie waren gleich alt – oder zumindest nicht weit voneinander entfernt, zwei Jahre vielleicht. Christina war geschminkt, aber ganz konnte das ihre Augenringe nicht verstecken.

Nelly stand unschlüssig herum, hatte keine Ahnung, was jetzt von ihr verlangt wurde. Im hinteren Raum pfiff jemand laut eine Melodie vor sich hin. Das musste Anton sein, der sich an die Arbeit gemacht hatte.

»Na, dann komm zu mir rüber. Gleich geht das Hauptgeschäft los, dann hab ich nicht mehr viel Zeit für Erklärungen.« Diese Christina war ganz schön herrschsüchtig.

Sie hielt Nelly eine Schürze hin, ebenfalls rot-weiß gestreift. Nelly schaute sich nun genauer um. Der ganze Laden wirkte exakt, wie sie sich eine Lakritzmanufaktur vorstellte. An den Wänden standen Regale, in denen die Bonbongläser aufgereiht waren, deren farbenfroher Inhalt den ganzen Laden bunt machte. Es gab wirklich Süßigkeiten in allen Farben. Was welches Glas beinhaltete, stand auf kleinen Etiketten. Oh Gott, sie würde niemals eine bestimmte Sorte finden, so viele, wie es hier gab! Ja, Nelly war gar nicht klar gewesen, dass es so viele Sorten Lakritze überhaupt gab! Sie studierte die Namen. Darunter waren etliche Sorten, von denen Nelly noch nie gehört hatte. Sie musste mal nachfragen, ob die alle hier im Haus gefertigt wurden. Wenn sie Glück hatte und einen Tag bleiben konnte, ehe sich das Missverständnis aufklärte, konnte sie vielleicht lernen, wie man Lakritze herstellte. Das erste Mal seit Tagen wollte sie wirklich etwas schmecken – nämlich die Jasminlakritze, die tatsächlich lila war und sich in der Bonbonniere auf dem altmodischen Verkaufstisch befand, auf dem auch die Kasse ihren Platz hatte, genauso wie kleine Tüten und Schäufelchen sowie eine Waage.

Über dem Verkaufstisch waren zudem drei offene Behälter mit diversen Lutschern angebracht. Mit Sicherheit waren die ein Magnet für Kinder. Es gab also auch noch vereinzelt Süßigkeiten, die nichts mit Lakritze zu tun hatten. Das fand Nelly schlau. Schließlich lockte man damit auch Kunden in den Laden, die mit Lakritze weniger anfangen konnten.

Nelly straffte die Schultern. Sie hatte ihre Entscheidung getroffen. Später würde noch genügend Zeit sein, um sie infrage zu stellen.

Während alle Wände rot bemalt waren, waren die Regale, von Grün bis Pink, in ganz unterschiedlichen Farben lackiert.

»Sodala.« Mehr brauchte Christina nicht zu sagen, um Nelly dazu zu kriegen, sich die Schürze über den Kopf zu ziehen und sie hinter ihrem Rücken zuzubinden. Christina beobachtete jede von Nellys Bewegungen mit Argusaugen, ganz kritische Chefin. Und Nelly wurde sich ihres Aussehens umso bewusster. Ihre schweren Boots, eigentlich viel zu warm für das Wetter, aber ein schöner Kontrast zu dem leichten Sommerkleid, dazu die Städterfrisur. Das war ihr nämlich schon gestern am Seeufer aufgefallen: Sie hatte den einzigen Undercut weit und breit. Ihre dunklen Locken fielen ihr bis auf die Schultern, und auf der einen Seite trug sie über dem Ohr ihre Haare ausrasiert. Es fiel kaum auf, wenn Nelly wie jetzt ihre langen Haare darübergekämmt trug. Aber wenn sie sie zur Seite frisierte, war sie eindeutig zu auffällig, um in einem Süßigkeitenladen zu arbeiten.

»Was sind denn meine Aufgaben?« Von Christinas strengem Blick wollte Nelly sich nicht entmutigen lassen. War vielleicht auch klar, dass Christina vermutete, dass Nelly nicht viel taugte, schließlich hatte diese Cornelia sie ja versetzt. Nur war das eben nicht Nelly gewesen. Nelly ihrerseits konnte nur hoffen, dass Cornelia verschwunden blieb, sonst würde ihre Tarnung nämlich sofort auffliegen, und einen Tag würde sie hier schon gerne mithelfen.

»Also. Ich erklär dir jetzt erst mal kurz, wie der Laden hier läuft, und dann sehen wir weiter.«

Bevor Christina weiterreden konnte, ging die Tür auf, und ein junger Mann in Zimmermannskleidung betrat den Laden.

»Griaß di, Christl.« Nelly musste sich anstrengen, ihn zu verstehen.

»Servus, Lenz.« Die gestrenge Christina klang plötzlich neckend und sprach Dialekt.

»Hast du diese Ingwerguttis da?« Er sagte noch etwas, aber Nelly konnte beim besten Willen nicht verstehen, was.

Christina dagegen lachte und griff routiniert in das Regal hinter sich. Sie nahm ein Schäufelchen und eine

Zellophantüte, die sie auf eine Waage stellte. Vorsichtig gab sie schwarze Lakritze aus einem Glas neben der Kasse in die Tüte. Dann ging sie hinüber zu einem der Regale und kam mit einem weiteren Glas zurück. Sie nahm eine Zange und holte ein knallrotes Lakritzbonbon heraus, das sie Lenz reichte.

»Lass es dir schmecken!«

Der Mann, der Lenz hieß, nahm die Süßigkeit entgegen, warf das rote Bonbon in die Luft und fing es geschickt mit dem Mund auf.

Er schloss die Augen und lutschte. Plötzlich riss er die Augen auf. »Boah, du spinnst ja!«

Christina hatte ihre Hand vor den Mund gelegt und versuchte, ihr Lachen zu verbergen. »Das sind Arrabbiata-Lakritzen. Die sind neu.«

Nelly grinste. Sie fand Christina irgendwie spannend in ihrer Widersprüchlichkeit.

»Noch eins?«, flötete sie jetzt scheinheilig. Lenz schüttelte den Kopf.

»Du kriegst mich aber echt immer wieder.« Schweißperlen hatten sich auf seiner Stirn gebildet. »Was bin ich dir für die Ingwerguttis schuldig?«

»Drei Euro zwanzig. Es sind ein bisserl mehr als hundert Gramm.«

Lenz nickte und legte drei Euro fünfzig auf den Tresen, die er aus der Hosentasche seiner Jeans gefischt hatte. »Danke dir für das Probiererl. Passt so.«

Das Tütchen raschelte, als Lenz danach griff. »Bis

zum nächsten Mal!«

»Servus!« Christina winkte dem Mann grazil nach, noch immer ein dickes Grinsen im Gesicht. Dann wandte sie sich wieder Nelly zu, und das Grinsen erlosch.

»Wo waren wir?«

4. Kapitel

»Wir sind ein kleines Familienunternehmen. Mein Vater hat die Firma vor genau achtundzwanzig Jahren gegründet, gemeinsam mit meiner Mama. Sie waren erst Geschäftspartner, aber dann sind sie sich nähergekommen und … na, der Rest ist Geschichte.« Christina griff nach einem Lappen und wischte damit über die ohnehin schon saubere Theke. »Heute arbeiten noch meine Schwester Kathi und ich mit. Also – eigentlich mehr ich. Kathi macht seit dem Frühling Pause. Drum wollte der Vater auch eine Aushilfe einstellen über den Sommer.«

Nelly schaute prüfend in Christinas Gesicht, aber deren Miene verriet keine Regung.

Achtundzwanzig Jahre war die Firmengründung her. Sie selbst war jetzt fünfundzwanzig. Darüber würde sie noch nachdenken müssen.

»Für eine Verkaufskraft allein ist am Vormittag oft zu viel Kundschaft hier, und ich arbeite eh nur bis Mittag, deshalb war klar, dass wir noch jemanden brauchen, der uns unterstützt, besonders jetzt im Sommer«, sprach Christina weiter. »Meine Mutter arbeitet nicht mehr so viel mit, sie hat mit dem Haushalt und der Buchhaltung genug zu tun. Nur an manchen Tagen, wenn besonders viel los ist, ist sie hinten bei meinem Vater in der Lakritzküche. Deshalb haben wir dich eingestellt. Du arbeitest hier ab der Stoßzeit, von elf bis fünf, samstags bis zwölf. Das sind dreiunddreißig Stunden pro Woche, wie es in deinem Vertrag steht. Du bist im Verkauf, räumst ein, schaust mit, welche Sorten uns ausgehen, und machst auch mal sauber. Dazu gehören auch die Schaufenster.« Christina deutete mit dem Kinn in Richtung der großen, blitzsauberen Fenster.

»Natürlich musst du dazu unsere Sorten kennenlernen, damit fängst du an. Probier gern alle durch. Wir sortieren die Ware alphabetisch. Magst du Lakritze?«

Nelly nickte. Die Jasminlakritze würde gleich ihr erstes Versuchsobjekt werden.

»Wenn du hier bist, werde ich öfter hinten bei meinem Papa sein und ihm helfen. Eigentlich ist die Manufaktur zu viel für eine Person, drum muss ich öfter mit ran.« Das klang weniger nach Spaß als nach einer Art Strafe, wie Christina es aussprach. »Mein Papa«, hatte sie außerdem gesagt. Mit größter Selbstverständlichkeit – natürlich, denn für sie war ja klar, dass Anton ihr Papa war. Nur für Nelly war der pfeifende Mann nebenan ein komplett Fremder. Sie konnte nicht anders, als Christina darum zu beneiden, dass sie eine vollständige Familie gehabt hatte, während sie von ihrem Vater in ihrem ganzen Leben nichts bekommen hatte.

»Alles klar.« Ihre Stimme klang heiser.

Sie wollte sich schon wegdrehen und die Etiketten auf den Bonbonnieren in Augenschein nehmen, als Christina erneut das Wort ergriff.

»Ach ja … und dein Segelkurs beginnt schon heute Abend.«

»Wie bitte?«

»Na, den wir dir buchen sollten. Wir hatten Glück, dass du gleich einen Platz bekommen hast. Quirin liebt Pfefferlakritz, das war ein Pluspunkt.«

Nelly verstand kein Wort. Christina bemerkte ihren Blick.

»Wir haben ihn mit einem Pfund Lakritze bestochen.« Sie grinste. »Das hat prima funktioniert. Drum nimmt er sich gleich heute Abend Zeit für eine erste Einweisung. Du sollst gegen siebzehn Uhr da sein. Ich geb dir nachher die Wegbeschreibung und die Pfefferlakritze. Die Stunde kriegen wir schon wieder rein, mein Vater meinte, du kannst an den Tagen, an denen Kurs ist, eher gehen. Er übernimmt dann.«

Segeln, na toll. Kein Wunder, dass diese Cornelia nicht aufgetaucht war. Wobei: Die hatte Nelly die Segelei ja eingebrockt. Sie mochte es wohl, auf dem Wasser unterwegs zu sein. Das konnte Nelly nicht von sich behaupten. Mit Schrecken erinnerte sie sich daran, wie sie mit Mareike, Giuseppe und Marlon in Kroatien gewesen war. Eine Segelreise, alle hatten die Idee gaaanz toll gefunden, selbst Nelly. Doch dann hatte der Skipper sie mit einem irren Lachen durch einen ausgewachsenen Sturm gesteuert. Nelly hatte zwei Tage über der Reling gehangen und einfach nur versucht zu überleben. Marlon, der versprochen hatte, Medikamente gegen Seekrankheit mitzunehmen, war völlig ungerührt, als Nelly ihn nach Tabletten fragte.

»Hab ich weggelassen. Wir sind doch keine Weicheier«, meinte er nur und trank von seinem Bier, dessen Anblick schon reichte, um Nellys Übelkeit erneut aufwallen zu lassen. Er hatte leicht reden, schließlich konnte er problemlos weiterfeiern, genauso wie Mareike und Giuseppe, wobei Mareike zugegebenermaßen viel Zeit damit verbrachte, Nelly sanft über den Rücken zu streichen.

Nelly war so wütend auf Marlon gewesen, dass dieser Tag fast der Schlusspunkt ihrer Beziehung geworden wäre, aber eben nur fast. Irgendetwas hatte Nelly davon abgehalten, sich von ihm zu trennen. Sie konnte nicht recht sagen, was es war. Möglicherweise die Tatsache, dass sie nicht allein sein wollte. Aber diesen Gedanken schob Nelly weit von sich, sobald er auch nur am Rande ihres Bewusstseins auftauchte.

Als das Segelschiff endlich anlegte und Nelly mit wackeligen Knien und dunkelblau schimmernden Augenringen von Bord ging, war es Samstagabend gewesen, und die Apotheken hatten geschlossen. Während sie durch die engen Gassen ging, hatte sie das Gefühl gehabt, der Boden unter ihren Füßen schwankte einfach weiter, und ihr rebellierender Magen, so fühlte es sich an, würde nie wieder zur Ruhe kommen, selbst auf dem Festland nicht.

Am Ende des zweiten Tages hatte der Sturm sich gelegt, und Nellys Situation hatte sich langsam gebessert. Allerdings waren die drei Kilo weniger, die sie am Ende der Woche auf die Waage brachte, Grund genug, für alle Zeiten dem Segeln abzuschwören. Sie hatte sich so elend gefühlt, dass die ganze Woche über nicht an feste Nahrung zu denken gewesen war. Und es gab wirklich Besseres als die Seekrankheits-Diät, die schlicht beinhaltete, auch nicht das kleinste Fitzelchen bei sich behalten zu können.

»Segeln?« Sie konnte es noch immer nicht fassen.

»Das war dir doch so wichtig?« War das ein misstrauisches Stirnrunzeln bei Christina?

»Äh, ja. Natürlich«, sagte sie eilig. »Ich dachte nur nicht, dass es so schnell klappt.« Sie spürte, dass ihre Wangen sich gerötet hatten. »Ich freu mich.« Eine glatte Lüge, aber was blieb ihr übrig?

Sie drehte sich weg, damit Christina nicht weiter in ihrer Mimik forschen konnte.

»Ich fang dann gleich hier an zu probieren.« Nelly schraubte das Glas Jasminlakritze auf und schnupperte. Trotz des durchdringenden Dufts im Geschäft war die Geschmacksnote sofort eindeutig zu identifizieren. Überrascht schaute sie auf. Ihr Vater musste ein wahrer Meister seines Faches sein. Und plötzlich überkam sie die Neugier: Wie gern hätte sie gewusst, wie man diese kleinen Kunstwerke herstellte! Sie hatte noch nie zuvor von einer so ungewöhnlichen Sorte gehört. Die Jasminlakritze schmeckte tatsächlich ganz hauchzart nach Jasmin. Sie hatte früher, erinnerte sie sich, mit ihrer Mutter oft Jasmintee getrunken. Ihre Mutter hatte behauptet, dass der Tee besonders gesund sei, ja, sogar den Cholesterinspiegel senken konnte.

Nelly ging zu einem Regal und holte, ohne auf das Etikett zu schauen, ein weiteres Glas heraus. Sie wollte blind kosten.

»Wow.« Mehr konnte sie nicht sagen, als die Geschmäcker in ihrem Mund explodierten. *Vanillelakritze*, las sie. Köstlich!

»Ja, mein Vater ist ein Künstler«, formulierte Christina den Gedanken, den Nelly gerade noch selbst gesponnen hatte.

Nelly erinnerte sich daran, in Berlin mal in einem Lakritzladen gewesen zu sein. Dort hatte es auch Lakritzseife und sogar eine Grillsauce mit Lakritze gegeben, ganz zu schweigen von Lakritzschokolade. Aber die Sorten, die Nelly dort probiert hatte, waren irgendwie grober komponiert und kamen nicht an die heran, die hier zum Verkauf angeboten wurden. Fasziniert schraubte Nelly ein weiteres Glas auf. Sofort strömte der Duft frischer Zitronen in ihre Nase. *Zitrus-*

lakritze, stand auf dem Glas. Ungläubig schüttelte Nelly den Kopf und schraubte den Deckel wieder auf das Glas, bevor sie es zurück ins Regal stellte.

Christina hatte damit begonnen, eine kleine Tüte mit unterschiedlichen Sorten zu befüllen. Gerade als sie damit fertig war, kam eine Frau mittleren Alters herein, und Christina stellte die Tüte, die sie eben vorbereitet hatte, auf den Tresen.

»Hallo, Marianne, ich hab schon auf dich gewartet. Hier ist deine Mischung.«

Lachend nahm die Stammkundin sie entgegen und hielt Christina im Gegenzug einen Fünfeuroschein hin. Schon im Gehen blickte sie noch mal über die Schulter zurück. »Bis nächste Woche dann!«

Nelly hatte die Szene interessiert beobachtet. In der Stadt wäre es weder möglich gewesen, mit Pfefferlakritz einen Segellehrer zum Arbeiten zu bewegen, noch kannte man die Kunden so gut, dass man ihre genaue Ankunftszeit wusste. Vielleicht gab es Aspekte des Landlebens, die gar nicht mal so schlecht waren.

Nelly versuchte, nicht an den anstehenden Segelkurs zu denken, während sie Apfel-Limette vom Regal nahm. Die Lakritze war mit knallgrünem Zuckerguss überzogen. Es würde eine echte Herausforderung sein, alle Sorten kennenzulernen. Aber so anders als in der Cocktailbar war es nun auch wieder nicht, da musste sie schließlich auch die Zutaten kennen. Nelly schraubte das Glas auf, und der Apfelduft war so intensiv, dass ihr das Wasser im Munde zusammenlief. Vielleicht, dachte sie, wäre es gar nicht so schlecht, hier ein oder zwei Wochen zu bleiben. So gelangte sie vielleicht mal in die Küche. Solange sie keinen Arbeitsvertrag unterschreiben musste, würde der kleine Schwindel nicht auffliegen. Es hatte keine Gelegenheit gegeben, die Situation richtigzustellen, dafür war Nelly viel zu überrumpelt gewesen. Jetzt sah sie genau das als Chance, ihren Vater besser kennenzulernen. Schließlich hatte sie nichts zu verlieren.

Wie verrückt kaute Nelly auf ihrem Kaugummi gegen Reisekrankheit herum. Ihr ganzer Mund fühlte sich schon taub an. Es war der dritte Kaugummi, seit sie im Ort losgelaufen war. Sie würde sicher eine Dreiviertelstunde bis hinunter zur Segelschule brauchen. Sie hatte noch schnell bei der Apotheke einen Zwischenstopp eingelegt und war dann einfach losgelaufen, obwohl sie ihre Sommersandalen trug. Schwarze Riemchen mit einer kleinen Schnalle und einem mittelhohen Absatz. Aber Nelly war das Stehen aus der Bar gewohnt, es machte ihr nichts aus, jetzt noch ein Stück zu gehen.

Mittlerweile war sie schon fast am See, ging an der Pizzeria vorbei, wo sie am Vorabend die Pizza geholt hatte, und bog rechts ab.

»Am *Schraml* und am Krankenhaus musst du vorbei, dann bist du fast da. Das siehst du gleich, es gibt ein Schild«, hatte Christina gesagt, und tatsächlich, da war dieses *Schraml*. Es stellte sich heraus, dass es sich dabei um ein großes Freibad am See handelte. Das Zischen, das man hörte, wenn man aus diesen Stand-up-Paddelbrettern die Luft raußließ, war bis zur Straße zu hören, denn es war die Zeit, wo viele Familien schon nach Hause gingen. Nelly dagegen verfluchte die Tatsache, dass sie nicht noch ihren Bikini mitgenommen hatte. Bei dem herrlichen Wetter wäre eine Abkühlung genau das Richtige gewesen. Aber der heutige Tag war ein wenig vollgestopft gewesen, und sie hatte eigentlich damit gerechnet, nach der Arbeit noch kurz nach Hause in die Pension zu kommen.

Zwei Rennradfahrer rauschten an Nelly vorbei, ein Paar, das hintereinanderher fuhr. Sein Helm leuchtete neonfarben im Abendlicht. Er grinste seine Freundin an, sagte irgendetwas in viel zu starkem Dialekt, als dass Nelly ihn verstanden hätte, dann waren sie auch schon vorbeigefahren. Wie einträchtig sie gewirkt hatten! Er cool mit seiner Sonnenbrille mit der apfelgrünen Umrandung und dem dazu passenden grünen Helm, während die Frau ganz in Rot gekleidet war.

Nelly dachte an Marlon, daran, dass sie ihn noch nicht angerufen hatte, seit sie gestern angekommen war, und er sich ebenfalls nicht meldete. Als hätten sie das in stillem Einvernehmen vereinbart. Aus den Augen, aus dem Sinn, dachte Nelly bei sich. Je weiter sie von ihm weg war, umso klarer sah sie ihn allerdings – und das, was sie da sah, gefiel ihr nicht besonders gut.

Rechterhand stand ein großes Hotel, das obendrauf einen Zwiebelturm hatte. Sicher konnte man als betuchter Gast dort hochsteigen. *Jachthotel* hieß der Luxusschuppen. Nelly fragte sich, ob hier vor allem Jachtbesitzer wohnten oder ob der Name einfach nur auf den Luxus verweisen wollte, der sich dem edlen Gast in dem vornehmen Hotel bot.

Wo war denn endlich das Krankenhaus? Nelly merkte, dass jetzt doch langsam die Erschöpfung des Tages einsetzte. Noch dazu, wo sie hinsichtlich der Segelei nach wie vor kein Stück Motivation verspürte, sondern eher eine Art Resignation, gepaart mit der Furcht davor, die Fische mit der Brezel zu füttern, die sie in ihrer Pause beim Bäcker geholt hatte.

Sie versuchte, einen Blick aufs Wasser zu erhaschen. Hatte dieser See Wellengang? Sie passierte das Krankenhaus, ein großes Gebäude, das offensichtlich gerade renoviert wurde und teilweise sogar neu gebaut war. Nun sah man auch wieder ein wenig vom Wasser. Der Chiemsee wirkte relativ ruhig. Immerhin das. Energisch auf ihrem Kaugummi kauend legte Nelly die letzten Meter zurück.

Endlich tauchte ein Schild auf, das die Segelschule auswies.

Nelly ging direkt ans Wasser hinunter, zum Bootshaus, dem eindrucksvollen Gebäude mit den grünen Fensterläden, dem perfekt geschnittenen Rasen und ein paar Bänken, auf denen Leute saßen und sich unterhielten. Weiter vorne stand ein kleines Bootshaus aus Holz, das durch einen Kanal mit dem See verbunden war, an dessen Ufer Boote vertäut lagen. Ein Blick über den See verriet ihr, dass heute geeignetes Wetter fürs Segeln war. Unzählige Boote tummelten sich auf dem Wasser, die Segel weiße Tupfen auf der dunkelblauen Wasseroberfläche. Dass es so viele Boote waren, überraschte Nelly. Von hier aus wirkte das Bild, das sich ihr bot, ein wenig wie Berlin zur Rushhour. Wie sollte man denn da eine Linie auf dem Wasser finden?

Zugegeben, schön sah es aus, aber mitten in dieser Flut aus Segelschiffen zu sein kam Nelly nicht erstrebenswert vor.

»He! Bist du Cornelia?« Ein Mann mit einer Basecap kam aus dem Bootshaus und direkt auf Nelly zu, die stehen geblieben war und sich unschlüssig umschaute.

Das auch noch! Sie erkannte ihn sofort. Der Typ mit der Pizza. Oh nein!

»Ja, nein … Ich heiße Nelly.« Als ob sie es nötig hätte, so zu stammeln! Sie ärgerte sich über sich selbst.

»Ich bin der Quirin.« In diesem Moment erkannte er sie ebenfalls. »Ach, du bist das.« Er wirkte viel weniger überrascht als Nelly und streckte ihr die Hand zur Begrüßung entgegen.

»Hier in der Gegend läuft man sich ja ständig über den Weg.« Er lächelte Nelly freundlich an. Offensichtlich war er kein bisschen nachtragend.

Quirin. Ob das hier ein typischer Name war? Sie stellte ihn sich geschrieben vor. Gar nicht so schlecht, fand sie, nein, wirklich nicht.

Seine Hand war trocken und angenehm kühl. Nelly bekam schon zum zweiten Mal an diesem Tag hektische rote Flecken, sie spürte es genau. Ganz so nett war sie ja am Vorabend – müde von der Reise und zugegeben überempfindlich – nicht gewesen, wenn sie die Situation noch mal Revue passieren ließ.

»Kampenwand, ich hab es mir gemerkt«, sagte sie statt einer Begrüßung als Friedensangebot. Quirin lachte. Sein Lachen ließ Nelly aufhorchen. Die unbeschwerte Fröhlichkeit, die er ausstrahlte, das Funkeln seiner Augen, das man trotz der Basecap ganz deutlich sehen konnte, und die Art, wie er den Kopf leicht nach hinten warf, ließen ihn herrlich sympathisch und unkompliziert wirken.

»Ganz genau. Möglicherweise hätte ich drauf kommen können, dass du nicht von hier bist. Tut mir leid, Conny«, meinte er und ließ ihre Hand los.

»Nelly … äh … lieber Nelly als Conny. Und ist schon okay, möglicherweise war ich auch ein wenig harsch«, sagte sie und schaute ihn sich noch einmal genau an. Dunkle Augen, so blau wie der See am Abend, honigfarbene lockige Haare. Seine Haut war so sonnengebräunt, wie seine Haare vom vielen Licht gebleicht waren. Quirins Arme waren sehnig. Auf den ersten Blick war klar, dass er sich viel bewegte.

Wie war es möglich, dass sie am Vorabend so blind für Quirins Natürlichkeit und sein offenes Auftreten gewesen war? Er trug ein bunt gestreiftes T-Shirt, das so gar nicht dem Bild eines Segellehrers entsprach, das Nelly im Kopf gehabt hatte. Sie hatte sich einen elitär auftretenden Typ in Segeltuchschuhen und Kurzarmhemd vorgestellt, der vielleicht noch mit spießigem Goldschmuck aufwartete.

Bunt dagegen war jenseits jeder Mode. Marlon hätte niemals so ein Shirt getragen, schoss es Nelly durch den Kopf. Sie dachte an seine Hemden, die perfekte Bügelfalte seiner Bankerhose, die Poloshirts. Quirin hatte einen ganz eigenen Modegeschmack, und der gefiel Nelly.

»Also gut, nicht Conny, sondern Nelly«, wiederholte Quirin und schaute ihr direkt in die Augen, was sie so hibbelig machte, dass sie schließlich wegschaute.

Einen Augenblick standen sie einander unschlüssig gegenüber.

»Gut, dann … Wollen wir?«, schlug Quirin vor. »Das Wetter ist heute perfekt.«

Nelly holte tief Luft. »Äh … ja.«

»Schön, dann zieh dich um, und wir fangen an.«

»Umziehen?« Nelly schaute an sich herunter. Sie hatte einen knielangen Rock und ein T-Shirt an, dazu die schwarzen Sandalen.

»Oh.« Quirin kratzte sich am Hinterkopf. »Ich dachte, du hast Wechselsachen in der Tasche? Ich kann dich mit den Schuhen nicht auf das Schiff lassen, weißt du.«

»Nein, in der Tasche ist Pfefferlakritze«, erinnerte sich Nelly und griff in den Stoffbeutel. »Für dich.« Sie gab ihm die große Papiertüte, in die Christina die Lakritze verpackt hatte.

Er machte die Tüte sofort auf und schnupperte mit einem genießerischen Gesichtsausdruck daran. »Einfach grandios. Magst du die auch so gern?«

»Ich kenn die noch gar nicht, heute ist ja mein erster Tag im Laden gewesen, und ich hab nicht geschafft, alle Sorten durchzuprobieren, dafür sind es einfach viel zu viele«, sagte Nelly. Irgendwann im Lauf des Vormittags hatte sie das Gefühl gehabt, nie wieder ein Lebensmittel zu sich nehmen zu wollen, das auch nur den geringsten Zuckeranteil hatte. Allerdings war sie überrascht gewesen. Sie fand fast alle Sorten, die sie probiert hatte, in sich perfekt. Das waren nicht einfach nur Süßigkeiten, das waren wirklich Kreationen! Ihr Vater war ein Genie. Einzig die Lakritztoffees waren nicht ganz perfekt. Sie hatte sich vorgenommen, Anton bei nächster Gelegenheit darauf anzusprechen.

Ihrer Meinung nach fehlte eine feine Karamellnote. Allerdings, dachte sie bei sich, wären die Bonbons eine wunderbare Basis für einen Likör. Vielleicht würde sie in den kommenden Tagen mal die Gelegenheit finden, das auszuprobieren. Jetzt, in diesem Moment, war sie allerdings weit davon entfernt, etwas Süßes essen oder trinken zu wollen.

Zum Mittag hatte sie sich zwei salzige Butterbrezen gegönnt, so sagte man nämlich hier in Bayern – *Brezen*, ohne L, wie ihr die Verkäuferin in der Bäckerei beigebracht hatte. Und jetzt war da der Kaugummi in ihrem Mund. Nelly hatte keine Ahnung, wo sie den mittlerweile hartgekauten, geschmacklosen Batzen loswerden konnte. Hier war jedenfalls weit und breit kein Mülleimer.

»Willst du echt nicht?« Quirin hielt ihr die Tüte hin. An seiner Sprachfärbung erkannte Nelly, dass er sich darum bemühte, dialektfrei zu sprechen, was sie sehr nett fand.

»Danke, ich hab einen Kaugummi«, wehrte sie ab.

Quirin zuckte mit den Schultern und holte ein längliches, weiß bestäubtes Lakritz hervor, das er sich in den Mund steckte. »Köstlich!«

»Ja, der Chef ist ein Genie, oder?«, schwärmte Nelly.

»Absolut, ja. Ich mag ihn eh, den Toni. Wir kennen uns flüchtig. Mein Vater war mit ihm im Radlverein früher.«

Nelly spürte Wehmut in sich aufkommen. Jeder hier

schien ihren Vater zu kennen. Nur sie selbst nicht. Das kam ihr gleichermaßen seltsam wie traurig vor. Und jeder mochte ihn. Sie dagegen hatte neben Bewunderung auch eine gewisse Wut in sich verspürt, als sie Anton in der Küche pfeifen gehört hatte. Er war total unbeschwert, während sie gerade ihre Mutter verloren hatte, den wichtigsten Menschen in ihrem Leben.

»Also, wir wollten aber schon segeln, oder? Lakritze können wir auch noch auf dem Boot essen.« Von wollen konnte keine Rede sein. Nelly schaute hinaus aufs Wasser. Ein kleinerer Dampfer fuhr gerade gemächlich ein Stück weiter draußen vorbei. Obwohl so viele Segelschiffe unterwegs waren, schien er mühelos Platz zu haben.

»Heute lass ich dich barfuß aufs Boot, das Wetter ist ja super. Und der Rock – kannst du dich denn gut in dem Ding bewegen?«

»Ist ein Stretchrock«, antwortete sie und machte einen weiten Ausfallschritt, um die Dehnbarkeit des Kleidungsstücks zu demonstrieren, dabei kam sie ins Straucheln, weil sie die Absätze ihrer Sandalen und deren Zusammenspiel mit der Wiese falsch eingeschätzt hatte. Geistesgegenwärtig griff Quirin nach ihrem Arm und stützte sie, damit sie nicht fiel.

»Alles in Ordnung?«, fragte er mit einem leisen Lachen, und Nelly überlegte, ob sie beleidigt sein sollte, entschied sich aber dagegen. Er hatte es gut gemeint und – na, die Situation war zugegeben schon ein wenig komisch. Sie vermittelte gerade nicht unbedingt Kompetenz in Segelfragen, sondern eher Tapsigkeit in allen Lebensbereichen.

»Ich glaub, ich zieh erst mal diese blöden Schuhe aus.«

»Gut. Ich meine, zeam sind sie ja.« Quirin schaute ungeniert auf ihre Füße.

»Zeam?«

»Schick, mein ich. Entschuldigung.« Er grinste.

Sie war verlegen unter seinem unverwandten Blick. Ihre Zehen hatte sie noch nie besonders gemocht. Dass sie jetzt quasi im Zentrum der Aufmerksamkeit waren, gefiel ihr nicht. »Na, auf die Kampenwand komm ich nicht mit den Schuhen«, räumte sie bereitwillig ein.

Quirin lachte. »Musst du auch nicht. Jetzt schauen wir uns mal die Jolle miteinander an.«

»Okay.« Nelly verspürte einen sehr starken Fluchtreflex. Trotzdem blieb sie stehen und schlüpfte aus ihren Schuhen. Der Asphalt unter ihren Füßen war noch warm.

Quirin war, die Tüte in der Hand, zu einem sehr wackelig aussehenden Boot gegangen. »Kommst du?« Er war bereits mit einem kleinen Hopser auf das Deck des Boots gesprungen, das sofort bedenklich hin und her schaukelte, was Quirin allerdings nicht im Geringsten störte. Er bewegte sich so sicher, wie man das von einem Segellehrer auch erwarten konnte. Nelly fand es dennoch eindrucksvoll. Ihr wurde schon elend, wenn sie dem Geschaukel des am Liegeplatz vertäuten Bootes nur zusah.

Segeln! Sie verfluchte die nicht aufgetauchte Cornelia ein bisschen.

»Ich …« Noch immer hatte sie sich keinen Meter auf das Boot zubewegt. Sie stand da wie angewurzelt. Die Erinnerungen an ihren Kroatienurlaub waren mit einem Mal sehr präsent. Ihr ganzer Körper schien sich an damals zu erinnern. Sie spürte, wie kalter Schweiß ihr Gesicht überzog. Nelly fröstelte, obwohl die Sonne trotz der späten Stunde noch warm auf ihre Schultern schien.

»Nelly?«, hakte Quirin nach. »Ich zeig dir erst mal alles. Hast du dich schon mal mit Segelbooten beschäftigt?«

Bei dem Kroatientrip war ein Skipper dabei gewesen, und nachdem der Sturm sich gelegt hatte, war Nellys einzige Beschäftigung gewesen, vorne auf dem Deck in der Sonne zu liegen und sich von den Strapazen zu erholen, wobei sie sich erst dann wieder ganz wohlgefühlt hatte, als sie endlich festen Boden unter den Füßen gehabt hatte.

»Nein, äh, weißt du …« Sie stockte erneut. Sollte sie ihm erklären, dass die Segelträume nicht ihre, sondern die der nicht aufgetauchten Cornelia waren? Aber was, wenn Quirin sie auffliegen ließ? Und überhaupt würde das Segeln auf einem Binnengewässer sie wohl kaum an den Rand des Todes treiben. Mit Sicherheit würde sie ein paar Stunden auf dem Chiemsee mühelos überstehen. Jedenfalls hoffte Nelly das.

Sie zwang sich, zu Quirin hinüberzugehen. »Dann fang mal an mit deiner Erklärung.« Schnell stopfte sie ihre Schuhe in ihre Stofftasche zu den Reisetabletten und dem Bikini.

Nelly stand jetzt am Ende des kleinen Kanals.

»Warte, ich geb dir die Hand, dann ist es einfacher.« Behände kam Quirin zu ihr, während das Boot wieder begann, wie verrückt zu schaukeln. Er streckte die Hand nach Nelly aus, und sie ergriff sie dankbar.

Mit einem großen Schritt war sie auf der Jolle, die sich natürlich noch weiter zur Seite neigte unter ihrem Gewicht. Sie kreischte auf.

»Kein Problem, alles ist gut, Nelly.« Quirins Stimme klang ganz ruhig. Er wusste genau, was er tat. Blitzschnell hatte er sie losgelassen und war auf die andere Seite hinübergeglitten. Sofort beruhigte sich das kleine Schiff.

»Setz dich einfach«, schlug Quirin vor, und Nelly ließ sich das nicht zweimal sagen. Im Sitzen fühlte sie sich gleich sicherer.

Das Boot war ein schlankes Holzschiff mit einem Rand, der breit genug war, um gemütlich darauf zu sitzen. Es gab keine Kajüte, stellte Nelly fest. Das Schiff sah sehr sportlich aus.

»Das ist meine Rennjolle. Sie reagiert schon auf die kleinste Prise.« Quirin klang stolz. Nelly bekam eher noch mehr Angst bei dem Gedanken, dass das Schiff wackelig *und* schnell sein würde.

»Hier haben wir das Deck, offensichtlich. Bug, Heck, Luv, Lee«, Quirin zeigte mit dem Finger in die jeweilige Richtung. »Ich glaube, den Rest lernt man am leichtesten, indem man es mal ausprobiert.« Er zuckte mit den Schultern. »Ich mach das Boot los, und wir starten einfach, würde ich sagen. Hier ist es fast windstill, aber weiter draußen frischt es auf, wirst schon sehen.«

»Mhm.« Nelly würde sich übergeben müssen, ihr war jetzt schon ganz schlecht, und sie hatte angefangen, ihren Kaugummi wiederzukäuen, um das Schlimmste zu verhindern. Sie saß völlig verkrampft da und suchte Halt für ihre Hände, fand aber keinen.

Quirin machte die Leinen los und stieß das Boot vom Ufer ab. Schon waren sie im Wasser. Nelly spürte, wie der Schweiß ihr die Schläfe hinunterlief. Das konnte ja heiter werden!

Quirin merkte von all dem nichts. Er saß jetzt hinten, direkt neben der Pinne, dem Steuerruder, und navigierte sie hinaus auf den See. Hoffentlich waren die Wellen überschaubar! Nelly umklammerte den Rand der Sitzfläche, dankbar, dass ihre Hände doch noch Halt gefunden hatten.

Für Nellys Geschmack waren sie viel zu schnell draußen auf dem Wasser. Quirin sprach über Knoten und Wind, über das Segel, das noch ganz neu war, und das Vorsegel. Das Boot nahm schnell Fahrt auf, und Nellys Finger schmerzten schon vom Festhalten, als die Jolle sich leicht im Wind neigte. Sie horchte in ihren Körper hinein, bekam nur teilweise mit, was Quirin sagte. Es waren so viele Eindrücke. Die Geräusche auf dem kleinen Segelboot waren ganz anders als auf der Jacht in Kroatien. Das Wasser platschte gegen den Bug, man spürte die Erschütterung der zugegeben sehr kleinen Wellen und die direkte Reaktion des Schiffs. Der Dampfer, der vorhin vorbeigefahren war, kam wieder zurück. Sofort bildeten sich ein paar höhere Wellen, und Nelly klammerte sich an den Rand der Sitzfläche.

»Kann so ein kleines Boot nicht auch leicht kentern?«, fragte sie zaghaft in Quirins Richtung.

»Wenn man nicht segeln kann«, gab der trocken zurück. »Aber das lernst du ja jetzt.«

Nelly nickte zaghaft. Sie hatte sich selten in ihrem Leben so verloren gefühlt wie gerade. Dabei konnte sie schwimmen, und es waren viele Schiffe unterwegs. Objektiv bestand überhaupt keine Gefahr – außer dass ihr schlecht werden konnte. Aber trotzdem war sie vor Angst wie gelähmt.

»Magst du mal steuern?«, fragte Quirin. »Dann kann ich dir erklären, wie man mit dem Wind segelt. Und danach zeig ich dir die Wende. Nur dass du das alles schon mal gesehen hast.«

»Ähm.« Sie wollte nicht steuern. Sie wollte nicht wenden, außer, um zurück in den rettenden Hafen zu gelangen. Nelly fühlte sich so sehr von der Situation überfordert, dass sie … Da tauchte plötzlich ein Segelschiff auf ihrer linken Seite auf. Es war viel größer als Quirins Rennjolle. Oh Gott, Gegenverkehr, sicher würden sie dieses große Kajütboot rammen. Nelly war plötzlich übel, ganz fürchterlich übel. Sie schnappte nach Luft und starrte auf das andere Segelschiff. Und dann war es vorbei. Das Boot war einfach an ihnen vorbeigesegelt, Quirin hatte freundlich gewinkt, und eine Frau auf dem anderen Segler hatte den Gruß erwidert.

»Es gibt hier draußen Vorfahrtsregeln, weißt du?« Quirin hatte ihren ängstlichen Blick gesehen und war wirklich bemüht, ihr die Details des Segelns nahezubringen. Er sprach über Windrichtungen und Vorfahrten, aber Nelly konnte ihm inhaltlich nicht folgen. Der ruhige Klang seiner Stimme allerdings tat ihr gut, und sie merkte, dass Quirin es durchaus schaffte, sie ein wenig zu beruhigen.

Trotzdem: Ihr war schlecht. Sie wusste nicht, ob das Seekrankheit war. Aber sie hatte den Eindruck, hier draußen war es schon wegen der Vielzahl an Booten gefährlich, auch wenn Quirin seine volle Aufmerksamkeit dem Schiffsverkehr widmete. Wer konnte schon sagen, ob die anderen Segler auch so gut über die Vorfahrtsregeln Bescheid wussten? In der kleinen Jolle hatten sie bei einer Kollision mit einem großen Boot doch überhaupt keine Chance.

Außerdem wollte sie sich nicht die Blöße geben und sich übergeben müssen. Sie fühlte sich furchtbar.

Weiter vorne schoss ein Boot heran, mit einem gehissten Spinnaker, wie Quirin das große, bauchige Segel am Bug des Segelschiffs nannte. Er konzentrierte sich jetzt voll und ganz darauf, die Jolle an dem Boot vorbeizumanövrieren. Für Nelly blieb da keine Aufmerksamkeit übrig. Die Jolle schwankte bedrohlich, fand Nelly, und sie krallte sich an der Sitzbank fest. Ihre Hände zitterten dabei unkontrolliert, und sie wollte nur noch ans Ufer. Sie schaute zu Quirin, der sich weiterhin auf den Schiffsverkehr konzentrierte. Weiter rechts kam ein großer Dampfer, der jetzt Quirins Aufmerksamkeit verlangte. Nein, das hier war einfach zu viel.

»Kannst du mich bitte zurückbringen, ich fühl mich nicht so wohl heute.«

Quirins Blick, der die ganze Zeit über die Freude an seinem Beruf, am See, an der frischen Luft widergespiegelt hatte, wurde schlagartig ernst. »Was ist los? Du bist ja ganz blass! Hast du die Sommergrippe?« Erst jetzt, wo das Segelboot mit dem pink gemusterten Spinnaker sie passiert hatte, wandte er sich wieder Nelly zu.

»Kann ich es dir am Ufer erklären, bitte. Ich muss wirklich zurück an Land«, bat sie Quirin, der jetzt besorgt dreinschaute.

Nelly ertappte sich selbst dabei, wie sie auf das Wasser starrte, dessen herrliches Blau ihr bedrohlich dunkel vorkam. Das hier war eine astreine Panikattacke, von der sie nicht wusste, wie lange sie sie noch einigermaßen kontrollieren konnte. Sie wollte nur, dass es aufhörte, unbedingt.

»Gut, ja. Wie du möchtest. Dann mach ich eine Wende. Nicht erschrecken. Du musst den Kopf einziehen und dich dann schnell auf die andere Seite setzen. Geht das?«

»Muss ja, oder?« Nelly hörte selbst, wie jämmerlich sie klang.

Ein Katamaran rauschte haarscharf an ihnen vorbei. Um Fahrt aufzunehmen, wie Quirin routiniert erklärte.

Dann rief er: »Klar machen zur Wende. Bist du bereit, Nelly?«

Sie konnte nur nicken, bevor sie sich so tief bückte, dass ihr Kopf zwischen den Knien war.

»Ree!«, rief Quirin, warum auch immer.

Nelly krabbelte, so schnell sie konnte, auf die andere Seite, gar nicht bemerkend, wie der Mast über ihrem Kopf sich bewegte. Ihr fiel auf, dass ihr Kaugummi weg war. Anscheinend hatte sie ihn in all der Aufregung verschluckt.

Das Boot bewegte sich jetzt vollkommen gleichmäßig über das Wasser. Allein das Wissen, dass es bald vorbei war, entspannte Nelly. Das Schwitzen hatte aufgehört, und ihre Hände lagen etwas lockerer am

Rand der Sitzfläche, bereit, sich festzukrallen, wenn es nötig werden sollte. Aber Quirin steuerte das Boot sicher und ohne Hektik zurück zu seinem Liegeplatz.

Fürs Aussteigen brauchte Nelly keine Hilfe. Sie war schneller auf dem Festland, als Quirin seine Hand ausstrecken konnte. Ein tiefer, erleichterter Seufzer entrang sich ihrer Kehle.

Wie sollte sie Quirin, ohne sich zu verraten, erklären, dass ihre gemeinsamen Segelstunden hier und jetzt ihr Ende fanden?

5. Kapitel

Die italienische Eisdiele in der Seestraße, das *Venezia*, habe geradezu legendäres Eis, hatte Quirin geschwärmt.

»Bist du mit dem Auto da?«, hatte er sie gefragt, nachdem er das Boot wieder sicher im Hafen vertäut hatte.

Nelly, die mit dem Zug aus Berlin gekommen war, schüttelte den Kopf. »Nein, zu Fuß.«

»Sehr gut. Dann nehm ich dich auf meiner Vespa mit rauf nach Prien City. Okay?« Bei so einem kleinen Ort von einer City zu sprechen, war genau der Humor, den Nelly mochte. Sie war ziemlich sicher, dass der kleine Marktplatz bereits das Zentrum des Orts war.

Und ehe sie es sich versah, hatte sie hinter ihm auf dem Roller gesessen, so einem uralten Nostalgiegefährt, und war, einen etwas zu großen Helm auf dem Kopf, zurück in Richtung Ortskern chauffiert worden, den warmen Fahrtwind im Gesicht.

»Halt dich einfach an mir fest!«, hatte Quirin vorgeschlagen, und wie selbstverständlich hatte Nelly ihre Arme um ihn geschlungen, ein wenig steif wegen der ungewohnten Nähe zu dem Fremden, aber eigentlich ganz gern.

Und jetzt saßen sie auf der voll besetzten kleinen Terrasse der Eisdiele, an der die Leute Schlange standen. Nelly hatte gesehen, dass es Karamell-Schokosplitter-Eis gab. Sie nahm sich vor, bei nächster Gelegenheit wieder hier vorbeizukommen – an einem Tag, an dem sie im Süßigkeitenladen nicht genascht hatte.

Vor Nelly stand jetzt ein doppelter Espresso, während Quirin sich einen großen Eisbecher bestellt hatte.

Gerade hatte sie ihm die Geschichte von Kroatien erzählt. Sie wusste nicht, warum, aber Marlon hatte sie dabei geflissentlich ausgeklammert.

»Und deswegen bist du jetzt misstrauisch«, stellte Quirin fest. »Das versteh ich. War dir denn schlecht vorhin?« Quirin steckte sich einen Löffel Sahne mit Schokostreuseln in den Mund.

»Ja, schon. Aber ich glaube, mir war eher schlecht aus Angst vor der Übelkeit – klingt das blöd?«

»Auf keinen Fall.« Quirin schüttelte ernst den Kopf. »Weißt du, hier am See reicht das bisschen Brandung selten dafür aus, Seekrankheit zu verursachen. Aber vielleicht ist es trotzdem besser, wenn wir mal ein stabileres Boot nehmen, eins, das weniger wackelt?«, schlug er vor.

»Hm.« Nelly wollte künftig lieber an Land bleiben.

»Komm, gib dir einen Ruck. Wir segeln rüber nach Herrenchiemsee, und ich zeig dir das Königsschloss. Du kennst dich ja hier noch nicht so gut aus, oder?«

»Nein, noch nicht«, gab sie zu. »Ich sag nur Kampenwand.«

Quirin lachte und nickte.

»Ich hol dich mit meinem Flitzer ab, und dann machen wir uns einen schönen Sonntag.«

»Sonntag?«

»Na, ich meine, wir könnten uns dann ein wenig Zeit lassen und ...«

Nelly dachte automatisch ans Geld. Einen so umfangreichen Segelkurs, der noch dazu nichts brachte, zumal sie gar nicht segeln lernen wollte, konnte sie sich einfach nicht leisten. Wenn sie daran dachte, welche Kosten in Berlin noch auf sie zukamen. Sie hatte in einer Wohngemeinschaft gelebt, bis Ruth sie brauchte und sie zu ihr gezogen war. Und ob sie die Wohnung der Mutter halten konnte, stand in den Sternen. Sie hatte keine Ahnung, wie es weitergehen würde.

»Sorry, ich ... äh, also ich bin finanziell im Moment nicht so gut gestellt, dass ich mir einen ganzen Tag segeln leisten könnte.« Das war doch das beste Gegenargument überhaupt. Sie war raus aus der Segelsache. Sie nippte an ihrem Espresso, dessen Bitternis ihre Geschmacksnerven auf überaus angenehme Weise kitzelte.

Quirin schüttelte den Kopf. War er rot geworden,

oder war das die Sonne? »Nein, ich … äh … Also, das ist dann kein Kurs. Ich meine, du musst natürlich nicht, wenn du nicht möchtest.« Sein Gesicht verschloss sich, und er wirkte plötzlich viel weniger herzlich als noch Augenblicke zuvor. Bei Nelly klickte es. Quirin wollte sie einfach kennenlernen, und sie hatte mal wieder auf dem Schlauch gestanden. Seine liebe, zurückhaltende Art, mit der er versucht hatte, sie zu einem Ausflug einzuladen, gefiel ihr.

»Doch, dann möchte ich sehr gern.« Die Antwort kam ganz automatisch, in dem Augenblick dachte sie für kurze Zeit nicht an ihre Furcht vor Seekrankheit und Tod in den Fluten, sondern daran, wie schön es war, mit Quirin zu sprechen, seinen aufmerksamen Blick und das ehrliche Interesse an ihrer Person zu spüren und auf seinem Roller durch den Sommerabend zu tuckern.

»Ja?« Sofort hellten sich seine Züge wieder auf. »Spitze! Das freut mich. Da machen wir uns einen schönen Tag!« Er grinste sie fröhlich an. Dann nahm er wieder eine Portion Eis auf seinen Löffel. »Hier, das musst du einfach probieren, das ist der perfekte Kontrast zu deinem Espresso doppio.«

Nelly nahm den ihr angebotenen Löffel und probierte. Saures Zitroneneis, fast schon Sorbet. Es war eine köstliche Erfrischung, und Nelly verstand, warum die Schlange an der Eistheke nicht kürzer wurde, obwohl es längst Abend geworden war.

»Eigentlich kann ich heute überhaupt nichts Süßes mehr sehen, aber …«

Quirin nickte. »Ja, das hier ist eine eigene Liga, oder?« Er nahm den Löffel zurück und genoss selbst etwas von seinem Zitroneneis.

Einen Moment lang saßen sie einträchtig schweigend da, die Sonne im Gesicht, und schauten sich um.

»Nelly?«

»Hm?«

»Ich freu mich auf Sonntag.«

Nelly lächelte. Quirin hatte die Augen geschlossen und hielt sein Gesicht in die warme Abendsonne.

»Ich mich auch«, sagte sie und stellte zu ihrer Verwunderung fest, dass das stimmte. Zum ersten Mal seit ihre Mutter gestorben war, freute sie sich wirklich auf etwas.

Es klopfte energisch an ihrer Zimmertür. Nelly war nach dem Besuch in der Eisdiele noch mit Quirin hinaufgefahren auf die Ratzinger Höhe. Der Roller hatte geächzt und gestöhnt, aber seine Last zuverlässig zu dem Ort gebracht, von dessen unvergleichlichem Panorama Quirin geschwärmt hatte. Und er hatte nicht übertrieben. Die Sicht auf die Voralpen war unbeschreiblich. Besonders als sich die Felskette des Kampenwandmassivs im Licht der untergehenden Sonne rot verfärbte, war Nelly von dem Anblick geradezu ergriffen. Sie saßen allein ganz oben in einem Aussichtsturm und blickten über die Landschaft ringsum.

Quirin war still gewesen, und Nelly hatte gespürt, wie sie von der Trauer wieder eingeholt wurde. Dieser Ort strahlte so viel Besinnlichkeit aus, dass ihre Gedanken unweigerlich zu ihrer Mutter wanderten. Immerhin schaffte sie es, nicht zu weinen. Schließlich wusste Quirin nicht, was ihr gerade widerfahren war, und das Letzte, was sie wollte, war, ihn mit ihrem Kummer zu überfordern. Lieber blieb sie bei sich, wie er gerade ebenfalls bei sich blieb. So hing jeder seinen Gedanken nach, und das hatte etwas sehr Einträchtiges: mit jemandem, mit dem man gerade noch ausgiebig geredet hatte, auch schweigen zu können.

Nachdem Quirin sie nach Hause in die Pension gebracht hatte, war sie sofort in ihr Bett gefallen, froh, am nächsten Tag ausschlafen zu können.

»Nelly?« Erneut das laute Klopfen an der Zimmertür.

»Ja?« Ihre Stimme klang noch ganz belegt. Endlich hatte sie mal wieder ruhig und tief geschlafen. Sie wollte gar nicht aufwachen. Sie wollte einfach immer weiterschlafen, so gut fühlte es sich an, dass ihre düsteren Gedanken einmal Ruhe gegeben hatten.

»Telefon für dich.« Vorsichtig öffnete sich die Tür einen Spalt, und Vronis Arm mit dem Hörer in der Hand tauchte auf.

»Komm ruhig rein«, krächzte Nelly, setzte sich im Bett auf und schob sich verschlafen die Haare aus dem Gesicht.

Vroni, schon angezogen, reichte ihr das Telefon. »Es ist der Bärendreck Toni.«

Den Namen hatte sie auch noch nicht gehört! Aber Nelly war ja auch erst einen einzigen Tag bei der Arbeit im Laden gewesen. Sie war außerdem gerade viel zu aufgeregt, um den Namen witzig zu finden. Ihr Herzschlag beschleunigte sich sofort, als sie das Telefon ans Ohr hielt. Hatte sie gleich am ersten richtigen Arbeitstag verschlafen, oder war gar die echte Cornelia aufgetaucht? Sie konnte noch gar nicht klar denken, tauchte gerade erst aus dem Land ihrer Träume auf, schüttelte ihren Kopf, um voll im Jetzt anzukommen.

»Hallo?«

»Servus, Mädel.« Er sagte das ganz freundlich, das »Mädel«, nicht abwertend.

Nelly verstand nur die Hälfte von dem, was Anton Rieger in tiefstem Bayerisch sagte, aber die Kernbotschaft war klar: Sie sollte zur Arbeit kommen, weil alle anderen ausgefallen waren.

»Ich … ja. Ich muss nur ins Bad, dann mach ich mich auf den Weg.«

»Pfundig! Das ist sehr schön. Kommst zum Hintereingang, gell? Dann mach ich dir auf.« Zack! Schon hatte Anton aufgelegt. Nelly starrte auf den Hörer.

»Na, dann mal los«, murmelte sie und war schon

auf dem Weg ins Bad. Christina musste ihrem Vater erzählt haben, wo Nelly wohnte. Sie hatte noch gar keinen Vertrag mit ihm unterschrieben – und fürchtete den Tag, an dem das notwendig würde. Schließlich hatte sie noch keine Idee, wie sie erklären sollte, dass sie eben Nelly und nicht Cornelia war.

Eine halbe Stunde später war sie schon beim Laden. Vroni hatte ihr, weil sie länger in ihrer Unterkunft blieb, ein Fahrrad geliehen. Es war ohnehin ein riesiger Glücksfall, dass Vroni ihre Pension gerade erst eröffnet hatte. So war das kleine Einzelzimmer, das Nelly gemietet hatte, noch für den ganzen Monat frei. Vroni machte ihr sogar einen günstigeren Preis, und Nelly entschloss sich spontan, das Zimmer für einen Monat im Voraus zu bezahlen.

Jetzt stand sie an der Hintertür des Bonbongeschäfts und klopfte. Sie war aufgeregt und freute sich darauf, Anton Rieger zu sehen.

Ihr wurde quasi sofort aufgemacht. Anton trug noch seinen Hut auf dem Kopf, ein Topf voll weißer Masse stand auf dem Herd und war kurz vor dem Schmelzpunkt. Der Mann, der Nellys Vater war, hechtete sofort wieder zurück an die Herdplatte und begann, in der Masse zu rühren.

»Gut, dass du da bist, Conny!«

»Nelly.« Inzwischen war es schon fast ein Automatismus. Gleichzeitig stieß ihr sauer auf, dass ihr Vater bei der Nennung ihres Namens nicht einmal zuckte. Er war schon wieder zurück an seinen Topf getreten und rührte.

»Freilich.« Er lächelte ihr zu. »Entschuldigung, das war nur schon so fest in meinem Kopf verankert, mit der Conny«, sagte er beinahe hochdeutsch.

Anton Rieger rührte noch immer energisch. »Gut, dass du da bist. Die Christina konnte nicht kommen wegen dem Michi.« Er beendete seine Ausführung an dieser Stelle. Nelly wollte nicht neugierig wirken und schaute sich, statt nachzufragen, in der Bonbonküche um. Alles war blitzsauber und aus Edelstahl wie in einer Restaurantküche. An einer Seite war der große Gasherd, in der Mitte des Raumes befand sich eine Insel mit einer riesigen Arbeitsfläche. Einzig ein Familienfoto, das relativ hoch über der Spüle hing, verlieh dem Raum eine persönliche Note. Darauf war Anton zu sehen, der eine Frau im Arm hielt. Daneben stand eine noch sehr junge, aber unverkennbare Christina und noch ein Mädchen – vermutlich ihre Schwester.

»Hast du bei deinem alten Arbeitgeber schon mal in der Produktion gearbeitet?«, riss Anton sie aus ihrer Betrachtung.

»Äh.«

»Kannst du das?«

»Um ehrlich zu sein – nicht wirklich.« Und das war noch eine Untertreibung.

»Gut, dann musst du am Ende portionieren. Das kriegt jeder hin, keine Sorge. Schauen sie halt heute nicht so perfekt aus. Ist ja Handarbeit«, erklärte Rieger, während er weiter den Zuckerguss rührte.

»So, jetzt geb ich noch den Farbstoff und das Aroma dazu«, kommentierte er seine Arbeit. »Dann geben wir die Masse zu den Rohlingen, die hab ich schon fertig.« Er deutete auf eine große Schüssel voll Lakritzen, die neben dem Herd stand. »Da die Sorte vom Zuckerguss lebt, hab ich die Lakritze als Basis immer in rauen Mengen da. Möchtest du mal probieren?« Er holte einen kleinen Löffel aus einer Schublade und tauchte ihn in den Zuckerguss. Dann reichte er ihn Nelly.

Es duftete köstlich nach Schokolade und Chili. Das strahlende Orange der Lebensmittelfarbe hatte sich gut im Guss verteilt. Sie schloss die Augen, als sie probierte. Auch geschmacklich war der Guss sehr gut gelungen.

Einzig … »Eine Nuance mehr Schokoaroma würde ich reintun«, die Worte waren draußen, bevor sie sie zurückhalten konnte.

»Wie bitte?« Ihr Vater hielt im Rühren inne.

»Entschuldigung.« Wie bescheuert! Anton Rieger war ein erfahrener Bonbonhersteller! Wie kam sie auf die Idee, ihm zu sagen, dass seine Bonbons, die er vermutlich seit Jahren herstellte, mehr Schoko im Guss vertrugen? Aber in der Cocktailbar hatte sie gelernt, sich auf ihren Geschmackssinn zu verlassen. Ihre eigenen Kreationen waren sehr gefragt dort.

»Nein, nix zu entschuldigen. Lass mich mal kosten.« Er holte auch für sich einen Löffel aus der Schublade und steckte ihn in die Masse. Wie zuvor Nelly schloss auch er die Augen und probierte.

Dann sagte er lange nichts.

Nelly stöhnte innerlich auf. Das wars. Kein Wunder. Sie war deutlich über ihre Befugnisse als Aushilfe getrampelt.

»Es tut mir ehrlich leid, und ich hätte still sein sollen …«, versuchte sie, es wiedergutzumachen.

»Nein, nein.« Rieger schüttelte energisch den Kopf.

Nelly stand jetzt neben ihm wie ein begossener Pudel und roch das Bitterschokoladenaroma. Ihr Magen knurrte. Schließlich hatte sie noch nicht gefrühstückt.

»Ich bin ganz bei dir. Wir geben noch ein wenig Aroma dazu. Du hast völlig recht.« Er rührte erneut in der Mischung, nachdem er noch ein wenig Aroma dazugetan hatte. Dann holte er einen weiteren sauberen Löffel aus der Schublade, reichte ihn Nelly und deutete auf den Topf.

»Na los, sag mir deine Meinung. Ich bin nicht empfindlich. Im Gegenteil, ich bin überrascht, dass jemand so genau reinschmecken kann.«

Nelly probierte erneut. Dann nickte sie. »Jetzt passt es gut.«

Rieger probierte selbst, und dann lachte er. »Sehr gut. Dein Tipp war goldrichtig. Woher weißt du so etwas?«

»Na ja, ich hab in der Bar, in der ich arbeite – gearbeitet habe –, die Cocktails gemixt und dort einen Drink erfunden, den Hot Blood, im Grunde eine Bloody Mary, aber mit Chili, und da, also …«, stotterte sie wirr herum. Sie hatte nicht nur den Hot Blood erfunden, sie hatte eine ganze Reihe von Drinks erfunden und optimiert.

Anton Rieger unterbrach Nelly, indem er seine Hand auf ihren Arm legte. »Es ist Intuition«, stellte er fest, »das versuchst du, mir gerade zu sagen.«

»Genau!«, rief Nelly aus. »Es ist Intuition. Ich kann mich da auch irren, aber in der Bar hat meistens gestimmt, was ich gesagt habe.«

Rieger schaute sie wieder so intensiv an wie vorhin schon und griff mit der freien Hand nach einem Schälchen mit Chiliflocken. Vorsichtig streute er eine Prise in die Mischung. Jetzt würde der Guss leicht scharf und schokoladig schmecken.

»So? Was meinst du, Mädel?«

Nelly nickte. »Ja. So.«

Sie mochte es, wenn ihr Vater *Mädel* zu ihr sagte. Niemand nannte sie so.

Er lachte sie an. »Sehr gut. Sehr, sehr gut. Ich bin gespannt, wie sie nachher schmecken, unsere gemeinsamen Lakritzen.«

Nelly konnte gar nicht fassen, wie nett dieser Mann war. Er hatte sie nicht gerügt, sondern einfach nur ihre Anregung aufgenommen. So freundlich zu einer neuen Aushilfe zu sein, war sicher nicht die Regel.

Und trotzdem hatte er sie ihr Leben lang verleugnet, als gäbe es sie gar nicht. Der Klumpen, der in ihrem Magen lag, tat weh. Es war idiotisch, wie nah sie sich ihrem Vater gerade gefühlt hatte, als er sie für die Lakritzen gelobt hatte. Zwischen ihnen war schließlich nichts – außer einem Arbeitsverhältnis.

In ihrem Kopf tauchte noch ein ganz anderer Gedanke auf: Sie war in der Bar fest angestellt.

Rieger würde sie mit Sicherheit dem Arbeitsamt melden, sobald er ihre Daten erhob – oder diese Cornelia würde gemeldet werden, falls sie bereits einen Vertrag unterschrieben hatte im Vorfeld –, und dann flog alles auf. Nelly schluckte hart und starrte auf den Topf mit dem Guss, den Rieger jetzt von der heißen Herdplatte zog.

»Und deswegen wird die Konkurrenz unsere Rezepte einfach nie klauen können, sosehr sie es auch will – weil wir noch Handarbeit leisten und Rezepte nach Gefühl verfeinert werden. Aber das werden diese Pfuscher nie kapieren.« In seinem Ärger vergaß Anton, dass sie kein Bayerisch verstand, und schimpfte, für sie unverständlich, vor sich hin.

»Wie bitte?«

»Ach«, meinte er abschätzig. »Es gibt so einen drittklassigen Bonbonverkäufer in Rosenheim. Der will unseren Laden aufkaufen und eine Filiale draus machen, schon eine ganze Weile. Aber da hat er sich verrechnet.«

Nelly sagte nichts. Sie hätte gar nichts zu antworten gewusst. Aus ihrer Sicht war Anton Riegers Bonbongeschäft ein einzigartiger Laden, den sie sich nicht als Filiale vorstellen konnte.

»Die wollen, dass ich aufhöre, stell dir das mal vor. Als ob ich einfach so aufhören könnte! Mein Herzblut steckt in dieser Firma, aber das werden die alle nie kapieren.« Er redete sich in Rage.

Nelly verstand den Mann sofort, allein, wie er seine Lakritzen anfertigte, wie er mit dem Zuckerzeug umging, all die Liebe und Hingabe, die schon seine Bewegungen verrieten. Für ihn war das hier keine Arbeit, sondern Leidenschaft.

Anton wandte sich wieder der Arbeitsplatte zu. »Jetzt kommt der Guss auf die Rohlinge. Die Chili-Lakritzen dürfen am Ende ruhig ein wenig wild aussehen, schließlich sind sie das ja auch.« Er lachte laut und dröhnend.

Konzentriert arbeitete er weiter, übergoss die Rohlinge mit dem Guss und rührte in der Schüssel, goss, rührte, bis alle Rohlinge überzogen waren. »Du darfst sie zum Trocknen auslegen.«

»Oh, danke.« Nelly tat, wie ihr geheißen. Skeptisch begutachtete sie ihr Werk.

»Sie schmecken, das ist die Hauptsache.« Rieger hatte wohl ihren kritischen Blick bemerkt.

»Magst du eins probieren?« Anton hatte schon ein Bonbon mit einer Zange hochgenommen und hielt es Nelly hin, die es gerne entgegennahm. Mit geschlossenen Augen lutschte sie. Der Zuckerguss war noch nicht trocken, aber sie konnte sich gut vorstellen, wie sie dann schmecken würden. Süß-scharf mit genau dem richtigen Hauch von Schokolade, der sich mit dem Süßholzgeschmack vermischte.

»Spitze. Die sind perfekt geworden. Sie würden wahrscheinlich sagen: pfundig.«

»Danke!« Anton Rieger lachte erneut sein lautes Lachen.

Er war so nett, so zugänglich! Warum nur hatte er die Mutter einfach verlassen, noch dazu, wo sie doch mit ihr, Nelly, schwanger gewesen war? Der Gedanke drängte sich ihr plötzlich wie ein bitterer Nachgeschmack auf, ohne dass sie es verhindern konnte. Wenn er geblieben wäre, wäre ihr Leben sicher völlig anders verlaufen. Er aber war einfach abgehauen. Wie feige!

Sie ging hinüber zur Spüle und holte einen Lappen. Der Herd hatte es dringend nötig, sauber gemacht zu werden. Mit fahrigen, wütenden Bewegungen zog sie den Lappen über die noch warmen Herdplatten.

Im Hintergrund pfiff ihr Vater vor sich hin, während er aus einem riesigen Sack Zucker in einen frischen

Topf gab. Es roch göttlich in der Küche. Langsam kamen ihre widersprüchlichen Gedanken zur Ruhe. Denn eines war klar: Sie spürte eine Verbindung zu Anton Rieger, auch wenn sie das nicht wollte. Sie teilte seine Leidenschaft für Aromen und Geschmäcker, verstand, mit welchem Herzblut er sein Geschäft betrieb und warum er es so liebte, verschiedenste Lakritzen herzustellen.

Ja, sie empfand, während sie beide vor sich hin arbeiteten, sogar einen Gleichklang, der sie zugleich befremdete, aber auch für ein gewisses Wohlempfinden sorgte. Es war so, als würden sie schon ewig Hand in Hand arbeiten. Wehmut stieg in ihr auf. Sie hätten sich auch schon ewig kennen können.

»Danke wegen des Herds!« Ihr Vater kam herüber, den Topf in der Hand. »Bist eine bärige Küchenhilfe!«

Das musste ein Kompliment sein, wie er es gesagt hatte.

»Du hast einen guten Geschmackssinn«, stellte Rieger jetzt auch noch fest. »Vielleicht machen wir bald mal eine neue Sorte miteinander?«

Die Aussicht, etwas ganz Neues zu kreieren, war wundervoll. Es hatte Nelly so viel Spaß gemacht, in der Küche zu sein, da konnte die Arbeit im Verkauf nicht mithalten.

»Das fände ich super! Ich hab gestern erst über einen Lakritzlikör nachgedacht.« Es brach einfach aus ihr heraus.

»Einen Lakritzlikör?« Rieger runzelte die Stirn.

»Na ja, ist nur so eine Idee ... Diese Toffees, die Sie machen, wären ideal als Grundlage für einen sahnigen Likör und ...« Nelly schaute in sein skeptisches Gesicht und brach ab.

»Ich hab bis jetzt nur Lakritze und Bonbons gemacht.« Klang Anton Rieger hart?

Nelly war verunsichert. »Ach, vergessen Sie es einfach. War ja nur so eine Idee.«

»Hm.« Anton ging nicht weiter auf Nellys Idee ein, sagte nur: »Ich glaub, du musst langsam vor ins Geschäft, wir sperren gleich auf. Am Samstag kommt immer viel Kundschaft. Meinst du, du schaffst das allein, bis um zehn Christina kommt? Ich hab Kathi auch angerufen, aber die hat nicht mal Empfang auf der Goinger!«

»Wo ist das denn?«

Anton lachte. »Die Goinger Halt ist ein Berggipfel, drüben im Kaisergebirge. Kathi ist Bergführerin – drum hat sie im Sommer auch keine Zeit mehr für den Laden. Leider. Ich wollte, sie würde mehr hier arbeiten.« Sein Gesichtsausdruck war ernst geworden, aber nur für einen kurzen Moment. Dann besann er sich wieder auf das Geschäft.

»So, jetzt räumen wir die neuen Lakritzen noch ein. Kannst du ein Schild schreiben? 2,49 Euro, würde ich sagen, für hundert Gramm. Die Schoko-Lakritzbonbons nehmen wir als heutiges Sonderangebot.«

»Ja, klar. Ich finde schon alles.« Sie hatte am Vortag dabei zugesehen, wie Christina so ein Schild beschriftet hatte, bevor dann ein wahrer Kundenstrom den Laden flutete. Zum Glück kosteten die Lakritzen jenseits des Tagesangebots alle das Gleiche, und so war schnell gelernt, wie das Abwiegen und Kassieren funktionierte.

Die Kunst, das war ihr heute Morgen klar geworden, lag vielmehr darin, die Waren herzustellen.

Sie ging zu der großen Tafel, die neben der Tür lehnte, schrieb die Schoko-Chili-Lakritze drauf und malte noch eine kleine Chili daneben. Dann sperrte sie die Vordertür auf und trug ihr Schild hinaus.

6. Kapitel

Als Nelly am Sonntagmorgen hinter Quirin auf dem Roller saß, war die Luft noch frisch, obwohl die Sonne mit voller Kraft schien. Vermutlich war die Temperatur der frühen Uhrzeit geschuldet, schließlich war es erst kurz nach acht. Sie hatte eine dünne Stoffhose und flache Turnschuhe angezogen, nachdem sie beim letzten Mal ja bei der Kleiderauswahl danebengegriffen hatte.

Heute fühlte es sich schon beinahe normal an, die Arme um Quirins Hüften zu legen. Die Nähe zu ihm gefiel ihr, er roch gut, nach Holz, fand Nelly.

Er hatte strahlend gelächelt, als sie beim Geräusch seines Rollers aus dem Haus getreten war. »Ich hab schon alles auf dem Boot«, sagte er, dann brausten sie auch schon durch die Siedlung, zu einem Kreisverkehr und dann durchs Zentrum, an der Kirche vorbei, unter den Bahngleisen hindurch. Rechts neben ihnen war der Bahnhof für die Bimmelbahn, die Nelly am See schon gesehen hatte. Als er ein paar Meter weiter bremste, versuchte Nelly, über seine Schulter zu schauen.

»Das Bockerl kommt. Hast du es nicht pfeifen gehört?« Er zeigte mit dem Finger auf eine Rauchwolke. »Die Dampflok sieht man von Weitem.« Ein grün-schwarzer sehr alt aussehender Zug kam in Zeitlupentempo angefahren. »Sie fährt hier seit über hundert Jahren. Damals wurde es mit den ganzen Pferdefuhrwerken zu unübersichtlich in Prien, und man hat die Bahn gebaut«, erklärte Quirin.

Gemütlich kreuzte die Lok mit ihren grünen Waggons die Straße. Zwei Kinder winkten heraus, und Nelly winkte zurück.

Da fuhr Quirin auch schon weiter. Nelly legte ihre Arme wieder um ihn.

»Ich hab uns ein Kajütboot besorgt, das gehört meinem Freund Martl. Der ist Fischer und hat das Boot zusätzlich, für die Freizeit sozusagen«, rief Quirin nach hinten. »Wirst sehen, das liegt ganz stabil im Wasser, da kann sich jedes Elektroboot verstecken – und meine Jolle sowieso!«

»Super, danke.« Sie freute sich wirklich darauf, mit Quirin etwas zu unternehmen, aber vor der Bootsfahrt war ihr tatsächlich noch bang. Dass er sogar extra für sie ein Boot besorgt hatte, rührte sie. »Ich dachte schon, ich schlag dir eine Runde Dampfer vor. Ich hätte auch die Tickets bezahlt«, rief Nelly halb im Spaß zurück.

Quirin lachte. »Kommt gar nicht infrage. Ich will dir schließlich noch die Ottos Ruh zeigen, und da kommt kein Dampfer hin.«

Nelly hatte, das schien in letzter Zeit oft vorzukommen, mal wieder keine Ahnung, worum es ging, also hielt sie einfach den Mund. Sie fuhren über einen kleinen Berg und in Richtung See. Dann bog Quirin rechts ab. Nelly erwartete, dass sie wieder zu der Segelschule fahren würden, stattdessen fuhr Quirin noch ein Stück weiter, bis an der Straße ein Schild *Geräucherte Renken* empfahl, dort bog er auf einen Parkplatz ab.

Man sah den See zwischen dem hohen Schilf aufblitzen, ein langer Steg führte ins Wasser, an dem diverse Segelschiffe vertäut lagen. Quirin und Nelly stiegen ab und gingen an einem Restaurant vorbei.

Es gab hier in der Gegend sehr viele Lokale, fand Nelly. Der Tourismus war allgegenwärtig. Dieses Haus war mit üppigsten Geranien verziert, die weit über die Balkonbrüstung nach unten hingen.

Ein leichter Wind wehte, weniger als ein paar Tage zuvor. Schon jetzt hatte sich die Kälte, die Nelly noch auf dem Roller empfunden hatte, verflüchtigt. Es würde ein warmer Tag werden.

»Komm mit, wir müssen auf den Steg.« Er ging voraus, manche der Holzplanken knirschten leise. »Da vorn ist das Schiff.« Quirin deutete auf ein Boot mit gelbem Rumpf und weißer Kajüte.

»Du hast ja schon die Ummantelung abgenommen«, sagte Nelly.

Quirin lachte.

»Das ist eine Persenning. Aber du hast schon ein bisschen recht. Es ist wie ein schützender Mantel für das Schiff, wenn es im Hafen liegt.«

»Oh.« Nelly kam sich blöd vor.

»Das muss dir nicht peinlich sein. Wenn man mich in Berlin aussetzen würde, wäre ich total verloren.« Er lachte erneut. »Ich kann mir nicht einmal vorstellen, wie es mir in Friedrichsdorf ginge.«

Jetzt war es Nelly, die lachte. »Es heißt Friedrichshain. Und danke. Das ist sehr nett von dir!«

Nelly schaute hinaus aufs Wasser. Das sah heute gar nicht so schlimm aus. Fast flach.

Quirin stieg mit einem großen Schritt hinüber auf das Boot. Es wackelte deutlich weniger als die Jolle, wie Nelly erleichtert feststellte. Vielleicht wäre es gar nicht nötig gewesen, zur Sicherheit einen ihrer Seekrankheit-Kaugummis zu kauen.

Schon drehte Quirin sich um und streckte ihr die Hand hin. »Kommst du?«

Nelly griff nach seiner Hand, und sobald sie ihren Fuß auf das Deck gesetzt hatte, stützte er sie noch zusätzlich mit dem anderen Arm. Er schien die Balance mühelos halten zu können, tatsächlich war es mehr Nellys Unsicherheit, die sie beinahe straucheln ließ. Das Segelschiff wirkte sehr solide.

»Gehts?« Quirins fürsorgliche Art tat ihr gut und nahm ihr viel von ihrer Unsicherheit.

»Ja, ich glaube schon.« Sie machte ein paar vorsichtige Schritte, hielt sich am Mast fest, um in sich hineinzuspüren. »Doch, zumindest hier im Hafen komm ich klar.«

»Sehr gut. Ich hab dir ein Kissen hingelegt. Wenn du dich genau an die Stelle setzt, musst du bei diesem Wind nicht mal den Platz wechseln. Du kannst einfach im Schatten sitzen und die Bootsfahrt genießen. Ich glaube, das ist eine gute erste Lektion für dich: Segeln genießen!«

Nelly ging weiter nach hinten, in Richtung Heck. Sie sah das Kissen neben dem Eingang in die Kajüte sofort. Der Platz wurde von einer Stoffbespannung, die verhindern sollte, dass Wasser unter Deck schwappen konnte, beschattet. Das bunte Blumenmuster auf dem Kissen gab dem Platz etwas sehr Einladendes, und Nelly fühlte sich verwöhnt, besonders weil auch noch zwei Magazine das Arrangement vervollständigten.

»Ich wusste nicht, ob du was zum Lesen dabeihast«, sagte Quirin, der gerade auf der anderen Seite nach hinten kam. Es klang fast wie eine Entschuldigung. Dabei hatte Nelly gar nichts gegen ein Klatschmagazin einzuwenden.

»Prima. Etwas, wofür man kein Hirn braucht, ist heute genau richtig für mich. Gestern war mein Tag ein ziemlicher Höllenhund«, gestand sie und setzte sich. Tatsächlich war es total bequem hier, das Schaukeln des Boots war kaum zu spüren.

»Warum?« Quirin verschwand in der Kajüte, Nelly hörte ihn rumoren, dann kam er Augenblicke später mit einer Spezi und einer Apfelschorle wieder zum Vorschein, die er Nelly hinhielt.

»Erfrischung gefällig?«

»Wow. Das nenn ich mal Service!« Sie entschied sich für die Spezi. So viel Aufmerksamkeit war sie von Marlon nicht gewohnt. Er dachte mehr an sich selbst oder daran, wie er Aktien kaufen oder verkaufen konnte.

Sie drehte die Flasche auf und nahm einen Schluck.

»So, jetzt erzähl mal. Was war los gestern?«

Nelly dachte nach. Sie wusste gar nicht so genau, was los gewesen war. Zögernd begann sie zu erzählen, was sich ereignet hatte.

Erst hatte sie mit Anton Lakritze gefertigt, was sie total genossen hatte. Dann, als der Laden aufgesperrt worden war, hatten sich die Kunden die Klinke in die Hand gegeben, wie Anton prophezeit hatte, und Nelly hatte alle Hände voll zu tun gehabt. Eine Warteschlange entstand, und sie gab ihr Bestes, um dem Kundenstrom gerecht zu werden, als Christina hereinstürmte.

»Was ist denn hier los?« Sie war schon verärgert, bevor sie ihre Schürze umgebunden hatte. Zugegeben: Sicher war es schon mal aufgeräumter im Laden gewesen, aber Nelly hatte lieber Kunden bedient, als die kleinen Zangen stets an ihre Plätze zu rücken. Ein paar Kassenbons lagen auch neben der Kasse, und drei Lakritzgläser gehörten aufgefüllt. Das Sonderangebot war innerhalb von zwei Stunden ausverkauft gewesen. Der Tresen wirkte ein wenig chaotisch, das gab Nelly zu.

Allerdings war sie wirklich nicht zum Aufräumen gekommen, und Anton war gerade mit der Herstellung seiner Brause-Lakritzbonbons beschäftigt, einer ganz besonderen Kreation, wie er sagte. Nelly hatte sie am Vortag probiert und konnte ihm nur recht geben. Kein Wunder, dass auch diese Sorte schon wieder fast ausverkauft war!

»Ich hab getan, was ich konnte«, sagte Nelly und wischte sich mit dem Ärmel eine verschwitzte Strähne aus der Stirn.

»Das ist unglaublich, wie schlampig es hier aussieht!«

Die Kundschaft im Laden verfolgte Christinas Schimpftirade, und Nelly hätte sich am liebsten hinter der Theke versteckt, so peinlich war ihr der Auftritt.

Christina warf die Kassenzettel in den Mülleimer und schraubte das Glas mit den Lakritzschlangen zu. Sie stellte es mit einer so heftigen Bewegung ins Regal, dass Nelly zusammenzuckte.

Dann wandte Christina sich der nächsten Kundin zu. Sie setzte ein strahlendes Lächeln auf und tat, als wäre nichts passiert. Nelly war beeindruckt von so viel schauspielerischem Talent. Zu zweit hatten sie die wartenden Kunden schnell bedient.

Als Anton nach vorne in den Verkaufsraum kam, ein bis zum Rand gefülltes Glas Bonbons in den Händen, ging Christina sofort auf ihn los: »Wo ist die Kathi? Und warum kriegt sie immer eine Extrawurst? Ich hab das echt satt.«

Ihr Ton verriet, dass sie und ihre Schwester vermutlich nicht das einfachste Verhältnis hatten. Möglicherweise, dachte Nelly, war es überhaupt schwierig, ein gutes Verhältnis mit Christina zu haben. Sie war oberflächlich freundlich, aber in ihr brodelte ein Vulkan, der jederzeit ausbrechen konnte.

»Sie ist auf dem Berg, das weißt du doch, oder?« Ihn schüchterte sie nicht ein.

»Ja, sie und ihre Berge. Und wir gehen fast unter vor Arbeit!«

»Also bitte, Christl. Beruhig dich mal. Wir haben das sehr gut gemanagt heute, Nelly und ich. Noch dazu, wenn man bedenkt, dass sie neu ist und den ganzen Laden immerhin«, er schaute auf die Uhr, »fast zwei Stunden allein geschmissen hat. Was, Nelly?« Anton lächelte freundlich zu Nelly herüber, die stumm nickte.

»Das seh ich«, gab Christina schnippisch zurück und nahm ihrem Vater die Bonbonniere aus der Hand. »Brause, richtig?« Sie wartete seine Antwort nicht ab, sondern stellte das Glas, dieses Mal ein wenig sanfter, an seinen Platz im Regal.

Als Christina zurückkam, hielt Anton sie an beiden

Oberarmen fest und küsste sie auf die Stirn. »Ist doch gut, hm? Ich bin so froh, dass du da bist.«

Nelly konnte nicht verhindern, dass die so offensichtliche Liebe und Geduld des Vaters zu seiner Tochter sie schmerzte. Tatsächlich hatte sie ihn jetzt schon so gut kennengelernt, dass sie sich wünschte, er hätte auch ihr gegenüber diese Zuneigung gezeigt, als sie Kind gewesen war. Sie dachte einen Moment an Ruth, zu der sie so viel Nähe verspürt hatte, wie sie hier zwischen Vater und Tochter sah. Einer Tochter, die viel ruhiger wirkte und die liebevolle Geste offensichtlich gebraucht hatte.

»Was würde ich denn machen ohne dich?«, murmelte der Vater jetzt leise.

Christina schnaubte nur, und ihr Vater strich ihr erneut über den Oberarm.

»Arbeiten wir weiter, hm? Ich muss noch zwei, drei Sorten schaffen.«

Christina nickte. »Ist gut.«

»Danke. Es wird sicher wieder besser mit Michi, okay? Ich geh morgen mal mit ihm zum Blaubeerensuchen ins Moor, das tut ihm bestimmt gut. Was meinst du? Dann kannst du dich ein bisserl ausruhen, während wir Männer auf der Pirsch sind.«

Erneut nickte Christina, sie sah erleichtert aus. »Danke, Papa.«

Er schüttelte den Kopf. »Dafür nicht.« Dann ging er zurück in seine Bonbonküche.

Christina wandte sich Nelly zu. Das feine Lächeln, das ihre Züge eben noch umspielt hatte, war wieder verschwunden.

»Na los, bestimmt kommt gleich wieder jemand, der was will. Das ist deine Chance, endlich mal Lakritzen nachzufüllen, wo du doch so perfekt bist.«

Nelly fragte sich, warum Christina ihr gegenüber so kalt war. War das Eifersucht? Hatte sie das Gefühl, Nelly könnte ihr die Position streitig machen, als ob das überhaupt möglich gewesen wäre! Schließlich war Christina die gewollte Tochter!

Außerdem: Warum gingen zwei Männer miteinander Blaubeeren suchen?

Es waren mühsame drei Stunden bis zum Feierabend geworden.

»Als ich dann gegangen bin«, schloss Nelly jetzt ihre Ausführung gegenüber Quirin, »da hat Christina mich kaum verabschiedet. Das wird ein schwieriger Sommerjob, wenn das so weitergeht.«

»Hm.« Quirin hatte sich auf die Sitzbank Nelly gegenüber gesetzt und ihr zugehört. Auch wenn es ein bisschen anstrengend war, nur die halbe Geschichte zu erzählen – denn dass Anton ihr Vater war und Christina ihre Halbschwester, hatte sie weggelassen –, hatte Nelly es genossen, dass jemand sich die Zeit nahm, ihr so aufmerksam zuzuhören. »Die Christina kenn ich nicht so gut«, meinte er jetzt. »Sie hat sich recht zurückgezogen, glaub ich.

»Warum das denn?«, wollte Nelly wissen.

»Keine Ahnung.« Quirin zuckte mit den Schultern, »Als sie damals diesen Kerl kennengelernt hat, ist sie nach Rosenheim gezogen.«

»Das muss dieser Michi sein. Sie ist, glaube ich, nicht sehr glücklich mit ihm.«

»Da weiß ich nichts drüber. Damals, als der Typ aktuell wurde, war mein Reisejahr, ich war zum Work and Travel in Australien.«

»Ein ganzes Jahr? Und ich dachte, du wärst hier so verwurzelt.« Nelly war fasziniert. Schon wieder eine neue Seite an Quirin!

Jetzt lachte er. »Oh, das bin ich auch. Seit ich weg war, sogar noch viel mehr.«

»Das musst du mir erklären«, hakte sie nach.

»Na ja, die Sprache, die andere Kultur, das Herumreisen, das hat mir schon gefallen. Auch die vielen Erfahrungen mit unterschiedlichen Arbeitsplätzen und so weiter, das mochte ich schon und hab auch viel gelernt. Aber am Ende habe ich gemerkt, dass meine Wurzeln genauso wichtig wie meine Flügel sind.« Quirin schlug sich die Hände vors Gesicht und schüttelte den Kopf. »Oh Gott! Das klingt vielleicht kitschig. Aber eine andere Formulierung fällt mir jetzt auch nicht ein.«

»Ich versteh dich schon, glaub ich.« Der Schmerz brach so unvermittelt über Nelly herein, dass sie ihn kaum abfangen konnte.

»Nelly? Bist du in Ordnung? Hast du doch Angst? Dann können wir sofort zurück auf den Steg.« Quirin war alarmiert. Offenbar hatte er ihr angesehen, dass etwas nicht stimmte. Und so war es ja auch. Ihre Wurzeln waren ihr einfach weggestorben, und ihre Flügel hatten sie nach Bayern gebracht, wo sie niemanden kannte und gerade auf einem Segelboot saß. Ausgerechnet auf einem Segelboot!

Sie schüttelte den Kopf. »Nein, alles gut. Lass uns erst mal sehen, dass wir loskommen, oder? Dann erzähl ich dir vielleicht später, warum das, was du gesagt hast, mich für einen Moment traurig gemacht hat.« Sie versuchte, das Gefühl abzuschütteln, aber die Schwärze ihrer Traurigkeit schien der warmen Frühsommersonne das Licht zu nehmen. Nelly nahm alles, den See, das Gebirgspanorama, das saftige Grün der Blätter an den Bäumen und die Geranien, die bis hier herüber leuchteten, durch einen Grauschleier wahr, und der Eindruck, mutterseelenallein zu sein, ließ sich einfach nicht vertreiben.

Quirin nickte und ging nach vorn zum Schiffsbug, während Nelly weiter ihren Gedanken nachhing.

Sollte sie Marlon anrufen? Nein. Sie wollte ihn nicht hören, wurde ihr in diesem Augenblick klar, selbst dann nicht, wenn sie sich allein fühlte. Nelly schaute über den See. Ein Stand-up-Paddler war weiter drüben, in Richtung Prien, ziemlich weit rausgepaddelt und stach sein Paddel immer wieder rechts und links seines Bretts ins Wasser. Mit Marlon war sie, das wurde ihr in diesem Augenblick klar, noch viel einsamer, als sie es alleine je sein konnte. Sie musste mit ihm sprechen, das sah sie klar vor sich. Was half es, sich an jemanden zu binden, der dieses Band verabscheute und ständig die Schere griffbereit hatte? Nein. Marlon war nicht der Mann, bei dem sie sein wollte. Sie atmete tief ein und aus. Die Wellen, die der Dampfer erzeugt hatte, der eben vorbeigefahren war, erreichten den Mann auf dem Board und brachten ihn ganz schön ins Wanken.

Nellys Gedanken wanderten zu Ingrid. Ja, genau. Die würde sie anrufen, weil Ingrid Familie war. Mal hören, wie es Alfred so ging.

Vielleicht konnte das Telefonat sie davon überzeugen, dass Berlin auch ohne ihre Mutter und ohne ihre beste Freundin Mareike, die Giuseppe nach Bibione gefolgt war, noch einen Rest Wurzeln für sie bedeutete.

Und sie würde Marlon den Laufpass geben. Das war schon lange fällig. Allein wenn sie verglich, wie liebevoll Quirin mit ihr umging, der sie kaum kannte, und wie rücksichtslos Marlon sich die meiste Zeit verhielt, deutete alles darauf hin, dass sie keine Zeit mehr an ihren Teilzeitliebhaber verschwenden wollte.

Nelly straffte sich und schaute zu, wie Quirin routiniert erst am Bug und dann am Heck des Bootes die Leinen löste und es hinaus aufs offene Wasser manövrierte. Sie atmete tief aus. Wacklig war es gerade nicht. Sie würde tatsächlich ein wenig lesen können, während Quirin segelte.

»So, und jetzt lernst du mal, ein paar Stunden auf dem Wasser zu genießen!« Es war, als könnte er Gedanken lesen.

»Quirin?«

»Ja?« Er hatte gerade das Seil zu einer Schnecke auf dem Bootsdeck zusammengerollt und schaute jetzt auf, bereit, Nelly sofort wieder seine volle Aufmerksamkeit zu schenken. Daran, schoss es ihr durch den Kopf, könnte sie sich wirklich gewöhnen.

»Danke.« Sie sagte nur dieses eine Wort. Aber sie meinte es wirklich von ganzem Herzen.

7. Kapitel

Nelly war begeistert. Das Königsschloss sah wirklich aus wie eine abgespeckte Version von Schloss Versailles, genau wie Quirin prophezeit hatte. Die aufwendigen Springbrunnen vor dem Gebäude, mit Schildkröten und Echsen, die Wasser spuckten, und die akkurat geschnittenen Hecken, die farbenprächtigen Blumenbeete in symmetrischen Mustern, alles war perfekt arrangiert.

»Jetzt weißt du, warum man König Ludwig II. auch den Märchenkönig genannt hat«, sagte Quirin, als sie die Freitreppe hinaufgingen. »Er hat ja auch Neuschwanstein und Linderhof gebaut. Man kann sagen, dass er ein Faible für einen etwas pompösen Baustil hatte«, erklärte Quirin. »Er wollte mit diesem Schloss den großen Königen Frankreichs ein Denkmal setzen. Deren Baukunst hat er sehr verehrt. Und er war Perfektionist, wie man sieht. Allerdings hat er letztlich nicht viel Zeit hier im Schloss verbracht.«

»Und er hat die Bevölkerung ruiniert«, warf Nelly ein.

»Tatsächlich stimmt das so nicht. Das ist ein Gerücht.

Er hat sich selbst beinahe in den Bankrott getrieben, das stimmt.« Sehr viele Leute waren auf dem Gelände unterwegs, saßen auf den Bänken oder kühlten sich die Hände in den Brunnen. Kleine Kinder rannten herum und kreischten, wenn sie vom Wassernebel eingehüllt wurden, den ein kleiner Windstoß mit sich gerissen hatte. Die Stimmung war angenehm.

»Nachher gehen wir noch am Kanal entlang. Da gibt es unglaublich viele Kröten.« Quirin klang total begeistert, und Nelly musste lachen.

»Kröten?«

»Ja. Als kleiner Junge fand ich Kröten prima. Nenn es ein Relikt aus meiner Kindheit, okay?«

»Ich seh mir deine Kröten sehr gerne an.«

»Möchtest du das Schloss von innen sehen?«, fragte er Nelly jetzt, ganz der perfekte Reiseführer, der er schon den ganzen Tag über gewesen war.

Nelly schaute auf die Menschentrauben, die in Richtung Eingang strömten, und auf den Halteplatz der Pferdekutschen, die das Transportmittel auf der Insel waren und immer neue Touristen herankarrten. »Nein, ich glaube, wir nutzen besser das schöne Wetter, oder?« Sie hatte keine Lust, sich inmitten dieser Massen durch das Gebäude zu quetschen.

»Sehr gute Wahl. Dann vielleicht eine Kutschfahrt?«, schlug Quirin vor.

»Oh nein!« Nelly schüttelte lachend den Kopf. Zwar war sie Großstädterin durch und durch und sah nur alle Jubeljahre mal ein Pferd, aber für sie war eine Kutschfahrt kein romantisches Superhighlight. »Ich hab es nicht so mit Pferden«, erklärte sie.

»Gott sei Dank. Ich hab es nur vorgeschlagen, weil Frauen das angeblich lieben. Weißt du was, wir laufen noch ein wenig weiter, und ich zeig dir den Pavillon über der Ottos Ruh. Das ist die kleine Bucht, wo ich dich später noch hin entführen werde. Es gibt nicht viele Urlauber, die es bis dahin schaffen. Na, was meinst du?«

»Klingt wunderbar«, antwortete Nelly. Sie freute sich auf die Bucht – der Segeltörn hatte dieses Mal bedeutend besser geklappt, zumal sie ruhig auf ihrem Platz sitzen konnte und nichts tun musste. Da würde es sicher hübsch sein, später noch ein wenig mehr vom Wasser aus zu sehen. Es war wirklich geradezu unwirklich romantisch auf dieser Herreninsel.

Außerdem stellte Quirin sich als überaus gute Gesellschaft heraus. Er blieb die ganze Fahrt über fürsorglich, wollte sie mit einem weiteren Getränk verwöhnen und fragte mehrfach, ob sie sich auf dem Segelschiff auch wohlfühlte. Durch und durch ein Profi und – da war Nelly sicher – ein guter Segellehrer! Als Reiseleitung machte er sich jedenfalls prima.

Selbst das abenteuerliche Ankerwerfen bei der sogenannten Nepomuk-Kapelle, wo sie dann von einem kleinen Boot abgeholt und zur Insel transportiert worden waren, hatte Nelly dank Quirin perfekt gemeistert, obwohl ihre Knie beim Umsteigen in die Nussschale ordentlich gezittert hatten. Er war die ganze Zeit an ihrer Seite, ruhig und verlässlich. Das tat Nelly wahnsinnig gut.

»Komm, wir gehen durch den Wald, da ist es kühler.« Erst als Quirin es sagte, spürte Nelly, dass die Sonne wirklich angefangen hatte, vom Himmel zu brennen.

Die Kröten hatte Quirin wohl vergessen, denn er ging mit Nelly an der Fassade des Schlosses entlang und in den Wald hinein. Wahre Baumriesen ragten in den Himmel, und Nelly hatte das Gefühl, dass die Luft hier besonders klar war.

»Wie herrlich still es hier ist.«

»... sprach das Stadtkind«, fügte Quirin neckend hinzu. Sie mussten beide lachen.

»Zugegeben: Es gefällt mir auf dem Land viel besser, als ich erwartet hätte.«

»Sehr schön. Aber eines interessiert mich schon die ganze Zeit: Warum bist du denn hierhergezogen, wenn du Berlin so arg magst?« Quirins Frage traf wie ein Pfeil in ihre wundeste Stelle.

»Meine Mutter ist gestorben. Und deshalb mach ich hier ein Praktikum. Ich musste weg. Es ist noch nicht sicher, wie lange ich bleibe. Aber etwas Abstand tut mir jetzt gut.« Die Wahrheit kam ihr so schnell über die Lippen, dass Nelly es nicht verhindern konnte.

»Oh.« Für einen Augenblick schien selbst der sonst

so munter drauflosplaudernde Quirin sprachlos. »War deine Mutter hier aus der Gegend?«

Nelly schüttelte den Kopf. »Nein. Sie hatte nur eine – äh – sentimentale Verbindung hierher und wollte, dass ich den Chiemgau kennenlerne.« Das war nicht ganz gelogen. Es kam der Wahrheit sogar ziemlich nah.

»Ah. Okay. Wann ist sie denn gestorben?«

Nelly blieb stehen. Sie konnte nicht weitergehen. Zu schwer war die Last auf ihren Schultern. Ihr kamen die Tränen. Wie viele Tage war es her? Waren es zwei Wochen? Ihre Mutter war in aller Stille beigesetzt worden, nur sie und Ingrid am offenen Grab. Dann war die Welt im Nebel versunken, und schließlich war sie hier gelandet. Ein lauter Schluchzer durchbrach die Stille des Waldes, und sie legte ihre Hand vor den Mund. Aber ihr ganzer Körper krampfte sich bereits unter weiterem Schluchzen zusammen.

»Oh, Nelly, es tut mir so leid.« Für einen Moment hatte sie Quirins Anwesenheit tatsächlich vergessen. Jetzt war er da, stand direkt vor ihr, streckte seine Arme aus und zog Nelly an sich. Sie sträubte sich erst, wollte den letzten Rest Fassung wahren, doch in dem Augenblick, in dem sie seine Arme spürte, die sich um sie schlossen, die ihrem Körper den Halt gaben, den sie selbst nicht für sich fand, brachen alle Dämme. Sie ließ sie sich in die Umarmung des Mannes fallen, der ihr so bereitwillig Schutz bot, und ließ ihrem Kummer freien Lauf. Und Quirin ließ sie nicht los. Lange hielt er sie so, strich sanft mit einer Hand über ihren Hinterkopf, wiegte ihren Körper hin und her, spendete den Trost, den Nelly noch von niemandem erhalten hatte. Es tat unglaublich gut, endlich, endlich einmal nicht die Starke mimen zu müssen.

Später wusste sie nicht, wie lange sie so gestanden hatten, bis ihre Tränen versiegten und sie das Gefühl hatte, ihre Beine würden sie wieder allein tragen. Aber irgendwann war da nur noch eine große Leere an der Stelle, wo zuvor ein wahrer See aus Tränen darauf gewartet hatte, geweint zu werden.

Als ihre Tränen versiegten, waren sie schweigend weitergegangen, Quirin hatte einen Arm um sie gelegt und Nelly den ganzen Weg über gehalten. Überrascht stellte sie fest, wie richtig es sich anfühlte, mit ihm unter einem Dach aus gigantischen Laubbäumen dahinzugehen. Obwohl der Tag so warm war, tat Quirins Wärme ihr unglaublich gut, wo ihre Körper einander berührten. Er hatte so viel Kraft. Seine Kraft reichte für sie beide in diesem Moment.

Weiter vorne schimmerte eine Art Rundbank mit Überdachung zwischen den Bäumen hindurch. Leicht erhöht stand sie da, und man blickte von hier aus über den See zu den Bergen hinüber. Sie wirkten ganz nah und klar.

»Wow, ist das schön hier.« Nelly spürte richtig, wie ihre Lebensgeister zurückkehrten.

»Ich liebe diesen Platz auch sehr. Magst du dich kurz setzen?« Quirin ließ sie los und ging zu der Bank. Kühler Wind traf die Stelle, wo ihre Körper sich gerade noch berührt hatten. Sie umschlang sich selbst für einen Moment mit den Armen, aber das war nicht mit Quirins Umarmung vergleichbar, natürlich nicht. Nelly folgte ihm zu der Bank und setzte sich neben ihn.

Er hatte den kleinen Rucksack, den er schon die ganze Zeit auf den Schultern trug, abgenommen und wühlte jetzt darin herum.

»Radler, Breze und Bergkäse!« Er hielt eine Getränkedose hoch und einen in Papier verpackten Käse. Dann langte er erneut in den Rucksack und brachte ein Taschenmesser zum Vorschein. »Hier, trink erst mal. Ich habe noch eine Dose dabei.«

Nelly schaute zu, wie er den Bergkäse auspackte und Streifen davon abschnitt.

Als Quirin auf den Käse zeigte, merkte sie erst, wie hungrig sie war. Die Würze vom Käse und die Spritzigkeit des Radlers waren eine tolle Mischung, und sie schloss kurz die Augen. Jetzt war sie ganz im Moment und genoss ihn in vollen Zügen. Als sie die Augen wieder öffnete, war Quirin aufgestanden und ein Stück nach vorn gegangen, um das Bergpanorama zu genießen. Mit Blick auf seinen Rücken ertappte sie sich bei dem Wunsch, einfach von hinten an ihn heranzutreten und ihre Arme um ihn zu schlingen. Aber natürlich tat sie das nicht. Ihr Segellehrer hatte sie rein professionell getröstet. Sicher hatte so ein Mann eine Freundin. Überhaupt wusste sie ja gar nicht, wer er war oder wie er seine Zeit abseits des Segelns verbrachte, fiel ihr auf. Bisher hatten sie fast nur über Nelly geredet.

Also blieb sie sitzen und aß von dem Käse. Sie würde Quirin für immer dankbar sein, dass er ihr heute Trost gespendet hatte, das jedenfalls wusste sie ganz bestimmt.

Und noch etwas wusste sie: Während der ganzen Zeit mit Quirin hatte sie kein einziges Mal an Marlon gedacht.

Das Wetter war noch immer ein Traum. Sie waren einmal um die ganze Insel herum gewandert. Vorbei an einem Wildtiergehege, dem alten Schloss, von dem aus sich ein wunderschöner Blick auf die Fraueninsel bot, auf der es, so hatte Quirin erklärt, noch immer ein Nonnenkloster gab. Die kleine Insel sah herrlich verwunschen aus, und Nelly nahm sich vor, demnächst auch noch diesen besonderen Ort zu erkunden.

»Die Gärten auf der Fraueninsel sind sehenswert, und es gibt dort ein ganz spezielles Marzipan, das im Klosterladen verkauft wird«, erklärte Reiseführer Quirin, als er Nellys Blick hinüber auf die andere Seite bemerkte.

Jetzt, am Nachmittag, freute Nelly sich direkt darauf, zurück auf das Wasser zu kommen. Zwar waren sie an einem Ort vorbeigekommen, der Pauls Ruh hieß, wo man Zugang zum Wasser gehabt hatte, aber Nellys Badesachen waren in der kleinen Stofftasche verstaut, und die war auf dem Boot, das in der Nähe der kleinen Kapelle an der Nordseite der Insel am Landungssteg ankerte. Es war drückend heiß, und eine Abkühlung wäre sicher wunderbar.

»Ich freu mich so auf ein Bad im See, das glaubst du gar nicht.« Konnte Quirin Gedanken lesen? Nelly suchte seinen Blick, aber er schaute gerade übers Wasser, hinüber zu der anderen Insel, von der er vorhin noch erzählt hatte. Seit sie bei der Bank losgelaufen waren, hatte Quirin sie nicht mehr berührt. Es war wirklich nur um Trost gegangen bei der Umarmung. War da leises Bedauern in ihr? Nelly versuchte, in sich hineinzuspüren, aber sie kam nicht ganz an das Gefühl heran. Vielleicht sollte sie für den Moment einfach genießen, mit Quirin zusammen zu sein, und sich nichts dazu wünschen, was es nicht geben würde.

Es dauerte zwei Stunden, bis sie auf dem Boot ankamen, sich nach einer kurzen Verschnaufpause auf den Weg zu Ottos Ruh machten und der Anker in der kleinen Bucht ausgeworfen war.

»Von hier aus sieht man den Sonnenuntergang total gut.« Quirin zeigte in die Richtung, in der die Sonne untergehen würde. Überrascht bemerkte Nelly mit einem Blick auf ihr Handy, das ebenfalls vorhin zurück auf dem Boot geblieben war, dass es schon nach siebzehn Uhr war. Der Tag war vergangen wie im Flug. Sie hatte eine Nachricht von Mareike *(Hallo Süße, na? Wie ist es so in Bayern? Lust, weiter in den Süden abzudriften?)* und eine von Boris, ihrem Boss in der Bar, der ihr geschrieben hatte, obwohl sie vier Wochen Urlaub genommen hatte *(Lust auf Piña colada? Sammy ist ausgefallen)*, sowie eine Nachricht von Stella, einer alten Schulfreundin *(Hallo Nelly, wir haben uns ja ewig nicht mehr gehört, was treibst du so?)*. Kein Wort von Marlon, obwohl er wusste, dass ihre Mutter verstorben war. Nein, die Entscheidung, die seltsame, destruktive Beziehung mit ihm zu beenden, war unumstößlich.

Früher war seine Distanziertheit immer ein Grund zum Traurigsein gewesen, ein Grund, sich Gedanken zu machen, was er tat, wo er war, warum er sich nicht bei ihr meldete, ein Grund, ihn zu vermissen. Ohnehin gab es die Tage, an denen sie mit Marlon einsamer war als ohne ihn. Für Marlon schien am Ende immer er selbst am meisten zu zählen. Wie oft hatte Mareike sie gefragt, warum sie ihm die Stange hielt, und wie oft hatte Nelly keine richtige Antwort darauf gehabt? Unzählige Male!

»Es gibt ja auch gute Momente«, hatte sie sich herausgeredet. Aber das waren wenige, wenn sie ehrlich war, oder? Ein Fremder hatte sie getröstet und ihr die Kraft gegeben, die ihr ihr Partner nicht hatte geben können – oder geben wollen.

Quirin war in der Kajüte verschwunden. Jetzt kam er zurück auf Deck, nur mit Badeshorts gekleidet. Sein Körper verriet, dass er sich viel bewegte, er war sehnig, ohne ein Gramm Fett, aber auch ohne die Muskulatur, die man sich in Fitnessstudios antrainierte. Nelly fand ihn schön. Sein Körper war natürlich. Das gefiel ihr so gut an ihm. Er war einfach nur er selbst.

Quirin sprang mit solchem Schwung ins Wasser, dass das ganze Schiff wackelte und Nelly leise aufschrie und nach einer Stelle suchte, an der sie sich festklammern konnte.

»Oh, sorry. Ich hab kurz nicht mitgedacht.« Quirin war wieder aufgetaucht. Wassertropfen glitzerten in seinen Haaren, und Nelly konnte einfach nur lächeln.

»Alles gut. Es geht ja echt schon viel besser – mir ist kein bisschen schlecht geworden heute.« Und letzten Endes war ihr Problem ja nicht das Segeln, sondern die Angst davor, wieder tagelang zu spucken. Wieder hatte Quirin auf sie geachtet.

»Kommst du auch rein?«, fragte Quirin, der auf der Stelle paddelte.

»Sehr gern!« Nelly balancierte in die Kajüte. Kurz darauf stand sie im Bikini an der Stelle, von der aus Quirin ins Wasser gesprungen war. Der See war hier kristallklar. Man konnte bis auf den Boden schauen. Ein kleiner Fischschwarm schwamm vorbei. Quirin war ein Stück weiter in Richtung Insel gekrault.

Nelly stieß sich ab und machte einen Kopfsprung

ins Wasser. Die Kühle war ein wohliger Schock, und sie schwamm in raschen Zügen zu Quirin hinüber, der jetzt im seichten Wasser saß.

»Herrlich, oder?«, rief er ihr schon von Weitem entgegen.

Als sie sich neben ihn setzte, rutschte er ein klein wenig näher heran, sodass sich ihre Arme fast berührten. Täuschte Nelly sich, oder konnte sie sogar eine gewisse Wärme spüren, die von Quirin ausging? War er absichtlich näher gekommen? Sie schaute ihn an. Wassertropfen glitzerten in seinen Haaren. Er sah wie jemand aus, mit dem man alles, wirklich alles machen konnte, segeln, lachen, Pferde stehlen.

»Hier ist es am schönsten auf der ganzen Welt, und ich war echt viel unterwegs, wie wir wissen.« Er lachte leise.

»Ja, du hast so was erwähnt. Bist du wegen der Berge und des Sees zurückgekommen?« Nelly hob einen faustgroßen Stein aus dem Wasser und warf ihn. Er kam mit einem dumpfen Platschen auf der Wasseroberfläche auf.

Quirin zögerte, dachte nach. »Ich glaube, wegen der Heimat.«

Alarmiert warf Nelly ihm einen Blick zu. So ernst hatte er noch nicht geklungen, seit sie ihn kennengelernt hatte. Sie wartete. Die nun folgende Stille hatte etwas Bedrückendes. »Wie meinst du das denn, wenn ich fragen darf?«

»Ach, ich hab hier neben dem hier«, er breitete die Arme aus, »auch noch meine Schwester und den Bauernhof. Früher haben meine Eltern den Hof betrieben, aber jetzt sind sie im Zuhäusl, das ist eine Art Altersruhe-Häuschen für die Bauern, wenn sie ihren Hof an die nachfolgende Generation übergeben haben. Die Dampfnudeln meiner Mutter sind unschlagbar. Und mein Vater und ich fahren im Sommer oft raus zum Segeln. Außerdem hab ich auf dem Hof meine Holzwerkstatt, über der ich wohne. Allein der Geruch dort, das Gefühl, etwas mit meinen Händen zu machen … Und dann war ich damals auch in einer Beziehung. Ich hatte echt Heimweh nach allem.«

So viel hatte Quirin die ganze Zeit über noch nicht von sich erzählt, und als er seine Beziehung erwähnte, fühlte Nelly einen Stich. Aber er hatte *war* gesagt, oder? Sie hätte zu gern gewusst, ob es die Frau noch gab, ob sie sich die Nähe zu Quirin nur eingebildet hatte.

»Familie ist dir wichtig, oder?«, fragte sie stattdessen.

»Ja, schon.« Hörte Nelly da ein Zögern?

»Klingt so, als wärst du sehr glücklich aufgewachsen.«

»Oh, das auf jeden Fall! Es gab immer viel Arbeit bei uns, aber eben auch viel Liebe.«

Nelly nickte. Sie versuchte, sich Quirin mit Gummistiefeln im Stall vorzustellen, und es gelang ihr erstaunlich gut. Bestimmt konnte er gut mit Tieren.

»Warum hast du den Hof nicht übernommen?« War es nicht normalerweise so, dass die Söhne die Bauernhöfe übernahmen – oder war das antiquiertes Denken?

»Nein, dafür bin ich nicht gemacht.« Er schüttelte den Kopf. »Ich bringe nicht alle Voraussetzungen mit.« War da Bitterkeit in seiner Stimme?

»Was für Voraussetzungen denn?«

»Es ist kompliziert, sagen wir es so.« Es war ein wenig so, als hätte Quirin eine innere Tür zugeworfen. Die Leichtigkeit war schlagartig verflogen. Ernst blickte er über das Wasser in Richtung der Berge.

Nelly war wohl in einen Bereich vorgestoßen, über den Quirin nicht sprechen wollte.

»Bei mir ist auch vieles kompliziert, glaub mir.« Eine Gänsehaut überzog Nellys Arme. Wenn man so ruhig im Wasser saß, ohne sich zu bewegen, wurde es doch kalt.

»Ich glaube, dass dein Kompliziert anders ist als meins. Sei mir nicht böse. Ich … Ach, belassen wir es dabei. Okay?«

Sein Ton war abweisend, die Gesichtszüge zu einer Maske erstarrt.

Nelly musterte Quirin, der aufs Wasser schaute und ganz offensichtlich ihren Blick mied. Sie sah, dass er in Gedanken ganz weit weg war, dort, wo sein Kompliziert seinen Ursprung hatte.

»Komm, wir schwimmen zurück, hm? Und dann

erzählst du mir mehr über deine Holzwerkstatt«, versuchte sie, ihn zurückzuholen.

»Magst du Holzarbeit?«, fragte er sie, und das Blitzen kehrte in seine Augen zurück.

Nelly grinste. »Keine Ahnung. Aber das könnten wir doch rausfinden, oder?«

Er nickte. »Ja, stimmt.«

»Hast du noch so ein Radler auf dem Boot?«, fragte Nelly.

»Worauf du dich verlassen kannst«, gab Quirin zurück.

Und bevor Nelly noch etwas sagen konnte, war er auch schon losgeschwommen. Mit langen Zügen glitt er durchs Wasser auf das Schiff zu, und Nelly folgte ihm.

8. Kapitel

Als Nelly am Montag in den Lakritzladen kam, war Christina natürlich schon da. Regulär war Nelly ja für die Stoßzeiten verantwortlich, und Christina war diejenige, die die normale Tagschicht hatte. Als sie ankam, waren leider schon fast alle Lakritzen für diesen Tag gemacht.

Sie warf einen Blick nach hinten in die Küche, wo es heute sehr intensiv nach Sandelholz roch.

»Guten Morgen, Herr Rieger!«

»Grüß dich, Nelly.« Er hob die Hand und winkte. »Schön, dass du da bist. Hast den Sonntag gut rumgebracht?«

»Ja, danke.« Nett, dass er fragte, fand Nelly. Er war mehr als »rumgebracht« gewesen. Den gestrigen Tag würde sie so schnell nicht vergessen. Als die Sonne blutrot am Horizont versunken war und Quirin Nudelsalat aus der Kajüte gezaubert hatte, war sie sehr bei sich gewesen – und bei Quirin zugleich. Dass das möglich war, gefiel ihr besonders gut. Der Weißwein, leise Musik aus seinem Handy und die herrliche Landschaft hatten die Szenerie abgerundet.

Sie redeten über Belangloses, Politik, Berlin. Und später waren sie dann in der Dunkelheit unter Zuhilfenahme des fast lautlosen Elektromotors zurück nach Prien gefahren, während über ihnen am nächtlichen Himmel die Sterne gefunkelt hatten und der Mond, fast ganz rund, die Wasseroberfläche beleuchtete.

Zum Abschluss des Tages hatte Nelly wieder hinter Quirin auf dem Roller gesessen, die Arme fest um ihn geschlungen, den Kopf an seinen Rücken gelehnt. Er war ganz selbstverständlich von seinem Roller gestiegen, und als sie einander gegenübergestanden hatten, hatte Nelly ihm tief in die Augen geschaut. *Kastanien*, fiel ihr ein. Das war der Farbton! Seine Augen hatten die Farbe von Kastanien.

»Na dann, bis bald«, hatte Quirin gesagt und Nelly angelächelt. Sie hatte seinen Blick erwidert, aber nicht gewagt, einen Schritt auf ihn zuzugehen. Und er war nicht auf sie zugegangen. Kurze Zeit später hatte er seinen Roller gestartet und war davongebraust.

Nelly hatte ihm nachgesehen, selbst überrascht davon, wie stark ihr Wunsch gewesen war, ihn wenigstens auf die Wange zu küssen. Es blieb das Gefühl, einen wunderschönen Tag verlebt zu haben, den schönsten seit Langem – und das Bedauern darüber, dass Quirin in ihr nicht mehr sah als eine Bekannte.

Als Quirin gefahren war, hatte Nelly sich vor dem Haus auf die Stufe gesetzt und ihr Handy hervorgeholt. Aber Marlon war nicht ans Telefon gegangen. Ihr

Bedürfnis, das Verhältnis mit ihm zu beenden, war so groß gewesen, dass sie ihm eine Nachricht geschickt hatte und um dringenden Rückruf bat. Doch wie erwartet, hatte Marlon sich bis heute Morgen noch nicht gemeldet.

Anton nickte. »Das freut mich, wenn es dir hier taugt und du einen guten freien Tag hattest.«

»Was machen Sie da, wenn ich fragen darf?« Nelly beobachtete Anton, der eine weiche Masse über einen Haken an der Wand gehängt hatte.

»Ich mach Lakritzbonbons. Dazu muss ich Luft in den Teig einarbeiten. Also wird er hier an den Haken gehängt und von mir gezogen, siehst du, so.«

Er zog die Teigstränge in die Länge und hängte sie über den Haken, wieder und wieder. Man sah Antons Bewegung die jahrelange Routine an. Am liebsten wäre sie zu ihm gegangen und hätte ihm aus der Nähe zugeschaut.

»Siehst du, wie der Teig heller wird? Daran erkennt man, dass immer mehr Luft drin ist«, erklärte Anton.

»Sind die dann trotzdem mit Süßholzwurzel?«

»Du meinst, ob sie einen Rohlakritzanteil haben?«, fragte Anton nach, ohne seine Arbeit zu unterbrechen.

Nelly nickte.

»Ja, ich hab natürlich Rohlakritze eingearbeitet. Aber das genaue Rezept ist mein Geheimnis.« Anton zwinkerte Nelly zu. »Die Konkurrenz versucht seit

Jahren, diese Bonbons nachzumachen, aber es gelingt ihnen nicht.«

Dieser Laden in Rosenheim schien Anton ja ganz schön Sorgen zu machen. Er war jetzt schon das zweite Mal Thema. Langsam wurde Nelly neugierig auf dieses Geschäft. Außerdem hätte sie zu gern gewusst, welche Geheimnisse Anton noch in seiner Zuckerküche köchelte. Sie fand die Herstellung der Süßigkeiten einfach zu spannend.

»Dürfte ich vielleicht mal wieder früher kommen und bei Ihnen hinten mithelfen?«

Anton runzelte die Stirn.

»Nicht gegen Geld. Es hat mir nur Spaß gemacht, das ist alles«, versicherte Nelly eilig. Sie zuckte mit den Schultern. »Ich dachte, ich könnte vielleicht etwas lernen.«

»Im Ernst? Du willst lernen, wie man Lakritze macht?« Anton drehte den Bonbonteig und hängte ihn erneut über den Haken.

»Ja. Wenn ich darf, sehr gern«, bestätigte Nelly. Sie war unsicher. Wie würde sie sich fühlen, wenn er sie abwies?

Christinas schnippischer Ton unterbrach die Unterhaltung. »Hast du vor, jetzt auch mal mit der Arbeit anzufangen, oder möchtest du weiter meinen Vater von seiner eigenen Arbeit abhalten?« Sie war wie aus dem Nichts in der Küche aufgetaucht.

»Ist ja schon gut, ich komme.« Wie Christina mit ihr

umging, war wirklich ein Problem. Wie lange würde sie es schaffen, sie ständig zu besänftigen, ohne selbst unfreundlich zu werden?

»Wird auch Zeit.« Christina drückte Nelly ihre Schürze in die Hand. »Deine Arbeitszeit hat vor sieben Minuten angefangen.«

Anton war herübergekommen. »Wie viele Sekunden?« Er klang ungewohnt hart.

»Was?« Christina schaute ihn an.

»Du hast mich schon verstanden.« Der Vater klang heute gar nicht beschwichtigend. Er klang ernst und auch ein wenig sauer. Und ja, Christina schien ihn wirklich verstanden zu haben, denn statt einer Antwort drehte sie sich um und ging zurück hinter die Theke.

Lächelnd wandte Anton Rieger sich an Nelly. Er beugte sich ganz nah zu ihrem Ohr herunter. Sie roch sein herb-würziges Aftershave. »Honig«, flüsterte er.

»Wie bitte?« Nelly stand auf dem Schlauch.

»Das Geheimnis der Bonbons ist ein Hauch Honig«, flüsterte er. Dann richtete er sich wieder zu seiner vollen Größe auf und ging hinüber zu seinem Bonbonteig, der geduldig am Haken hing und darauf wartete, weiter gezogen zu werden.

»Morgen um acht?«, beantwortete er Nellys Frage von vorhin, während die ihm noch überrascht hinterherschaute.

Ihr Herz machte einen freudigen Hüpfer. »Vielen Dank! Ich komm wahnsinnig gern.«

Nelly mochte Anton. In den vergangenen Tagen war dieses Gefühl immer deutlicher geworden. Und zugleich spürte sie, dass es ihr zuwider war, wie gern sie ihn hatte. Schließlich hatte er sich nie für sie, die verstoßene Tochter, interessiert, nicht wahr? Außerdem hätte sie zu gern gewusst, warum er ihre Mutter verlassen und ihr damit alle Verantwortung für die Tochter allein aufgebürdet hatte.

Anton wandte seine volle Aufmerksamkeit wieder dem Teig zu, während Nelly in ihre Schürze schlüpfte und zu Christina ging. Sie wollte mit ihr reden, aber wenn Blicke töten könnten, hätte der ihrer Halbschwester Nelly umgebracht, also war sie einfach still, kontrollierte Bonbonnieren und bediente einen kleinen Jungen, der sein Taschengeld in Lakritze anlegte.

»Das macht dann einen Euro und achtzig Cent.« Nelly lächelte, als der Junge begann, in seiner Hosentasche zu wühlen, und einen Haufen Münzen zutage brachte.

Mühsam zählte der Kleine Münze für Münze ab und legte sie auf den Teller auf dem Tresen. Dann griff er nach der Tüte mit seinen Süßigkeiten. Mit einem strahlenden Lächeln im Gesicht verließ er schließlich den Laden.

Morgen um acht, dachte Nelly, nachdem das Kind weg war. Die Vorfreude in ihr war süßer, als jede Lakritzmasse es hätte sein können, und sie hätte nicht sagen können, worauf sie neugieriger war: Darauf, den Vater besser kennenzulernen, vielleicht sogar herauszufinden, wer er wirklich war, oder darauf, zu erlernen, wie man Bonbons und Lakritzen fertigte.

Der Vormittag verging. Es war wieder viel los. Der Laden war wirklich beliebt bei Alt und Jung. Christina kannte viele der Kundinnen und war immer freundlich. Als eine alte Dame mit Rollator hereinkommen wollte, lief sie zur Tür und hielt sie ihr auf, während sie sich nach ihrem Befinden erkundigte und der Frau mit einem Scherz ein Lächeln ins Gesicht zauberte.

»Danke, Christl, du bist immer so freundlich«, sagte die alte Dame und drückte kurz Christinas Hand. »Ich komm schon wegen dir gern her.«

»Aber, Frau Hartl, das ist doch wohl selbstverständlich! So wie immer?« Gerade die älteren Kunden, hatte Nelly beobachtet, waren ein wenig so wie ihre Kneipenbesucher: Sie bestellten meistens das Gleiche.

»Ja danke. Ich such schon mal meinen Geldbeutel.« Sie begann, in dem kleinen Korb, der auf dem Rollator angebracht war, zu wühlen, während Christina Nussbonbons abwog und statt hundert Gramm hundertzwanzig in die Tüte gab. Sie war kein schlechter Mensch, glaubte Nelly. Das ihr gegenüber war wohl einfach Antipathie. Da konnte man nichts machen.

Als die alte Frau weg war, begutachtete Nelly die Lakritze in der Auslage. Sie hatte sich vorgenommen, auch heute ein paar Sorten zu probieren, allen voran die Pfefferlakritze, die Quirin so liebte. Dann würde sie gerüstet sein, um die Kunden umfassend beraten zu können.

Sie suchte sich eine Auswahl zusammen: Ein paar Salzheringe, Lakritzschokolade, Schulkreiden (eine Lakritzart, die länglich geformt und mit klassischem Zuckerguss überzogen war), runde Salmiakpastillen und Salmiak-Minz-Bonbons wurden von Nelly verkostet. Besonders mochte sie nach wie vor die Kugeln mit der sauren Füllung, die einen herrlichen Kontrast bildete. Bei dieser Sorte konnte sie mit dem Probieren gar nicht mehr aufhören. Und auch Quirins Leidenschaft für Pfefferlakritze konnte sie nachvollziehen. Die Schärfe im Abgang schien den ganzen Rachenraum auszufüllen. Nelly schloss die Augen, als sie in die Schulkreide biss. Die Süße des Zuckers und die Würze der Lakritze harmonierten perfekt.

Als die Ladentür das nächste Mal aufging, stand da eine Frau, wie Nelly sie noch nie gesehen hatte. Sie trug breite moosgrüne Schuhe mit einer sehr flachen Sohle, dazu eine Art Bauarbeiterhose und ein Tanktop mit der Aufschrift *Not all who wander are lost* – nicht alle, die unterwegs sind, haben sich verlaufen. Ihre Haare steckten unter einem roten Bandana.

»Servus, allerseits!«, rief sie so laut, als wäre sie gerade nach Hause gekommen.

Sofort war Christina in Habachtstellung. »Ach, du lässt dich auch mal blicken.«

Nelly schaute irritiert zu Christina, deren zickiger Ton bisher exklusiv ihr vorbehalten gewesen war. Aber offenbar war die Frau, die gerade mit einem strahlenden Lächeln hereingekommen war, auch nicht unbedingt ihr Fall. Aber die Kundin ließ sich nicht ins Bockshorn jagen. »Hallo, Lieblingsschwester. Ich freu mich auch, dich zu sehen.«

In diesem Moment durchfuhr es Nelly wie ein Stromschlag. Das musste Kathi sein! Sie schluckte die Lakritze in ihrem Mund hinunter, ohne noch etwas zu schmecken. Auf den zweiten Blick sah man es auch sofort: Beide hatten die gleiche Mundpartie und strahlend blaue Augen – dass sie Schwestern waren, war nur deswegen so leicht zu übersehen, weil sie kaum verschiedenere Typen hätten sein können. Christina mit den langen Haaren, dem lockeren Sommerkleid und den Flip-Flops und daneben die fast maskulin anmutende Frau, der man ansah, dass Sport ihre große Leidenschaft war.

Kathi hatte jetzt auch Nelly bemerkt und wandte sich ihr zu. »Bist du die neue Aushilfe? Hi, ich bin die Kathi!«

Wie offen und herzlich, wie angenehm anders diese Kathi war! Nelly erwiderte das freundliche Lächeln nur zu gern. Sie schüttelten sich die Hand. Die Chemie stimmte vom ersten Augenblick.

»Nelly. Freut mich.«

»Mich erst. Wenn du nicht da wärst, würde das

mein Leben extrem einschränken, um ehrlich zu sein.« Kathi lachte. Christina sah aus, als hätte sie in eine Zitrone gebissen.

»Ja, ich hab schon gehört, dass du als Wanderführerin arbeitest«, gab Nelly zurück, die den Namen des Berges natürlich wieder vergessen hatte, auf dem Kathi zum Sonnenaufgang gewesen war. »Ich kenn aber nur die Kampenwand«, fügte sie deshalb in entschuldigendem Tonfall hinzu.

Kathi lachte. »Ich bin Bergführerin. Wanderführer gibt es auch, aber das ist tatsächlich noch mal was anderes. Wenn du fit bist, kann ich dich ja mal wohin mitnehmen.« Wenn sie darüber sprach, sah man Kathi an, dass sie für ihre Leidenschaft – die Berge – brannte. »Ich war erst heute oben bei der Gruttenhütte und bin dann noch weiter Richtung Ellmauer Halt. Leider war mein Gast am Ende weniger schwindelfrei, als er dachte – drum bin ich jetzt auch schon wieder da. Aber wenn du Klettersteige magst – ich kann dich gerne begleiten.«

Nelly schüttelte lachend den Kopf. »Leider muss ich da passen. Ich komme aus Berlin und kann mir kaum vorstellen, dass ich auf hohen Bergen gut aufgehoben bin.«

»Ach, wer weiß? Ich führe viele Urlauber. Du kannst es dir ja mal überlegen.«

»Danke auf jeden Fall für das Angebot. Vielleicht gebe ich mir ja irgendwann einen Ruck«, sagte Nelly.

»Katharina!« Anton Rieger war aus der Küche gekommen und hatte seine Arme weit ausgebreitet. »Schön, dass du reinschaust. Grüß dich!«

»Pa!« Kathi war mit drei Schritten bei ihrem Vater, und sie umarmten einander fest.

»Hast die Guatl vermisst?« Ihr Vater zwinkerte ihr zu. »Du warst ja schon seit einer ganzen Woche nimmer da.«

»Darf ich ehrlich sein?«

Rieger schüttelte den Kopf. »Bitte nicht.«

Beide lachten. Aber man sah Anton Rieger an, dass er schon ein wenig wehmütig war.

»Stell dir vor, Nelly, meine Tochter Kathi interessiert sich überhaupt nicht für Lakritze. Dabei sind meine Töchter praktisch hier im Laden groß geworden!«

Christina verzog schon wieder das Gesicht, während Kathi mit den Schultern zuckte und kicherte.

Nelly stellte sich Christina als kleines Mädchen vor, das neben dem Haken stand und ihrem Vater dabei zusah, wie er den Bonbonteig darüberlegte und zog. Wie aufregend das gewesen sein musste! Aber vielleicht, dachte sie, war es einfach nur normal, wenn man damit aufwuchs.

»Es hätte mir schon gefallen, wenn du mehr für die Lakritze übriggehabt hättest, aber das weiß du ja«, wandte er sich wieder an die Bergführerin, die nach einem der Lollis griff, die auf der Theke in einem offenen Glas lagen.

Kathi nickte. »Ich weiß. Aber man kann es sich nicht rausschnitzen, gell?«

»Ja, da hast du recht. Zum Glück ist die Christl noch da«, räumte Rieger ein, dem die Grimasse seiner anderen Tochter entgangen war. »Warst schon bei der Mama?«

»Nein, ich fahr aber jetzt zu ihr raus.«

Anton Rieger nickte. »Da wird sie sich freuen. Sie hat immer noch Angst um dich, wenn du unterwegs bist.«

Kathi verdrehte die Augen.

»Sie ist deine Mama.« Anton Rieger sagte nicht mehr. Es war auch Erklärung genug, fand Nelly.

Als sie die drei so da stehen sah, Christina schweigend, mit verschränkten Armen, die lebenslustige Kathi, die mit ihrem Vater sprach, fühlte sie sich plötzlich wieder sehr allein. Sie stand einen Schritt weiter hinten und fühlte sich so weit außen vor, dass nicht viel gefehlt hätte, und sie hätte sich zu erkennen gegeben. Warum eigentlich nicht?, dachte sie. Sie wollte schließlich nichts weiter, als dazuzugehören. Aber dann: Wie würde Christina reagieren? Sie mochte ja schon Kathi nicht, das zeigte ihre Körpersprache mehr als deutlich. Und ihre Abneigung Nelly gegenüber hätte sie auch kaum deutlicher zum Ausdruck bringen können. Außerdem war Nelly überhaupt nicht klar, wie Rieger reagieren würde. Schließlich war er über all die Jahre kein Teil ihres Lebens gewesen, hatte sich gegen seine erste Tochter und für diese Familie entschieden.

War es da nicht besser, noch ein paar Tage hier inkognito zu verbringen und mit ihrem Vater wenigstens zusammenzuarbeiten, bis sie aufflog? Wer konnte schon wissen, ob er sie nicht einfach rauswarf, um seine Familie zu schützen?

Als in diesem Augenblick ein Kunde den Laden betrat, sprach Nelly ihn sofort an, um sich abzulenken. »Was kann ich für Sie tun?«

Sie schenkte ihm ihre ganze Aufmerksamkeit, packte ein, kassierte. Und als sie fertig war, hatten Anton und Kathi den Verkaufsraum verlassen – ihre Stimmen drangen aus der Küche nach vorn, ein lebhaftes Geplätscher aus unverständlichen Worten. Auch wenn man nicht verstand, was sie sagten, hörte man doch, wie gut sie sich verstanden, dass die Chemie zwischen ihnen stimmte.

Ihr war das alles verwehrt geblieben, weil Anton sie verlassen hatte. Wie herzlos musste man sein, um eine schwangere Frau zu verlassen! Nelly fragte sich, ob Anton ihre Mutter finanziell unterstützt hatte. Sie würde die Kontoauszüge nach ihrer Rückkehr prüfen oder Ingrid danach fragen. Ja, das war eine gute Idee.

Als Nelly sich nach Christina umblickte, sah sie, dass die mit einer Hand ein Bonbonglas zum Regal balancierte. Das waren die schwarzen Vampirlakritzen, die die Kinder so liebten – klassische Lakritzen mit rotem Kern. Auch so ein Rezept, das Nelly nur zu gern kennenlernen wollte.

Und dann, ganz plötzlich, sah Nelly das Glas ins Rutschen geraten, sah, wie es Christina entglitt und auf dem Boden aufschlug. Tausende Glassplitter verteilten sich im Raum und vermischten sich mit den Bonbons, die auf dem Boden herumrollten wie Murmeln.

»Alles okay bei dir?«, fragte Nelly eilig. Hoffentlich hatte Christina sich nicht geschnitten!

»Ja, alles gut.« Sie klang nicht so eisig wie sonst. In ihrer Stimme schwang ein leichtes Zittern mit. Waren da Tränen in ihren Augen?

»Weißt du was, du setzt dich kurz, und ich fege das eben weg, ja?«, bot sie Christina an, die hilflos nickte.

Nelly ging durch die Küche. Wo der Besen stand, wusste sie. Rieger stand am Herd und schaute konzentriert in einen Topf, während Kathi ihm etwas über einen Klettersteig am Berchtesgadener Hochthron erzählte.

Als sie zurück in den Laden kam, waren die Tränen aus Christinas Augen verschwunden.

Nelly begann, die Scherben zusammenzufegen.

Christina hatte sich gefangen. Sie ging wieder hinter den Tresen und sortierte die Lollis neben der Kasse neu.

Aber für einen Moment hatte sie eine andere Seite von sich gezeigt – nicht kühl und abweisend, sondern warm und verletzlich.

Vielleicht bildete sie sich das nur ein, doch Nelly meinte zu sehen, dass Christina zusammenzuckte, als Kathis lautes, unbeschwertes Lachen aus der Küche zu ihnen herausdrang.

9. Kapitel

»Schneckiii!«

Mareike zu hören, die laut in den Hörer kreischte, war eine Wohltat für Nelly. Sie musste automatisch grinsen, wenn sie ihre verrückte beste Freundin hörte.

»Wie ist es bei den Weißwurstessern?«

»Mareike, du denkst wirklich nur in Klischees, oder? Italiener essen Pizza und Bayern Weißwürste und Leberkäs.«

»Na, in meinem Fall stimmt das ja auch. Giuseppe hat schon wieder eine neue Pizza erfunden.« Mareike lachte. Sie war noch immer glücklich, das hörte Nelly selbst durchs Telefon ganz genau. »Also, wie geht es dir?«, fragte die Freundin jetzt.

Nelly überlegte. »Ich weiß gar nicht so genau.«

»Das musst du mir erklären.«

»Hm. Also mein Vater wirkt erst mal schon ganz nett. Aber ich hab mit Ingrid telefoniert, und die sagt, er hat nie Unterhalt für mich gezahlt. Ich hab sie das nachschauen lassen, in den Kontoauszügen von Mama. Er hat sich nie für mich interessiert. Insofern *kann* er gar nicht so nett sein, wie er mir vorkommt.«

»Das tut mir sehr leid.« Mareike war ernst geworden.

»Dank dir. Dass er zu seinen anderen Töchtern total fürsorglich und liebevoll ist, macht es auch nicht besser. Ich habe nämlich zwei Halbschwestern, musst du wissen.«

»Wow, gleich zwei.«

»Ja, ist das nicht krass? Und er scheint sich sehr gut um die zwei zu kümmern.«

»Hm.«

»Ich meine, zu mir ist er auch nett«, sprach Nelly weiter. »Ich hab ihm ein paarmal in der Bonbonküche geholfen und lerne, wie man Lakritzen macht. Das macht mir richtig Spaß, auch wenn Christina, meine eine Halbschwester, die auch da arbeitet, irgendwie speziell ist. Sie behandelt alle um sich rum so ruppig. Ich glaube, sie ist unglücklich verliebt.« Nelly konnte sich nicht besser strukturieren, sie erzählte einfach, was ihr so einfiel. Mareike kannte das schon von ihr.

»Verliebt?«

»Ja, sie ist wegen einem Mann in die nächste Stadt gezogen. Michi heißt er. Aber mehr weiß ich auch nicht. Und dann ist da noch Kathi, meine andere Schwester. Die scheint ein richtig wildes Huhn zu sein, macht immer genau das, was sie möchte. Ich mochte sie auf Anhieb.«

»Und wie finden die, dass du gekommen bist?«

»Ich hab noch gar nicht gesagt, wer ich bin.« Nelly umriss kurz, was bisher geschehen war.

Sie war nach der Arbeit noch mal rausgegangen, an dem Fluss entlang, der Prien hieß, und den Wegweisern gefolgt, auf denen *Eichental* stand. Es stellte sich heraus, dass der Fluss hier breiter war und über ein Wehr rauschte. Sogar ein großes Wasserrad aus Holz gab es, das den Mühlbach, einen Zulauf zur Prien, wie ein Schild verriet, durchpflügte. Hier draußen war es kühler als im Ort, auf dessen Dächer die Sonne schien. Das gleichmäßige Rauschen des Wasserfalls am Wehr wirkte angenehm beruhigend.

»Meinst du nicht, du solltest denen reinen Wein einschenken? Wenn das rauskommt, wirst du Probleme kriegen«, gab Mareike zu bedenken, als Nelly fertig erzählt hatte.

»Ich hab ein bisschen Angst, wie sie reagieren. Ich weiß nicht, ob ich das aushalte, wenn ich weggeschickt werde.«

»Ja, das versteh ich. Auf der anderen Seite hättest du dann die Klarheit, wegen der du nach Prien gefahren bist.«

»Ich weiß. Aber ich bin wohl einfach noch nicht so weit«, gestand Nelly.

Mareike gab ein Geräusch der Zustimmung von sich. Ein kurzes Schweigen entstand, bevor sie die nächste Frage stellte.

»Und wie lief es beim Segeln? Das ist ja wirklich

total deine Sportart, oder?« Nelly sah Mareike förmlich frech grinsen.

»Haha, sehr witzig«, entgegnete sie. »Ich hab es überlebt. Der Segellehrer ist ganz okay. Wir waren sogar am Sonntag noch mal zusammen unterwegs.« Nelly streckte ihr Gesicht in Richtung Sonne und genoss die warmen Sonnenstrahlen. Hinter ihr raste eine ganze Horde Jungs auf ihren Mountainbikes vorbei.

»Unterwegs?«

»Ja, er hat mir die Herreninsel gezeigt.« Und mich umarmt, fügte Nelly in Gedanken hinzu, sprach es aber nicht laut aus. Als ob es etwas war, das seinen Zauber verlöre, wenn man darüber redete.

»Da war ich als Kind mal, war ganz schön, fand ich.«

»Oh ja«, bestätigte Nelly.

»Hast du was von Marlon gehört?«, fragte Mareike.

»Nein. Ich wollte ihn gestern Nacht noch anrufen, aber er ist nicht drangegangen.« Dabei hätte Nelly zu gern für klare Verhältnisse gesorgt. »Ich hab ihn gebeten zurückzurufen, aber du kennst ihn ja.«

Marlon war lange und oft Thema zwischen ihnen gewesen. Besonders in den ersten paar Jahren, als all die Geschichten rund um ihn noch neu gewesen waren. Mittlerweile war wirklich jedes Szenario schon durchgespielt, und Nelly wusste, was Mareike dachte: Marlon war kein Mann für Nelly und verdiente sie nicht. Das hatte Mareike mehr als einmal gesagt. Zum ersten Mal konnte Nelly sich eingestehen, dass Mareike recht hatte.

»Ich muss ehrlich sagen, ich hab tagelang nicht an Marlon gedacht. Vielleicht ist das die Distanz oder einfach die Tatsache, dass ich hier so viele andere Dinge im Kopf hatte«, gestand Nelly. »Aber die Wahrheit ist, dass er mir nicht fehlt, auch dann nicht, wenn ich mich einsam fühle.«

»Endlich!«, rief Mareike in den Hörer. »Bayern tut dir gut, merke ich.«

Ja, das stimmte wohl. Nelly musste wieder an gestern denken.

Sie hatte mit ihrem Vater gearbeitet und Kaffeelakritze hergestellt, danach hatte er ihr gezeigt, wie die Blöcke Rohlakritz aussahen, die aus der Süßholzwurzel gewonnen wurden. Anton Rieger konnte gut erklären, wie die bittere, harte Masse mit Zucker, Traubenzucker und Stärke in Wasser gekocht wurde und so die richtige Konsistenz gewann. Nelly hatte förmlich an seinen Lippen gehangen. Die Lakritzherstellung faszinierte sie, und dass ihr Vater ihr bereits zugetraut hatte, selbst einen Zuckerguss mit der richtigen Menge Kaffeearoma zu versehen, war Balsam für ihr Selbstbewusstsein gewesen. Endlich war sie mal in etwas gut, nicht nur die gescheiterte Mittzwanzigerin, die in einer Bar jobbte, weil es nichts sonst gab, das dauerhaft ihr Interesse wecken konnte. Die Zeit in der Küche war wie im Fluge vergangen. In der Lakritzküche war es egal, wer Anton Rieger war. Da waren sie nur zwei Menschen, die ein Interesse teilten.

»Ich glaube, ich bin hier in Bayern noch mal ein Stück gewachsen. So fühlt es sich an.« Nelly war selbst erstaunt über das, was sie da gerade gesagt hatte.

»Ich glaube, das stimmt«, stellte Mareike fest. »Du klingst größer.«

Sie lachten, dann erzählte Mareike von Bibione (lange Strände, dicke Touristen, Schirme, die in Reih und Glied standen, viel Arbeit in der Pizzeria), bevor sie unter der Beteuerung, bald wieder zu plaudern, auflegten.

Nelly stand auf. Auch heute wieder würde es einen lauen Sommerabend geben. Sie entschied sich, einen Abstecher in die Eisdiele zu machen, in der sie mit Quirin gewesen war. Hoffentlich fand sie hin. Dann würde sie sich einen dekadenten Eisbecher gönnen und ganz entspannt die Passanten beobachten. Als sie losging, dachte sie darüber nach, wann sie je allein in einem Lokal oder einer Eisdiele gesessen hatte und nicht mit einem To-go-Behältnis schnellstmöglich das Weite gesucht hatte, um nicht von anderen Gästen angestarrt und so mit ihrer Einsamkeit konfrontiert zu werden. Sie konnte sich nicht erinnern.

Sie war wirklich gewachsen, daran bestand kein Zweifel.

Als Nelly tags darauf in den Laden kam, stand Kathi hinter der Theke und wirkte dort komplett fehl am Platz mit der Schürze über einem Hoodie. Heute sah man, dass sie eine wilde Frisur hatte, die Haare waren über dem rechten Ohr ausrasiert, und dunkelrote Strähnen durchzogen ihr sonst blondes Haar, das kinnlang geschnitten war. Außer dem Blond hatten die Frisuren der Schwestern nichts Gemeinsames. Nellys Style dagegen kam dem ihrer Halbschwester schon deutlich näher, wie sie amüsiert feststellte.

»Hi, Nelly.« Kathi wirkte geradezu erleichtert, als Nelly in den Laden kam. »Wie schön, dass du da bist.«

Sie langte sofort nach der Schleife ihrer Schürze, zog sie auf. Achtlos warf sie das Kleidungsstück auf den Tresen. »Heute Morgen war Frau Mooser schon da. Alles hat nach ihrem Stall gerochen. Später kommt auch noch Herr Ehrenböck, ausgerechnet. Der hat sich schon telefonisch seine Sahnetoffee-Mischung bestellt.« Kathi verdrehte die Augen.

»Wer ist das denn?«

»Den kennst du noch nicht?«

Nelly schüttelte den Kopf. »Nope.«

»Dann kann ich dir nur raten, dass du schön hinter dem Tresen bleibst. Er ist ein alternder Schürzenjäger mit einer Schwäche für Toffee. Er liebt diese Sahnedinger und bringt jedesmal einen schlüpfrigen Spruch über Sahne und Lakritze. Dabei zwinkert er einem dann ständig so frivol zu. Das steht mir bis hier.«

Nelly musste angesichts Kathis angewidertem Gesichtsausdruck grinsen. Mit solchen Typen konnte sie umgehen, das hatte sie in der Bar gelernt. »Keine Sorge, mit dem werde ich schon fertig«, lachte sie.

»Ich bin sowieso froh, dass ich jetzt wegkann.« Kathi machte eine Bewegung, als würde sie sich Schweiß von der Stirn wischen.

»Du bist eh kaum noch hier, oder? Du bist viel in den Bergen, hat Christina gesagt.« Inzwischen hatte sie einfach Kathis Schürze genommen und sie übergezogen.

»Ja. Das stimmt. Ich bin nicht für den Laden gemacht, hier drinnen krieg ich ganz schnell das Gefühl zu ersticken. Ich brauch den weiten Blick und die Freiheit«, erklärte Kathi. »Da war die Bergführerausbildung einfach ideal für mich«, fügte sie noch hinzu. »Mich hat es schon immer nach draußen gezogen.«

»Das kann ich mir vorstellen, es passt zu dir«, sagte Nelly. »Ich dagegen wusste, bis ich hier ankam, nicht einmal, dass die Kampenwand die Kampenwand ist. Dafür wurde ich schon sehr gerügt.« Immer wieder tauchte Quirin in ihrem Kopf auf, merkte Nelly nicht zum ersten Mal. Gestern beim Eisessen, als sie auf die Straße hinausgeschaut hatte, hatte sie sich auch dabei ertappt, enttäuscht zu sein, als ein Roller vorbeifuhr und es nicht seiner, sondern der einer Blondine in knappen Jeansshorts gewesen war.

»Ach, das ist nicht so schlimm. Dafür gibt es ja dann Leute wie mich. Ich könnte dich auf meine nächste Tour in die Loferer Steinberge mitnehmen oder zum Hundstod oder zum großen Rettenstein, den mag ich ganz besonders, weil …« Kathi stoppte von sich aus mitten im Satz. Sie winkte ab. »Entschuldige. Wenn es um Berge geht, verliere ich mich sehr leicht.«

»Fällt kaum auf«, gab Nelly zurück und grinste breit.

»Nachher kommt eh noch Christina, oder? Dann bist du nicht mehr allein?«

Nelly schluckte. Christinas Schweigen war etwas, das man nur schwer aushalten konnte, ihre vorwurfsvollen, kontrollierenden Blicke, die unwirsche Art.

Statt einer Antwort zuckte sie nur mit den Schultern.

Kathi runzelte die Stirn. »Oje. Sag nichts. Ich kann es mir auch so vorstellen. Es ist nicht immer einfach mit ihr, ich weiß. Sie hat mir bis heute nicht verziehen, dass ich den Süßigkeiten den Rücken zugewandt habe. Aber – na ja, ich war einfach schneller.«

»Wie meinst du das? Schneller?«

»Na, sie wollte doch …« Kathi stockte mitten im Satz. »Na, das soll sie dir mal lieber selber sagen, glaub ich.« Sie war rot geworden vor Verlegenheit.

Wie um einen Themenwechsel einzuleiten, bimmelte die Türglocke.

»Herr Ehrenböck!«, rief Kathi aus.

Nelly musste beim Anblick des Mannes grinsen. Stirnglatze und weiße Haarbüschel, die über seinen Ohren abstanden – er hatte das Aussehen eines Clowns. Dazu stellte er einen gierigen Gesichtsausdruck zur Schau, der Nelly zusätzlich erheiterte.

»Hallo, schöne Frau!«, gurrte er lüstern. Er war wirklich genau so, wie Kathi gesagt hatte. Ehrenböck kam nicht vor den Tresen wie die anderen Kunden, sondern stellte sich direkt daneben, sodass sie nicht an ihm vorbeikämen, ohne ihn zu berühren.

»Guten Tag, möchten Sie etwas probieren?«, fragte Nelly.

»Sehr gern. Sie sind ja eine ganz Süße, wenn ich das so sagen darf.«

Äußerlich lächelte Nelly, während sie in Gedanken die Augen verdrehte. Sie baute sich vor ihm auf und sagte: »Darf ich mal durch? Dann hol ich Ihnen mein persönliches Lieblingsbonbon.«

Kathi beobachtete die Szene mit verschränkten Armen, aber mischte sich nicht ein.

»Natürlich. Klingt verlockend.«

»Dann müssten Sie ein Stückchen nach hinten rücken. Ich komm sonst nicht durch.« Unbeirrt hielt sie seinem lüsternen Blick stand.

Schließlich reagierte er mit einem irritierten kleinen Zwinkern und trat tatsächlich zurück, was Nelly mit einem zuckersüßen Lächeln quittierte. »Ganz reizend, danke.«

Sie ging zum C in der Reihe und holte ein Bonbonglas mit blutrot ummantelter Lakritze heraus. Chili-Mint, frisch und höllisch scharf, genau die suchte sie.

Zurück hinter der Theke, entnahm sie dem Glas ein rotes Lakritz. »Bitte sehr. Eines unserer absoluten Spezialbonbons.« Und, fügte Nelly gedanklich hinzu, da war nichts, was die Schärfe abmildern würde. Im Gegenteil, die Minze verstärkte den Chili so sehr, dass sie sanfteren Gemütern durchaus Tränen in die Augen treiben konnte. Und wenn sie sich die etwas schwammige Erscheinung des Mannes anschaute, tippte sie durchaus auf einen eher weicheren Charakter.

Fast schon gierig griff Ehrenböck zu. Sobald das Lakritz in seinem Mund verschwunden war, hörte man es laut knacken, so energisch hatte er drauf gebissen.

Nelly stellte sich neben Kathi und stieß sie sanft mit dem Ellbogen an, was dazu führte, dass Kathi eine Hand vor den Mund hob, um ihr Grinsen zu verbergen, während Nelly es schaffte, ihre Unschuldsmiene beizubehalten.

»Schmeckt es?«, fragte Nelly scheinheilig.

Ehrenböck riss die Schweinsäuglein auf. Sein Kauen war einer Art Erstarrung gewichen. Er musste sich, das sah man, zu einem Nicken zwingen. Es konnte sich nur noch um Sekunden handeln, bis ihm der Schweiß auf der Stirn stehen würde.

»Ich hab hier auch schon Ihre Sahnebonbons.« Kathi hob eine Zellophantüte hoch, die fröhlich knisterte. »Die sind gut gegen Schärfe.«

»Ich brauch nichts gegen Schärfe«, krächzte Ehrenböck heiser und schnappte nach Luft, während er versuchte, die Fassung zu bewahren. Seine Stirn glänzte feucht. »Das Bonbon hat mir ganz hervorragend geschmeckt.«

»Das freut mich«, sagte Kathi unschuldig.

»Können wir denn sonst noch etwas für Sie tun?«, klinkte Nelly sich ein, der die Situation unbändigen Spaß bereitete.

Ehrenböck schüttelte den Kopf. Er langte in seine Hosentasche und holte einen Zehneuroschein heraus. »Stimmt so. Der Rest ist Trinkgeld.«

Kathi reichte ihm die Bonbons. »Das ist aber lieb. Danke, Sie Scharfer.« Sie kicherte. Ehrenböck fand die anzügliche Bemerkung überhaupt nicht komisch. Ohne weitere Worte grapschte er nach der Tüte.

Im Gehen winkte er, noch immer sprachlos, und zack, war er auch schon draußen.

Das Lachen sprudelte aus Kathi heraus. Sie hielt sich den Bauch, klappte vornüber und konnte gar nicht mehr damit aufhören. »Dem hast du es ja ganz schön gegeben!«, japste sie schließlich.

»Wir«, korrigierte Nelly. »Wir haben es ihm gegeben.«

Kathi nickte. »Okay. Wir. Ja.« Strahlend kam sie

auf Nelly zu und schloss sie fest in die Arme. »Das war echt spitze.«

Und das erste Mal, seit ihre Mutter gestorben war, war es so, als ob Nelly wieder eine Verbündete hätte, wenn auch nur für einen kurzen Moment. Es fühlte sich an, als würden sie einander schon immer kennen. Wie Schwestern, dachte Nelly.

10. Kapitel

Kathi war gegangen, nicht ohne Nelly noch mal herzlich zu umarmen und sich mit ihr auf einen Kaffee zu verabreden, was Nelly besonders freute. Sie konnte wirklich eine Freundin hier brauchen. Jetzt hatte sie die Bonbonregale abgestaubt und sich ein paar weitere Lakritzsorten einverleibt. Mittlerweile kannte sie fast alle aktuell vorrätigen Sorten.

Heute war ein ruhiger Tag, Anton hatte frühzeitig seine Küche zugemacht und etwas von einer Verabredung mit Bonbon-Berndt gemurmelt.

Sie kaute auf einem Lakritzbonbon herum, das, wie sie feststellte, einen Kaugummikern hatte. Das war ja mal wirklich kreativ! Deswegen waren die Jugendlichen, die am Samstag da gewesen waren, so auf diese Sorte aus gewesen. Anton war einfach ein Genie.

Nelly formte gerade ganz ungeniert eine Kaugummiblase, als die Ladentür aufging. Erschrocken sog sie die Luft ein, und die Blase platzte. Ihre Lippen waren von der feinen Haut aus Kaugummi bedeckt, und sie konnte unmöglich schnell genug dafür sorgen, dass diese verräterischen Spuren verschwanden.

»Grüß Gott!« Die Frau mit dem dunkelblonden Pagenschnitt war mittleren Alters und trug ein geblümtes Sommerkleid, das ihr den Ausdruck einer patenten, fröhlichen Geschäftsfrau verlieh. Sie schien Nellys Kaugummiproblem gar nicht zu bemerken oder war zumindest so freundlich, es zu ignorieren. Ihr Lächeln irritierte Nelly. Es kam ihr bekannt vor, aber – woher nur?

»Guten Tag, was kann ich für sie tun?« Nelly fuhr sich mit der Zunge über die Lippen. Vermutlich war sie optisch einigermaßen wiederhergestellt. »Möchten Sie vielleicht eines unserer Lakritzbonbons mit Kaugummifüllung probieren? Für mich waren die gerade eine echte Offenbarung, wie man vielleicht noch sieht«, trat sie die Flucht nach vorne an.

Die Frau lachte und schüttelte vehement den Kopf. »Oh, nein danke! Ich kann schon seit Jahren keine Lakritze mehr sehen. Die einzige Süßigkeit, die ich mir immer gönne, wenn ich hier im Ort bin, ist ein Kuchen drüben in der Konditorei. Aber verraten Sie es dem Anton nicht, ja?« Das musste Antons Frau sein. Natürlich! Kathi hatte das Lächeln ihrer Mutter.

»Äh, nein.«

Kathi war ihr tatsächlich wie aus dem Gesicht geschnitten. Der Mund, der eine Spur breiter lachte als der anderer Menschen, die hellgrünen Augen, die blonden Haare.

»Nein, der ist heute bei Bonbon-Berndt.«

»Oh.« Schlagartig war das Lächeln der Frau wie weggewischt. »Ist das heute schon, der Anwaltstermin? Er hat gar nichts erzählt.« Plötzlich sah man der Frau ihr Alter an. Die Sorge war ihr tief ins Gesicht geschrieben.

»Wie bitte?« Jetzt wollte Nelly noch dringender wissen, wer dieser Bonbon-Berndt war, aber Antons Frau schüttelte nur den Kopf.

»Ach, lassen wir das. Ich wollte nur, Anton hätte mir das gesagt. Typisch für ihn, dass er den Mund hält, damit ich mich nicht aufrege. Ich scheine in ein Alter zu kommen, wo man schneller mal dazu neigt, die Fassung zu verlieren.«

Bonbon-Berndt, das klang eigentlich ganz witzig, fand Nelly. Dass der Typ irgendwie eine Gefahr war, war aber selbst ihr nach den letzten Erwähnungen dieses Namens aufgefallen.

Während Nelly noch überlegte, was sie in das Schweigen hinein sagen konnte, ergriff die Frau schon wieder das Wort.

»Ich bin übrigens die Gitti!« Sie streckte die Hand aus und schüttelte Nellys. »Und Sie sind die Neue, oder?«

Nelly nickte.

»Mein Mann hat schon viel von Ihnen erzählt. Er meint, Sie sind eine große Bereicherung fürs Geschäft.«

Nelly spürte, wie sich unwillkürlich ein Lächeln in ihr Gesicht schlich. »Danke, das freut mich.«

»Ja, er sucht schon länger eine Auszubildende, vielleicht wollen Sie sich das ja überlegen, wenn der Herbst kommt. Er ist schließlich auch nicht mehr der Jüngste, ein wenig Hilfe könnte er da schon brauchen in seiner heiß geliebten Lakritzmanufaktur.«

Nelly nickte. Tatsächlich hatte sie sich ja jetzt schon öfter bei dem Wunsch ertappt, noch mehr über Lakritze und ihre Herstellung zu lernen. Ihre Gedanken wanderten direkt zu dem Likör, den sie am Abend brauen wollte. Sie hatte schon mit ihrer Wirtin darüber gesprochen, und die war sofort mit der Nutzung ihrer Küche einverstanden gewesen. Erst recht, nachdem Nelly ihr eine große Tüte »Guatl« zugesteckt hatte. Die Pensionswirtin blieb hartnäckig bei diesem Begriff. Als Nelly dann noch einen Lutscher für die kleine Lotti aus ihrer Tasche zauberte, umarmte das Mädchen sie sogar. Man konnte sich wirklich zu Hause fühlen in Vronis Pension.

Gitti runzelte die Stirn. »An irgendwen erinnern Sie mich, ich komm nur nicht drauf. Haben Sie schon mal hier gearbeitet? Oder woanders in der Gegend?«

»Nein, gar nicht.« Nellys Herzschlag hatte sich beschleunigt, ganz leicht nur. Sah sie ihrem Vater ähnlich? Darüber hatte sie sich noch gar keine Gedanken gemacht. Würde Gitti erraten, wer sie war? Wie war das damals überhaupt gelaufen? Kathi war nicht viel jünger als sie selbst, darauf hätte sie gewettet! Wusste Gitti, dass es noch eine weitere Tochter in Berlin gab?

Es war wirklich fürchterlich, nichts darüber zu wissen, was damals geschehen war.

Gitti schüttelte indessen den Kopf. »Dann irre ich mich bestimmt. Macht ja nichts. Sagen Sie meinem Mann bitte, dass er heimkommen soll, wenn er wieder da ist, ja? Ich warte auf ihn!« Das klang fast wie eine Drohung, fand Nelly.

»Ich richte es ihm aus.«

»Gut. Und lassen Sie es nicht wie eine Drohung klingen, auch wenn es eine ist.« Gitti lachte leise.

Nelly musste einfach mitlachen. Kathi und ihre Mutter hatten viel gemeinsam. Nelly mochte Gitti auf Anhieb gern.

»Dann haben Sie noch einen guten Arbeitstag, ja! Ich werde mich heute mal wieder um die Buchhaltung vom Guatlladen kümmern.« Gitti drehte die Augen gen Himmel. »Schrecklich.«

Aber eigentlich hatte Nelly nicht das Gefühl, dass diese Frau so schnell etwas frustrierte. Sie war dafür viel zu geerdet, das spürte man einfach.

»Na, viel Spaß dann noch«, sagte Nelly deshalb, und Gitti lachte erneut.

»Danke, ebenso. Und gute Geschäfte, damit ich auch weiterhin was zu tun habe daheim.«

Was für eine tolle Frau diese Gitti war, dachte Nelly, als sie erneut allein im Laden war. Nicht so toll wie Ruth, nein, das nicht. Allerdings war sie so liebenswert, dass Nelly verstand, warum Anton seine Frau geheiratet hatte. Allerdings erklärte es nicht, warum er Ruth *nicht* geheiratet hatte, wenn er sie schon vor Gitti gekannt hatte, wovon Nelly ausging.

Sie schaute sich im Laden um, gerade schien alles an seinem Platz zu sein. Es gab keine dringende Aufgabe. Nelly ging zu dem Haken, an dem ihre Tasche hing, und griff hinein. Sie fand ihr Handy auf Anhieb. Es war an der Zeit herauszufinden, wer Bonbon-Berndt war.

Bonbon-Berndt

Ihre Manufaktur für zuckersüße Stunden

Nelly hatte diesen Bonbon-Berndt sofort gefunden. Es stellte sich allerdings heraus, dass Berndt keine Einzelperson, sondern eine kleine Süßigkeitenkette war, die in und um Rosenheim Lakritze verkaufte. Die Hauptfiliale war mitten in der Rosenheimer Innenstadt. Rosenheim, stellte sich heraus, war nur dreißig Kilometer entfernt von Prien.

Wenn eine Internetpräsenz etwas über eine Firma aussagte, dann war *Bonbon-Berndt* keine kleine Manufaktur, sondern vielmehr ein Wirtschaftsunternehmen, das sehr genau wusste, wie man einen Markt bediente. Nelly kam nicht umhin, die Homepage zu bewundern. Eine Lakritze in hellgrün-glitzernder Verpackung war, besagte die Homepage, das neue Chili-Minz-

Lakritz. »*Sind Sie stark genug für die Chili-Minz-Challenge?*«

Bonbon-Berndt war ein irriger Name, fand sie. Lakritz-Berndt wäre wahrer gewesen, hätte aber natürlich nicht so gut geklungen.

Sie scrollte ein Stück nach unten, wo einzelne Sorten genauer beschrieben wurden und abgebildet waren. Das Chili-Mint! Hatte sie das nicht exakt in dieser Optik, kräftig rot, nahezu perfekt rund, an diesen schleimigen Ehrenböck-Bock verkauft? Aber – war das nicht eine Spezialität von ihrem Vater?

Die nächsten Kunden bediente sie wie in Trance, konnte kaum erwarten, sich weiter ihrer Recherche zu widmen, und fluchte innerlich, als gleich noch zwei weitere Lakritzhungrige das Geschäft betraten. Dann, als sie auch die Wünsche dieser Kunden erfüllt hatte, wandte sie sich wieder ihrem Handy zu.

Da waren einige Sorten, die sie kannte. Apfel, Orange-Vanille, die fabelhaften Kaffeelakritz, die hier in der *Süßen Liebe* einfach *Kaffeelakritz* hießen, sahen bei Berndt genauso aus, hießen aber *Kaffeezauber*. Irgendwie … die Ähnlichkeit der Produkte war frappierend! Sie scrollte weiter, die Sorte *Black Beauty* (was für ein bescheuerter Name!) sah aus wie hier im Laden die Salmiakpastillen, nur ein wenig größer. Sie suchte die Homepage ab, aber ein Foto von einem Berndt war nirgends zu finden. Da stand was von Firmenphilosophie und darüber, dass man feinste

Zutaten verwendete und angeblich alles von Hand machte.

Nelly hätte zu gern gewusst, ob wohl Black Beauty genauso einzigartig schmeckte wie die Salmiakpastillen ihres Vaters. Und kam bei der Chili-Lakritze das Minzaroma so durch wie hier im Laden?

Sie schaute sich erneut die einzelnen Sorten an. Wenn sie das richtig einschätzte, gab es außer Zimtlakritze keine Sorte, die nicht auch hier im Geschäft erhältlich war. Und die Kombination fand Nelly schon in der Theorie so abstoßend, dass sie sie nicht versuchen wollte.

Gab es auch Bonbons, wie der Name des Ladens vermuten ließ? Nelly konnte es der Homepage nicht entnehmen.

Jetzt wusste sie, was sie an ihrem freien Tag machen wollte – sie würde das Geheimnis um diesen anderen Bonbonladen lüften. Denn um eine Konkurrenz darzustellen, war Rosenheim zu weit weg, oder? Gerade genug Entfernung, oder ging es da ums Prinzip? Waren Rezepte geklaut worden?

Nelly würde der Sache auf den Grund gehen. Wenn sie jetzt schon mal in Bayern war, war es doch auch nett, sich mal die Gegend anzuschauen. Gleich an ihrem nächsten freien Tag würde sie in die Stadt fahren, ein wenig bummeln gehen und ihren Besuch in Rosenheim mit einer Stippvisite im *Bonbon-Berndt* verbinden. Mal sehen, wie dort die Süßigkeiten schmeckten und wie sie genau aussahen.

Als die Tür des Geschäfts erneut aufging, steckte Nelly ihr Handy widerwillig in die hintere Hosentasche. Auf jeden Fall würde sie der Lakritze von Bonbon-Berndt demnächst auf den Zahn fühlen!

11. Kapitel

Nelly schnaufte schwer, aber sie wollte sich nichts anmerken lassen. Die Tatsache, dass Quirin am frühen Abend einfach bei ihr in der Pension aufgetaucht war, als sie gerade mit Dietlinde, der Katze, auf dem Schoß im Garten gesessen und Lotti beim Baden in ihrem kleinen Planschbecken zugesehen hatte, war einfach zu überraschend und fast zu schön, um wahr zu sein. Sie war erstaunt darüber, *wie* sehr sie sich gefreut hatte, als Quirin grinsend am Gartenzaun aufgetaucht war und fröhlich gewinkt hatte, als sei so ein Besuch das Selbstverständlichste auf der ganzen Welt.

Lotti hatte sofort verlangt, dass er in den Garten kommen sollte, eine Aufforderung, der er prompt Folge geleistet hatte.

»Kommst du in mein Planschbecken?«, hatte sie als Nächstes gefragt, unter den argwöhnischen Augen von Dietlinde, die ganz offensichtlich überhaupt nicht begeistert davon war, Nellys Schoß verlassen zu müssen, weil diese aufgestanden war, um Quirin zu begrüßen.

Quirin lachte. »Wenn ich in deinen Kinderpool hüpfe, ist der leer, Kleine.«

Lotti stampfte mit dem Fuß auf und verschränkte die Arme vor der Brust.

»Ach, Lotti, sei nicht traurig.« Nelly hatte sich zu dem Kind hinuntergebeugt und ihr übers Haar gestreichelt. »Dafür hast du dein Wasser ganz sauber. Vielleicht hat der Quirin ja ganz fiese Stinkefüße?«

Ein Kichern brach aus Lotti heraus. »Meinst du?«

Nelly bemühte sich um eine ernste Miene. »Natürlich.«

Lotti kicherte noch immer. »Oder er würde in mein Wasser pupsen.«

»Eben«, bestätigte Nelly. »Und das will doch keiner, oder?«

Lotti schüttelte so vehement den Kopf, dass Wassertropfen Nellys Gesicht trafen.

»Na, siehst du!«

Mit Anlauf sprang Lotti zurück in ihr Becken, dass es nur so spritzte, und Dietlinde machte einen Satz unter den nächsten Busch, um die Szenerie aus sicherer Entfernung zu begutachten.

»Hi, Quirin!«, wandte Nelly ihre Aufmerksamkeit jetzt uneingeschränkt ihrem Segellehrer zu und konnte nicht verhindern, dass sich ein Lächeln auf ihr Gesicht stahl, als sie ihn ansah. Dann fiel ihr etwas ein. »Hab ich meine Segelstunde vergessen?« Sofort hatte sie ein schlechtes Gewissen.

»Nein. Deine nächste Stunde ist erst morgen. Ich bin vorbeigekommen, weil ich auf die Kampenwand gehe und dachte, du hättest vielleicht Lust mitzukommen. Jetzt bin ich aber nicht mehr sicher, denn ich habe scheinbar die schlimmsten Stinkefüße aller Zeiten, und ob du dich mit so einem Typ in deiner Freizeit abgeben willst ...«

Nelly musste lachen. »Das ist allerdings wahr«, stieg sie auf den Scherz ein. »Zum Glück sind sie ja sehr ordentlich verpackt.« Sie zeigte auf seine leichten Trekkingschuhe.

»Aus guten Gründen!« Er schenkte ihr einen vielsagenden Blick, und Nelly lachte schon wieder.

»Ich dachte, du solltest die Kampenwand kennenlernen. Es wird ein lauer Abend, und ich habe eine Brotzeit dabei. Oben gibt es dann auch noch eine Hütte, in der wir ein Radler kriegen können, falls ich zu wenig eingepackt habe. Was meinst du?« Radler – das war Alsterwasser, das hatte Nelly schon gelernt. Vor ihr lag ein leerer Abend, und Quirin war eine so nette Gesellschaft, sagte sie sich. Auch wenn das leichte Flattern in ihrem Magen ihr sehr deutlich zeigte, dass das längst nicht alles war.

»Ja, gut. Ich komm mit. Unter einer Bedingung: Du machst mir das Versuchskaninchen.«

»Bitte was?«

»Ich hab vorgestern Abend einen Lakritzlikör angesetzt, und den kann ich ja kaum Lotti probieren lassen, oder?« Nelly lachte. Sie hatte Wodka mit den Toffees püriert und das Gemisch mit Sahne und Zucker verfeinert. So war eine köstliche Kreation entstanden – fand jedenfalls Nelly. Aber sie war parteiisch.

»Gut, ich probiere.« Quirin setzte sich an den Gartentisch, und Nelly ging die Flasche holen.

Als Nelly das Glas vor Quirin abstellte, klimperten die Eiswürfel darin leise.

Quirin schnupperte an der Flüssigkeit, die zwei Fingerbreit eingegossen war, und nahm einen vorsichtigen Schluck. Seine Augen weiteten sich. »Wow.«

»Ehrlich?«

»Der schmeckt wunderbar, wirklich.«

Nelly freute sich so sehr über das Kompliment, dass sie rot wurde. »Danke.«

Quirin lächelte und trank erneut.

»Dann kann ich ja Anton auch mal probieren lassen.«

»Also, ich bin mir fast sicher, dass ihm der Likör schmecken wird«, bestätigte Quirin.

»Ich weiß nicht, mich inspiriert es total, ihm bei der Arbeit zuzusehen. Ich kann mir den Lakritzlikör auch als eine Art Schnaps vorstellen, eher herb oder vielleicht mit Chili verfeinert.« Nelly hatte sogar schon über Lakritzmuffins nachgedacht, aber noch keine genaue Idee, wie sie das umsetzen könnte, drum behielt sie das auch vorerst für sich.

»Also, ich würde so was kaufen.« Quirins Glas war schon leer.

»Möchtest du noch?«

»Oh nein, sonst komm ich nicht mehr den Berg rauf. Und du hast mir versprochen, du begleitest mich, oder?«

Nelly nickte. »Wann holst du mich ab?«

»Jetzt. Wir brauchen schon einige Zeit für den Aufstieg, allzu spät sollten wir also nicht los.«

»Oh.«

»Ich kann kurz warten, wenn du möchtest?« Plötzlich wirkte Quirin angesichts seiner eigenen Forschheit verlegen. Das fand Nelly irgendwie süß.

»Ich hol meine Sneaker.« Nelly hörte selbst, dass sie ziemlich naiv klang, aber Fakt war, sie hatte keine anderen Schuhe dabei, die für eine solche Tour passender gewesen wären.

Bald darauf keuchte sie auch schon hinter Quirin her durch den Wald. Die Glitzerpailletten an ihren Schuhen waren in kürzester Zeit unter einer Schicht aus Matsch und Staub verborgen.

Der Wald war ein Traum. Kräftig grünes Moos, einzelne Felsbrocken, die aussahen, als hätte ein Riese sie in die Landschaft geworfen, hohe Bäume, Gräser und dazwischen der weiche, mit Tannennadeln übersäte Weg, der sich den Berg hinaufschlängelte. Es war nichts zu hören außer Vogelgezwitscher und ihrem Atem.

»Der Felsen hier ist super zum Bouldern.« Quirin zeigte auf einen großen Felspflock. Er lief ein paar Meter durch tiefes Gras und demonstrierte ihr mit geschmeidigen Bewegungen, was er meinte.

Nelly konnte nur zu ihm hochnicken und versuchen, zu Atem zu kommen, ehe es weiterging. Sie war wirklich erschreckend untrainiert, fand sie.

»Und in zehn Minuten kommen wir schon zum Zwölferturm, das ist ein besonders schöner Platz, da trinken wir dann was, ja? Mit etwas Glück haben wir die herrliche Landschaft sogar für uns. Wenn, dann sind um diese Tageszeit nur ein paar Kletterer unterwegs.«

Erneut nickte Nelly und ging mit langsamen Schritten hinter Quirin her. Die Ferse an ihrem rechten Fuß begann schon zu brennen. Sie würde sich vermutlich epische Blasen laufen bei diesem Ausflug. Hoffentlich hatte Quirin neben der Verpflegung auch einen Vorrat an Pflastern in seinem Rucksack.

Sie stiegen über kleine Wurzeln, und Nelly sah einen grünen Regenwurm. Als sie Quirin auf das seltsame Tier aufmerksam machte, klärte er sie auf. »Das ist ein Smaragdgrüner Regenwurm, den gibt es ziemlich selten. Ich hab auch schon mal einen gefunden. Der lebt im Totholz, und davon gibt es hier wohl genug.«

Ja, tatsächlich waren einige Bäume umgefallen, vorhin hatte sogar einer quer über dem Weg gelegen.

Zehn Minuten später steilte der Weg noch mehr auf, und vor ihnen erhob sich ein imposanter Felsriegel. Der Waldweg wandelte sich in eine Schotterpiste, und schnell waren Nellys Schuhe voll kleiner Kiesel, die ihr schmerzhaft in die Fußsohle stachen. Aber gerade nahm Nelly weder das sich steigernde Brennen ihrer Ferse noch die Steinchen wahr. Ihr Blick war gefesselt von der Felsformation, die sich über ihr erhob. Zwei Männer hingen darin und warfen sich leise Kommandos zu. Unfassbar, dass hier Menschen kletterten. Nelly war sowohl von der Landschaft als auch von so viel Mut fasziniert. Nie wäre sie auf die Idee gekommen, dass man eine derartig steile Wand erklimmen konnte – aber die beiden Kletterer zeigten, dass es möglich war. Sie vergaß alle Anstrengung und strebte dem Fuß der Wand entgegen. Das musste sie sich einfach aus der Nähe anschauen! Nelly überholte sogar Quirin auf den letzten Metern, bevor sie sich ins Gras fallen ließ, direkt unter den Kletterern.

»Komm bitte hier rüber, wenn du dich zu nah an die Wand setzt, könnte dich ein herunterfallender Stein treffen.« Quirin zeigte auf einen Platz ein Stück weiter drüben. »Hier hätten wir auch eine schöne Aussicht.«

»Ist gut.« Nelly hatte überhaupt nicht daran gedacht, dass von den Kletterern, die natürlich Helme trugen, eine Gefahr ausgehen könnte, und kam sich ein wenig naiv vor.

Sie ging zu Quirin und setzte sich neben ihm auf den kleinen Felsen.

Jetzt erst bemerkte sie die fantastische Aussicht. Der ganze See erstreckte sich unter ihnen, man hatte einen weiten Blick ins Land.

»Das da ist Rosenheim. Und das ist der Simssee.

Hier drüben, das ist Prien, und die Herreninsel erkennst du eh, oder?« Quirin erklärte ihr die Landschaft, während er eine Flasche Wasser aus dem riesigen Rucksack holte, den er, ohne mit der Wimper zu zucken, hier hochgeschleppt hatte und unter dessen Gewicht Nelly vermutlich zusammengebrochen wäre, wenn sie sich das Ungetüm so anschaute.

»Hier, bitte!« Er reichte Nelly die Flasche. Beim ersten kräftigen Schluck merkte sie, wie durstig sie gewesen war.

Dann wandte sie ihre Aufmerksamkeit wieder den Kletterern zu, fasziniert davon, wie einer der Männer sich gerade ein kleines Stück höherzog, an einer Stelle, wo seine Finger doch kaum genug Auflagefläche finden konnten.

»Am Zwölferturm sind oft Leute unterwegs. Kletterst du auch?«, fragte Quirin.

»Oh nein. Ich bin, fürchte ich, nicht die Sportlichste.« Das Wasser war herrlich kühl.

»Dafür hast du dich jetzt aber wacker geschlagen«, lobte Quirin.

»Na, bei der Landschaft fällt das aber auch nicht schwer.« Nelly nahm noch einen Schluck, bevor sie die Flasche an Quirin zurückreichte.

»Dann gefällt es dir? Das ist einer meiner Lieblingswege.«

»Es ist wunderschön hier. Danke, dass du mich mitgenommen hast. Ich hätte nie gedacht, dass es mir so gut gefallen würde. Das könnte ich glatt öfter machen, so eine Wanderung.«

Nelly spürte Quirins Schulter an ihrer, wie schon vor ein paar Tagen, als sie beim Baden gewesen waren. Einem Impuls folgend, lehnte sie ihren Kopf gegen seine Schulter, nur um ihn Sekundenbruchteile später wieder zu heben. Was tat sie da? Aber Quirin lächelte sie an und fand offensichtlich nichts dabei.

»Sehr gern. Danke, dass du mitgekommen bist.« Er strich ihr sanft mit der Hand über den Rücken, und Nelly konnte nur daran denken, wie nass geschwitzt sie war. Es erstaunte sie nicht, dass auch er seine Hand so schnell zurückzog, wie sie zuvor ihren Kopf wieder angehoben hatte.

Sie saßen einträchtig miteinander da und genossen die Szenerie, sahen den Kletterern dabei zu, wie sie sich langsam die steile Felswand hinaufarbeiteten. Minutenlang sprach keiner ein Wort – aber das fühlte sich genau richtig an. Ein Marienkäfer krabbelte über einen Stein, ein Kletterer rief leise »Seil!«, eine Biene schwirrte auf der Suche nach Nektar umher. Alles war gerade genau richtig.

Nelly nahm einen tiefen Atemzug und war sich ganz sicher, noch nie in ihrem Leben so gute Luft geatmet zu haben wie hier oben. Sie fühlte sich ganz ruhig.

Als sie plötzlich eine kleine Bewegung aus den Augenwinkeln sah und kurz danach Quirins Hand spürte, die sich auf ihre eigene legte, war auch das genau richtig. Eine sanfte, verbindende Geste, ein gegenseitiges Einvernehmen, das ihr Herz ein paar Schläge schneller schlagen ließ. Es war ein Moment, der ewig hätte dauern können. Nelly hätte nichts dagegen gehabt.

»Du magst Kinder, oder?«, fragte Quirin. Sie waren weitergegangen und befanden sich, wenn das überhaupt möglich war, jetzt in noch imposanterer Berglandschaft. Das Abendlicht färbte die Felsen, die sie jetzt, kurz vor dem Kampenwandgipfel umgaben, golden. »Kaisersäle« hatte Quirin die Formation genannt, die sie durchquerten. Nelly wusste gar nicht, wo sie zuerst hinschauen sollte. Ringsum türmten sich die Felsen zu einzigartigen Gebilden auf, über die es hier teilweise sogar zu klettern galt.

Besonders viele Gedanken über Kinder hatte sie sich noch nicht gemacht. Mit Marlon war daran nicht zu denken gewesen. *Gewesen*, genau das hatte sie gerade gedacht, durchfuhr es sie.

»Ja, schon«, sagte sie laut. Hoffentlich, dachte sie bei sich, klang das jetzt nicht zu wenig euphorisch, und Quirin war vielleicht der totale Kindernarr. Sie drehte sich nach ihm um, aber er schaute gerade auf den Boden, und so konnte sie seinen Gesichtsausdruck nicht sehen.

Nelly dachte an Lotti. Klar war die niedlich, sehr sogar.

Als es laut hinter Nelly polterte, zuckte sie zusammen.

»Alles gut. Ich bin gegen einen Stein getreten. Entschuldige.« Quirins Stimme klang dumpf.

Weiter vorne öffnete sich der Felsdurchgang zu einem kleinen Plateau.

»Jetzt gehen wir nur noch am Seil entlang um den Gipfel herum, dann sind wir schon fast oben«, ließ Quirin Nelly wissen.

Tatsächlich konnte sie das Kreuz von hier aus schon sehen.

Wurde auch langsam Zeit, dass sie ankamen, ihre Ferse brachte sie fast um. Eindeutig: Ihre Schuhe waren für diese Tour total ungeeignet.

Zehn Minuten später waren sie am Gipfel. Nelly konnte es kaum fassen. Sie überquerte eine kleine Eisenbrücke und stand dann endlich am Kreuz. Fünf junge Männer tranken gerade auf ihren Gipfelerfolg, zwei Frauen aßen weiter rechts einen Müsliriegel.

Quirin hatte ihr schon im Vorfeld gesagt, dass die Kampenwand ein sehr populärer Gipfel war, der viele Freunde hatte und einem so gut wie nie alleine gehörte. Aber Nelly war es ohnehin egal. Das Panorama hier oben war atemberaubend. Man konnte weit blicken, schier unendliche Gipfel, Felsformationen, sanfte Höhenrücken, Spitzen, Kreuze. Es war wunderschön, unter dem riesigen Kampenwandkreuz zu stehen.

»Geschafft, wir haben es echt geschafft!« Nellys erster Gipfel überhaupt! Sie konnte es nicht glauben. Glückliche Euphorie durchflutete sie. Es war viel schöner hier oben, als sie es für möglich gehalten hätte. Wie gerne hätte sie Ruth von diesem Erlebnis erzählt und sie wissen lassen, wie glücklich sie in diesem Augenblick war.

»Wirklich unvorstellbar, dass ich bis vor ein paar Tagen die Kampenwand nicht kannte.«

Quirin grinste. Er stand neben ihr, verschwitzt wie sie selbst, und auch er sah ein bisschen anders aus als unten im Tal. Blitzende Augen, und irgendwie, fand Nelly, stand ihm die Freiheit, die sie selbst fühlte, ins Gesicht geschrieben. Und da konnte sie nicht anders, als ihn einfach zu umarmen vor Begeisterung. Es war ihr egal, dass sie beide schwitzten, sie schloss Quirin in ihre Arme, und er erwiderte die Umarmung sofort. Dann hielt er Nelly auf Armeslänge von sich weg, ohne sie loszulassen. Er schaute ihr tief in die Augen, und die ganze Welt hielt inne. Es schien nur diesen Moment zu geben, sie und Quirin und sonst gar nichts. Wie in Zeitlupe, viel zu langsam, näherte sich sein Gesicht ihrem, und ihre Lippen berührten einander. Es war ein ganz kurzer Kuss, zart, leicht wie ein Schmetterling, der eine Blume berührte. Dann war der Moment auch schon vorbei. Quirin ließ Nelly los und schlüpfte aus den Trägern seines Rucksacks.

»Hunger?«, fragte er, als ob nichts gewesen wäre.

Nellys Zeigefinger fuhr über ihre Unterlippe. Sie war noch gar nicht bereit, wieder in der Realität anzukommen. Der winzige Kuss fühlte sich jetzt schon an wie ein Traum, und sie wünschte sich, die Zeit zurückspulen zu können, um ihn ein weiteres Mal erleben zu dürfen, als Quirin ihr eine Butterbreze reichte.

Der Himmel färbte sich dunkelrot, alle, die auf dem Gipfel waren, beobachteten das Schauspiel andächtig. Später würde es beim Abstieg dunkel werden, hatte Quirin erklärt. Aber natürlich hatte er vorgesorgt und zwei Stirnlampen in seinem dicken Rucksack dabei.

Es war ganz leise hier oben, nur von der Almhütte weiter unten wehten leise Stimmen und Gelächter herauf. Außerdem, sehr passend, das Geläut einer Kuhglocke, auch wenn Nelly das Tier nicht erspähen konnte.

Als Quirin nach ihrer rechten Hand griff, legte sie ihre linke obenauf, damit er sie nicht gleich wieder wegziehen konnte, als Bestätigung dafür, wie willkommen er ihr war. Sie würde diesen Augenblick in ihrem ganzen Leben nicht vergessen, da war Nelly sich sicher, denn eine so magische Stunde wie diese musste man einfach in Erinnerung behalten.

12. Kapitel

Nelly schmerzten die Beine. Auch ihre linke Ferse pochte, obwohl Quirin sie am Gipfel noch mit einem Blasenpflaster versorgt hatte, bevor sie abgestiegen waren.

Zu gern hätte Nelly ausgeschlafen nach der langen Bergtour. Aber am Abend war noch eine Nachricht auf ihrem Handy gewesen, ob sie ausnahmsweise schon früh am Morgen mit der Arbeit beginnen könnte. Solche Ausnahmen waren in den sieben Tagen, die sie hier arbeitete, jetzt schon zweimal vorgekommen. Nicht dass sie das schlimm fand, im Gegenteil. Sie mochte den Morgen im Laden, die Ruhe vor dem Sturm. Und sie fand es noch immer spannend, ihren Vater näher kennenzulernen.

Nelly trat durch die Hintertür in das Geschäft. Der mittlerweile vertraute Duft nach Bonbons und Lakritze empfing sie schon in dem kleinen Vorraum der Küche, wo auch die Tür zur Toilette abging.

»Ja, ich weiß das, Gitti«, hörte sie jetzt dumpf Antons Stimme aus der Küche. Man konnte seinen Ärger nicht überhören.

»Aber du darfst nicht …« Seine Frau war auch da.

Eigentlich wollte Nelly nicht lauschen, doch Gittis drängender Ton ließ sie wie automatisch stehen bleiben.

»Ich weiß. Der Laden ist mein Lebenswerk. Und ich bin sauer. Niemand hat mich je so enttäuscht wie Andreas. Das darfst du mir glauben. Aber was habe ich denn schon für Möglichkeiten? Sag mir das?«

Gitti schwieg.

»Kathi möchte den Laden nicht und Christina – du weißt doch, wie es ist mit ihrem Michi, da weiß man nie!«

»Trotzdem. Du solltest nicht aufgeben. Was machst du denn den ganzen Tag, wenn du keine Lakritze herstellst, hm? Im Garten sitzen?«

»So, wie du das sagst, Frau, klingt es sehr trostlos.« Antons Ton war jetzt etwas ruhiger.

»Du weißt, dass ich recht habe. Du würdest eingehen. Tu lieber einen Schritt nach vorn und fang noch mal was Neues an. Was weiß ich, erfinde andere Sorten, such dir einen Azubi.«

»Auf keinen Fall!« Schon wieder wurde Anton laut. »Damit ich noch mal einen Andreas erwische? Kommt gar nicht infrage!«

»Ist ja gut. Ist ja gut.« Gitti versuchte, ihren Mann zu beschwichtigen. »Und was ist mit diesem Mädchen – wie hieß sie noch? Kelly?«

»Nelly.«

»Ja, genau. Du hast gesagt, sie wäre ein Riesentalent!«

»Das schon. Ja, das habe ich gesagt«, gab Anton zu.

Nellys Herzschlag beschleunigte sich, als sie ihren Namen hörte – und dann noch das Kompliment ihres Vaters obendrauf, wie das köstlichste aller Sahnehäubchen. Mochte er sie am Ende? Sie spürte, dass ein Lächeln sich in ihr Gesicht geschlichen hatte. Nelly realisierte zum ersten Mal, dass es ihr wichtig war, was ihr Vater über sie dachte.

»Trotzdem. Andreas hat eine Wunde gerissen, die bis heute nicht verheilt ist. Lieber arbeite ich alleine, solange ich eben kann.«

Er suchte also gar keine Auszubildende, das war auf Gittis Mist gewachsen! Warum nur hatte sie Nelly gegenüber behauptet, ihr Mann suche einen Lehrling?

»Ich weiß.« Gitti klang jetzt sehr sanft. Man hörte leise Schritte von drinnen, und dann wurde es still.

Nelly trat unruhig von einem Bein auf das andere. Sie konnte schließlich nicht ewig hier stehen. Da kam ihr eine Idee. Sie drehte sich um, öffnete leise die Eingangstür und warf sie laut ins Schloss. Dann ging sie zur Küchentür und betrat die Bonbonküche. Gerade als Nelly hereinkam, lösten sich Gitti und Anton aus einer Umarmung. Nie hätte sie erwartet, dass das alte Ehepaar noch diese Art Zärtlichkeit austauschte. Es tat Nelly auf seltsame Weise weh. Sie dachte an die unzähligen Male, die ihre Mutter abends allein auf dem Sofa gesessen hatte, die Arme um ihren Leib geschlungen. Als Kind war das Nelly natürlich nicht besonders aufgefallen. Sie hatte es ja nicht anders gekannt. Erst später, bei Übernachtungspartys bei Mareike zu Hause, war ihr klar geworden, dass Familie auch anders sein konnte, dass Mareike einen Vater hatte, der abends nach Hause kam und mit am Tisch saß, plauderte, lachte und Mareike durch die Luft schwang. Nelly wusste nicht, ob Mareikes Eltern immer glücklich miteinander gewesen waren, aber es war schön gewesen zu sehen, wie Mareike und ihre Mutter über die Witze des Vaters lachten und ihre Mutter dem Vater die Hand auf seine gelegt und ihn gefragt hatte, ob er noch mehr Pasta wollte. Das alles hatte Ruth nicht gehabt – und Nelly auch nicht.

»Ah, hallo, Nelly!« Anton wirkte ehrlich erfreut, sie zu sehen. »Hast du Lust, Salmiakpastillen zu machen?«

»Und wie!«

»Na, dann hol mal die Schürze.« Anton zog einen großen Sack Zucker unter der Arbeitsfläche hervor.

Gitti legte ihm die Hand auf den Rücken. »Verheb dich nicht. Du bist nicht mehr jung.«

»Ist ja gut, ist ja gut. Das musst du mir nicht immer unter die Nase reiben«, sagte er, aber klang nicht genervt. »Hilfst du mir, Nelly?«, wandte er sich an Nelly.

»Und vergiss Andreas Berndt für heute, ja?«, bat Gitti.

»Ja, ja … Musst du nicht einkaufen oder so was? Heute ist Markttag, oder?«

»Sehr richtig.« Gitti grinste. »Und ich muss auch noch zum Bäcker.« Gitti zwinkerte Nelly zu, die ihrerseits grinste. Mit Sicherheit würde sich die Frau des Chefs ein Stück Kuchen gönnen.

Während des Wortwechsels des Ehepaars war Nellys Neugier von einem kleinen Funken zu einer richtigen Flamme gewachsen. Nein, sie würde nicht bis zu ihrem freien Tag warten. Sie würde gleich morgen Nachmittag in die Stadt fahren und *Bonbon-Berndt* einen Besuch abstatten. Am liebsten wäre sie noch heute gefahren, aber sie war mit Quirin auf dem Bauernhof verabredet – und danach war die nächste Segelstunde.

Am frühen Nachmittag kam zu Nellys Überraschung nicht Christina, sondern Kathi in den Laden, um sie abzulösen.

»Christl kann heute nicht, und da ich heute noch im Lande bin …« Kathi seufzte schicksalsergeben.

»Schon klar. Michi, ne?« Nelly zählte einfach nur zwei und zwei zusammen.

»Kein Kommentar.« Kathi grinste. »Meine Schwester macht aus jeder Mücke einen Elefanten, wenn es um ihn geht.«

Nelly tauschte die Schürze gegen ihre Jeansjacke, die mit der Paillettenstickerei am Rücken.

Kathi band eine Schleife vor ihrem Bauch. Irgendwie wirkte sie trotz der Arbeitskleidung hier fehl am Platz. Aber natürlich kannte sie jeden Handgriff in dem Laden – besser als Nelly.

»Ist noch was?« Nelly wusste, dass sie in zehn Minuten am Bahnhof sein musste.

Zum Glück schüttelte Kathi den Kopf und wedelte mit der Hand. »Raus mit dir. Geh und mach es dir schön, na los!«

Nelly grinste. »Danke. Ich bin schon weg.«

Anton hatte heute wieder etwas von Arbeitsvertrag gemurmelt, und Nelly war nur zu froh gewesen, dass er aufgrund des Arbeitsvolumens noch immer nicht dazu gekommen war. Wenn erst mal ihr Nachname rauskam, würde ihre Deckung auffliegen, keine Frage. Sie konnte schließlich nicht im Namen dieser Cornelia, die nicht aufgetaucht war, unterschreiben. Der Gedanke machte ihr ordentlich Druck. Sie würde sich zu erkennen geben müssen, daran bestand kein Zweifel.

Der Bauernhof lag etwas außerhalb von Prien in Alleinlage. Nelly hatte das Gefühl, im Paradies zu sein. Quirin war mit einem alten Jeep gekommen, um sie abzuholen, einem klapprig wirkenden Ding, das sich jetzt laut rumpelnd den Zufahrtsweg hinaufkämpfte. Der nicht geteerte Weg machte dem Fahrzeug keine Probleme. Quirin hatte ihr erklärt, dass das Auto auch für Waldarbeiten genutzt wurde und er sein Holz damit abholte. Das sah Nelly. Die Rückbank fehlte, und die große Ladefläche, die so entstanden war, war voller großer Holzscheiben. Die Bäume, die dafür gefällt worden waren, mussten riesig gewesen sein.

Nelly hatte sich so gefreut, als Quirin sie zu sich eingeladen hatte. Jetzt konnte sie es kaum noch erwarten, sein Zuhause zu sehen.

Als sie in die Einfahrt einbogen, stand ihr förmlich der Mund offen. Der Weg war von Obstbäumen gesäumt, die teils sicher hundert Jahre alt waren. Die Äpfel waren noch klein, aber später würden die Bäume unter der Last ihrer Früchte schwer zu tragen haben.

Das große Bauernhaus selbst sah aus wie aus dem Märchen. Geranien hingen weit die Balkone hinab. Daneben stand noch ein Haus, ganz aus Holz, das relativ neu gebaut schien und im Vergleich zu dem Hof geradezu winzig daherkam.

»Wie riesig das Bauernhaus ist«, entfuhr es Nelly, und Quirin lachte.

»Na ja. Also – es ist ein Einfirsthof. Drum wirkt er so riesig. Aber es sind gerade mal hundertzehn Quadratmeter Wohnfläche. Wenn ich mir da andere Höfe anschaue, ist es eher beengt bei uns. Noch dazu, weil Melly vier Kinder hat.«

»Was ist denn ein Einfirsthof?«, wollte Nelly wissen.

»Das ist ein Bauernhof, bei dem sich alles unter einem Dach befindet. Also, wo der Stall, der Schuppen und das Wohnhaus sich sozusagen unter einem First vereinen.«

»Ah. Verstehe. Und weil die Stallungen und all das unter einem Dach sind, muss das Haus groß sein.«

»Ganz genau. Da drüben haben wir mittlerweile das Zuhäusl für meine Eltern.« Quirin deutete auf das Holzhaus. »Ich nutze die Tenne als Werkstatt. Früher wurden in der Tenne die Maschinen gelagert – aber die sind jetzt in der großen Holzgarage, die du dahinten siehst. Mein Vater hat sie vor Jahren gebaut. Damals war ich noch ein Kind. Er ist selbst ein begeisterter Schreiner – allerdings eher ein nützlicher, wie er sagen würde.« Quirin hatte mit seiner Hand Anführungszeichen in die Luft gemalt.

»Nützlich?«, wiederholte Nelly.

»Na ja. Er hat gern Gartenhäuser in Maßarbeit gebaut und schon auch Regale oder mal eine Kommode. Aber für ihn war das Schreinern kein künstlerischer Beruf. Ich bin da aus der Art geschlagen, könnte man sagen. Du hast ja auf der Ladefläche die Baumscheiben gesehen.«

Sie hatten das Haus fast erreicht. Nelly registrierte die bunten Malereien über den Fenstern, die sie schon in Prien gesehen hatte. Ein Mädchen und ein Junge winkten aus einem Baum herüber, und Quirin ließ auf der Fahrerseite die Scheibe herunter und winkte zurück.

»Aus den Scheiben mache ich kleine Tische. Man sieht die Maserung noch, wenn ich sie geschliffen und lackiert habe. Nach Möglichkeit erhalte ich sogar die Rinde außen herum. Weißt du, mein Vater hat seinen Beruf gewählt, weil er feste zupacken kann. Ich hab ihn gewählt, weil Holz nach Kindheit riecht. Und weil ich finde, man kann dem Holz so viel entlocken. Es ist ein einzigartiges Baumaterial. Nein, Material überhaupt, würde ich sagen. Ich hab schon als kleiner Junge mit dem Schnitzmesser in der Tenne gehockt, während meine Schwester draußen bei den Kühen war.« Quirin lachte und rangierte den Jeep vor ein großes Tor, das sich direkt mittig an der Längsseite des Hauses befand. »Und heute verbringe ich meine Winter in der Werkstatt und meine Sommer auf dem See – jedenfalls weitgehend. Somit habe ich meine beiden Leidenschaften zum Beruf gemacht.«

»Klingt gut.«

Quirin nickte und deutete auf das Bauernhaus. »Früher war es so«, erklärte er, »dass die Häuser so gebaut wurden, dass die Tenne den Stall vom Wohnhaus trennte, wegen der Stallgerüche.«

Nelly lachte. Das Stadtkind in ihr konnte das bestens verstehen. »Wo sind denn die Kühe?«, fragte sie.

»Oh, die meisten sind dahinten auf der Weide. Meine Schwester Melanie und ihr Mann haben sich für einen Ökobetrieb entschieden. Sie haben deshalb weniger Kühe. Dafür gibt es aber eine ganze Reihe Hühner, die sind hinter dem Stall, außerdem ein paar Ziegen, und neuerdings hat sie auch vier Alpakas – die Helden auf jedem Kindergeburtstag. Meine Schwester organisiert nämlich Geburtstage auf dem Bauernhof.« Quirin lachte. »Ich zeig sie dir gleich. Ganz sicher wirst du sie auch süß finden.«

Nelly stieg aus dem Auto. »Wie toll!« Sie warf die Tür mit Schmackes ins Schloss. Quirin tat es ihr auf seiner Seite nach.

»Onkel Quirin!« Das Mädchen, das vorhin noch im Baum gesessen hatte, kam herangestürmt, gefolgt von einem kleineren Jungen. Beide Kinder hatten hellblonde Haare. Der Junge hätte mal wieder einen Haarschnitt vertragen können, und auch dem Mädchen hingen die Haare wild ins Gesicht. Die Kleidung hatte schon einige Tage Klettern gesehen, und vermutlich war sie auch schon von mehreren Kindern getragen worden. Es musste wunderbar sein, hier so frei aufwachsen zu können, wie es diesen Kindern möglich war. Während sich das Mädchen in Quirins Arme stürzte, war der Junge unvermittelt stehen geblieben und hatte sich hingekniet. Unter einem Busch tauchte eine weiß-schwarz gefleckte Katze auf, streckte sich und ging zu dem Jungen, der geduldig auf sie wartete.

»Servus, Lenchen!«, begrüßte Quirin das Mädchen, während Nelly weiter den Jungen beobachtete, der der

Katze seinen Finger hinhielt, sodass sie vorsichtig schnüffeln konnte, bevor sie sich streicheln ließ.

Nelly schaute zu Quirin und Lenchen, die noch immer in seinem Arm war. Eigentlich war sie schon zu groß, um auf seiner Hüfte zu sitzen, aber ein paar Augenblicke trug ihr Onkel sie, bevor er sie wieder absetzte.

»Wo ist denn die Mama?«, fragte er dann, und das Mädchen deutete in Richtung des eingezäunten Bauerngartens weiter hinten auf dem Grundstück.

»Tomaten aufbinden«, sagte sie. »Ich hab ihr vorhin noch geholfen. Die Mama hat gesagt, ich hab es ganz toll gemacht.« Der heilige Ernst in ihrer Stimme wollte nicht recht mit ihrem wilden Äußeren zusammenpassen.

»Das hast du ganz sicher! Dann will ich deine Mama gar nicht stören. Ich muss eh mein Holz aufräumen. Gehst du noch mal mit dem Wiggerl spielen?«

Lenchen nickte und ging zu ihrem Bruder hinüber.

»Was ist denn ein Wiggerl?«, wollte Nelly wissen, während Quirin schon die Kofferraumklappe des Jeeps öffnete.

Als er Nellys Frage hörte, hielt er in der Bewegung inne und drehte sich zu ihr um. Erst schaute er sie verschmitzt an, doch dann wandelte sich sein Blick erst in Unglauben, dann in pure Erheiterung. Ein lautes Lachen platzte aus Quirin hervor.

Nelly verschränkte ihre Hände vor der Brust. Sie

kam sich veräppelt vor. Schließlich hatte sie eine ganz normale Frage gestellt.

Quirin kam zu ihr und legte ihr die Hand auf den Oberarm, um sie zu besänftigen. »Oh, Nelly, entschuldige. Ein Wiggerl ist ein Ludwig. So heißt Lenchens kleiner Bruder, der gerade eben auch noch hier war.«

Nelly drehte sich um, aber die beiden Kinder waren schon wieder verschwunden. »Ach so.«

»Ja, das ist Dialekt. Entschuldige, das konntest du nicht wissen.«

»Und für dich ist es einfach nur normal, ich versteh schon.« Sie lächelte Quirin an, der noch immer so nah vor ihr stand, dass sie ihn riechen konnte. Sie konnte seinen Duft nicht beschreiben, hätte ihn aber unter Hunderten von Männern ganz sicher wiedererkannt. So roch eben Quirin. Er war kein Mann, der sich hinter einem Aftershave versteckte.

»Magst du dir meine Werkstatt anschauen?«

»Na klar.« Nelly nickte.

Quirin streckte seine Hand aus, und Nelly legte ihre Hand in seine.

»Komm!«

»Wow!« Nachdem Quirin die Tür, die in dem großen Tor eingelassen war, geöffnet hatte, blieb ihr regelrecht der Mund offen stehen. Zu ihrer Rechten befand sich ein riesiges Regal, in dem mindestens dreißig solcher Baumscheiben lagen, wie Quirin sie im Auto hatte. »Was hast du denn damit vor? Willst du ein ganzes Lokal mit Kaffeetischen bestücken?«, fragte sie. Der Duft frisch geschnittenen Holzes füllte den Raum, und Nelly holte tief Luft. Sie liebte diesen Geruch.

»Nein.« Quirin lachte wieder sein tiefes Lachen, das bei Nelly ein warmes Gefühl in der Magengegend verursachte. »Das Holz muss durchtrocknen, bevor ich es verwenden kann. Das dauert Jahre. Drum sind die Tische auch wirklich kleine Kunstwerke. Schon allein, dass die Scheiben nicht reißen, ist ein Prozess für sich – aber ich erspar dir die Details.«

Nelly strich mit den Fingern über eine Holzscheibe, atmete erneut den Duft ein, der die Werkstatt durchströmte. Weiter hinten im Regal waren geschnitzte Tierfiguren. Ein ausdrucksstarker Löwe gefiel ihr besonders. Auf seinem Kopf saß eine Maus.

»Das ist ja süß!«

Quirin hatte seine Hände in die Hosentaschen gesteckt, nachdem sie einander beim Betreten seines Reiches losgelassen hatten. »Findest du?«

»Sehr.«

»Das Motiv ist aus einem Kinderbuch, in dem es ums Kleinsein geht. Und darum, dass jeder mal Löwe und mal Maus ist. Ich fand das sehr berührend und gleichzeitig sehr wahr. Drum hab ich die Figur geschnitzt. Ich will sie Lene zum Geburtstag schenken. Sie ist in dem Alter, wo sie das schon versteht.«

»Was für eine süße Idee!«

»Ja, sie liebt das Buch. Es sollte ihr gefallen.« Er

lächelte scheu. Nelly hatte Quirin noch nie so attraktiv gefunden wie in diesem Moment. Sie beugte sich zu ihm vor und küsste ihn auf die Wange.

»Du bist ein toller Mann.« Die Worte kamen ihr einfach so über die Lippen.

Er fasste sich mit den Fingern an die Stelle, wo Nelly ihn mit den Lippen berührt hatte. »Danke.« Sein Lächeln war nicht mehr klein, sondern richtig groß geworden.

»Ich glaube, du wirst selbst mal ein richtig toller Vater«, fügte sie noch hinzu. Wann immer sie ihn mit Kindern gesehen hatte, war ihr dieser Gedanke gekommen.

»Das mal sicher.« Eine fremde Stimme hatte sich eingemischt. In der Tür stand eine Frau in gelben Gummistiefeln, die Gartenhandschuhe trug und die Haare zu einem Dutt zusammengebunden hatte, der oben auf ihrem Kopf saß und deshalb ein wenig wie eine Krone aussah.

»Hallo, Bruderherz.«

Quirins breites Grinsen war mit einem Mal verschwunden. »Schon klar.« Seine Stimme triefte vor Ironie. »Hallo, Melly.«

Nelly runzelte die Stirn. Melly aber blieb ungerührt.

»Hi, du bist bestimmt Nelly.« Sie reichte Nelly die Hand.

»Melly und Nelly – wenn das nicht passt.« Melly lachte. »Freut mich, dass Quirin dich mitgebracht hat.

Kannst dir was drauf einbilden.« Sie knuffte ihren Bruder, der noch immer einen verstockten Gesichtsausdruck zur Schau stellte, in den Arm.

Nelly fand Quirins Schwester sofort sympathisch. Sie hatte ein paar Kilo mehr auf den Hüften, und man sah ihr an, dass sie zupacken konnte. Sie war gänzlich uneitel, wie sie mit ihrer behandschuhten Hand eine Haarsträhne aus ihrem Gesicht wischte, ohne die Erde zu bemerken, die sie dabei auf ihrer Wange hinterließ.

»Freut mich«, antwortete Nelly und meinte es so. Sicher war Melly eine Frau, mit der es sich lohnte, länger zu plaudern.

»Ich muss noch zu den Hühnern, und dann hab ich dem Wiggerl noch eine Fahrt mit dem Bulldog versprochen.«

»Klingt spannend«, erwiderte Nelly, die sich erst einmal nicht viel unter einem Bulldog vorstellen konnte. Aber sie wollte nicht gleich wieder durch Unwissenheit glänzen, das hatte sie oft genug in den letzten Tagen.

»Ist es auch. Auf der Obstwiese lass ich ihn steuern, damit der Bub es lernt.« Der Bulldog war ein Traktor, schloss Nelly aus Mellys Worten. Sie stellte sich Ludwig, den kleinen Knirps, am Steuer des mächtigen Gefährts vor und bekam ein wenig Angst. Scheinbar sah man das ihrem Gesicht an. »Er möchte es gern. Außerdem ist es gut, wenn wir auf dem Hof zusammen anpacken. Arbeit ist immer.«

Nelly nickte. Sie verstand. Grundsätzlich fand sie auch gut, wenn Kinder nicht zu sehr verzärtelt wurden.

»Kommt ihr nachher auf einen Kaffee rüber?«, fragte Melly jetzt. »Lene und ich haben vorhin Schokokuchen und Zimtschnecken gebacken.«

»Gern«, sagte Quirin. »Oder, Nelly?«

»Sehr gern.« Ihr knurrte eh der Magen, und auf Hefeschnecken würde sie sowieso nie im Leben verzichten.

»Super. Dann quatschen wir später noch, ja?« Melly winkte und war schon wieder auf dem Weg nach draußen.

»Sie ist immer so.« Quirin zuckte mit den Schultern.

»Ich fand sie sehr nett.«

»Ja, und sehr direkt ist sie auch.«

»Weil sie gemeint hat, ich könne mir was drauf einbilden, dass du mich hergebracht hast?«

Quirin nickte. Er drehte sich weg und griff nach dem Schnitzkunstwerk mit dem Löwen. Er rückte es im Regal zurecht, obwohl der Löwe mit der Maus danach nicht anders stand als zuvor.

Nelly lächelte ob seiner Verlegenheit und trat wieder zu ihm. Ihre Hand legte sich sanft auf seine Schulter, drehte ihn zu ihr herum, ohne dass sie darüber nachgedacht hätte, was sie tat. Dann stellte sie sich auf die Zehenspitzen.

»Ich bin gern mit dir hergekommen«, flüsterte sie in sein Ohr.

Wenn Quirin überrascht war, ließ er es sich nicht anmerken. Sie schauten einander tief in die Augen, als ihre Gesichter sich einander näherten. Quirins Hände hatten Nellys Hüften gefunden. Dieser Augenblick, kurz vor dem ersten richtigen Kuss, in dem man schon wusste, dass es gleich passieren würde, war Magie. Nelly spürte Quirins warmen Atem auf ihrer Oberlippe. Er roch ganz leicht nach Minze. Sie hätte die Zeit anhalten mögen, und zugleich wollte sie endlich, endlich seine Lippen auf ihren spüren. Ganz zart, beinahe in Zeitlupe, berührten sie sich endlich. Nelly schloss erst im letzten Moment die Augen. Der Kuss war sanft und behutsam. Quirins Hände wanderten auf Nellys Rücken, und er umschloss sie mit seinen Armen, als ihre Lippen sich voneinander lösten. Aus dem ersten Kuss wurde eine innige Umarmung. Sie standen ganz still miteinander, so, als würden Raum und Zeit nicht existieren. Nelly spürte Quirins Körper an ihrem, seine Wärme, seine Nähe. Das Schlagen ihres Herzens vermischte sich mit dem, das ihr Ohr an Quirins Brust hörte. Sie hätte später nicht sagen können, ob sie einander lange oder kurz hielten, wusste jedoch, dass diese Umarmung ganz anders als die war, die sie auf der Herreninsel geteilt hatten. Damals hatte Quirin sie gehalten und getröstet. Jetzt ging es um Zärtlichkeit und Nähe.

Als sie sich dieses Mal voneinander lösten, schauten sie sich erneut tief in die Augen. Der nächste Kuss ging von Quirin aus, nicht weniger zärtlich als der vorhergegangene.

»Na komm, ich zeig dir noch den Rest meiner Werkstatt, ja?« Sein Lächeln spiegelte all seine innere Wärme wider, ein Blick, der Nelly auffing und ihr das Gefühl gab, genau am richtigen Ort zu sein.

Nelly nickte. Dann fiel ihr etwas ein.

»Gib mir nur einen Augenblick, ja?«

Quirin nickte. Nelly lief schnell aus der Werkstatt hinaus zum Jeep. Sie öffnete die Beifahrertür und kramte in der kleinen Tasche, die sie dort zurückgelassen hatte, nach ihrem Handy. Kein Anruf.

Sie öffnete den Chat mit Marlon. »Ruf mich nicht an. Ruf mich nie wieder an. Es ist vorbei.« Sie musste nicht überlegen. Endlich, endlich tat sie das Richtige. Marlon war sie schließlich nicht einmal einen Rückruf wert gewesen, geschweige denn Trost und Fürsorge, als ihre Mutter gestorben war. Nelly ging zu den Kontakten und blockierte Marlon und löschte ihn. So einfach war es heutzutage, jemanden aus seinem Leben zu werfen. Nelly dachte das nicht voll Bitterkeit, es war lediglich eine nüchterne Erkenntnis. Sie atmete tief ein. Wiggerl lief mit einem Ball vorbei und winkte, Nelly winkte zurück. Dann legte sie das Handy wieder in die Tasche und warf die Autotür zu. Endlich hatte sie das Richtige getan. Von nun an gab es nur noch Quirin in ihrem Herzen.

13. Kapitel

Eine halbe Stunde später saß Nelly am Tisch mit Quirins Schwester, Lenchen und Wiggerl. Gerade als Melanie – sie hatten sich darauf geeinigt, dass Melly und Nelly einfach zu leicht verwechselt wurde – den Kaffee eingegossen hatte, kamen noch zwei weitere Kinder in die gemütliche Küche, die nicht nur über einen Elektroherd verfügte, sondern dazu noch über einen schönen alten Holzofen. Im Winter war es sicher wunderbar, hier zu sitzen und dem Knistern des Feuers zu lauschen. Ob Melanie auch auf der Herdplatte des holzbetriebenen Ofens kochte? Die Kinder waren in ihren frühen Pubertätsjahren und warfen ihre Rucksäcke achtlos in eine Ecke. Ein Blick der Mutter reichte, und die beiden großen Jungs trugen die Schultaschen unter Murren wieder hinaus.

»Grüß euch, Buben!«, rief Quirin den beiden hinterher und schnitt sich eine dicke Scheibe Marmorkuchen ab. Die Kinder murmelten einen Gruß.

Quirin wandte sich an Lenchen. »Den Kuchen hast du gut gemacht, Leni, ich riech das schon. Und die Zimtschnecken muss ich auch probieren.«

Lenchen, die neben ihrem Onkel saß, strahlte ihn an, als wäre er ihr Held.

»Servus, Sebi«, sagte Melanie zu dem ersten der Jungen, der gerade wieder in die Küche kam und sich auf einen Stuhl fallen ließ.

»Es war furchtbar in der Schule. Kann ich ein Stück Kuchen haben? Machst du mir einen Kakao?«

Melanie wuschelte ihrem Sohn durchs raspelkurze Haar. Dann ging sie zur Tür und schaute in den Flur.

»Kommst du auch, Thomas?«, rief sie.

»Ich bin auf dem Klo!«, kam es gedämpft und mit der für einen angehenden Teenager gebotenen Genervtheit zurück.

»Na dann«, meinte Melanie nur trocken und holte Milch aus dem Kühlschrank.

Wiggerl wollte, seinen Kuchen in der Hand, aufstehen. Melanie schaute ihn nicht einmal an. »Ludwig, bleib sitzen, bis du aufgegessen hast!«

Nelly kam nicht umhin, Melanie zu bewundern. Quirins Schwester schien ihre Augen wirklich überall gleichzeitig zu haben.

»Aber ich wollte zum Kieselchen raus«, protestierte der kleine Junge.

»Das versteh ich, und das darfst du auch – wenn du den Kuchen gegessen hast.« Melanies strenger Ton sorgte dafür, dass Ludwig sich wieder hinsetzte. Er nahm einen riesigen Bissen, um möglichst schnell fertig zu werden.

»Kuchen, Nelly?«, fragte Melanie jetzt ihren Gast.

»Sehr gern, danke. Der sieht wirklich super aus mit der Schokoglasur und den bunten Zuckerstreuseln.« Nelly konnte sich vorstellen, wessen Idee das gewesen war, denn Leni war gerade dabei, jeden einzelnen Streusel aus der Glasur ihres Kuchenstücks zu pfriemeln.

»Danke.« Lenchen nahm das Lob wie selbstverständlich zur Kenntnis.

Quirin wandte sich an Melanie. »Wie geht es dem Kieselchen denn?« Und in Nellys Richtung sagte er: »Eines der Alpakas ist krank, es heißt Kieselchen. Außerdem haben wir noch Glitzerprinzessin, Superman und Ronaldo. Die Kinder haben die Namen ausgesucht.«

»Kieselchen frisst wieder, soviel weiß ich. Aber mit dem Tierarzt hat Schorsch gesprochen. Wir haben jetzt so ein spezielles Alpakafutter gekauft, das schmeckt ihr auch. Scheinbar gibt es öfter mal Probleme mit dem Verdauungstrakt bei Alpakas.« Melanie zuckte mit den Schultern. »Aber Wiggerl hat sich auch sehr liebevoll um Kieselchen gekümmert und es oft besucht. Stimmts, Ludwig?«

Der kleine Junge nickte. Er konnte nicht antworten, weil sein Mund randvoll mit Kuchen war. Nelly musste lachen beim Anblick seines Schokomunds.

Quirin grinste ebenfalls.

Die ganze Küche duftete nach dem Kaffee, der heiß in Nellys Tasse dampfte. Es war ein richtiger Becher, am Henkel leicht angeschlagen, viele Male schon benutzt, vermittelte er heimelige Gemütlichkeit.

»Schön ist es bei dir, Melanie«, sagte sie und umschloss mit ihren Händen den Humpen.

Als Nelly gerade an ihrer Tasse nippen wollte, spürte sie, wie sich Quirins Hand unter dem Tisch auf ihren Schenkel schlich. Die Wärme, die von der Hand ausging, erhitzte sie schneller, als es jede warme Tassenwand gekonnt hätte. Sie stellte die Tasse ab und legte ihre Hand auf seine. Plötzlich hatte sie vor lauter Aufregung überhaupt keinen Appetit mehr auf den leckeren Kuchen, geschweige denn auf die Zimtschnecken, obwohl sie Hefegebäck so liebte.

»Danke, Nelly. Quirin soll dir noch unsere Tiere zeigen. Auf die bin ich besonders stolz. Wir stellen sogar selbst Käse her, hat er dir das erzählt?«

Nelly schüttelte den Kopf. »Nein. Aber ich schau mir gern eure Edelsteine an.«

Lenchen runzelte ihre kleine Stirn. »Wir haben gar keine Edelsteine.«

Nelly wandte sich an die Kleine. »Aber doch! Eure Alpakas haben doch so tolle Namen.«

»Ach sooo.« Das Mädchen fummelte die letzten Zuckerstreusel von ihrem Kuchen. »Aber Kiesel sind nicht besonders wertvoll«, verwies sie auf Kieselchen.

»Das stimmt. Aber ich glaube ja eh, dass etwas immer den Wert hat, den wir dem jeweiligen Ding zusprechen. Was meinst du?«

Leni hatte Nelly aufmerksam zugehört. Jetzt nickte sie. »Stimmt. Ich hab mal eine Murmel gefunden, die hat ganz toll geglitzert innen drin, war aber aus Glas.«

»Siehst du!« Nelly lächelte der Kleinen zu.

Quirin nahm in diesem Moment seine Hand von Nellys Schenkel und griff nach seiner Kaffeetasse. Sie schaute zu ihm, suchte seinen Blick, aber seine Aufmerksamkeit war plötzlich ganz und gar von dem Stück Marmorkuchen gefesselt, das vor ihm auf dem Teller lag. Gerade nahm er einen großen Bissen und begann zu kauen.

Melanie stand auf und ging zur Küchentür.

»Thomas, möchtest du auch Kuchen?«, rief sie erneut nach draußen.

»Ich komme!«, kam die Antwort von irgendwo im Bauernhaus zurück. Sebi hatte schon das dritte Stück Kuchen auf dem Teller.

»Lass Thomas noch ein Stückerl übrig, ja?« Melanie kam wieder an den Tisch. »Wiggerl, setz dich ordentlich hin.«

Der Kleinste der Geschwister war schon wieder drauf und dran gewesen, die Küchentafel zu verlassen, wie Nelly amüsiert feststellte. Sie fühlte sich pudelwohl in dieser Familie, mit Melanie als liebevoller Mutter, die die Fäden in der Hand hielt.

»Ich bewundere sehr, wie du hier alles managst«, sagte sie. »Man sieht richtig, wie du in deiner Familie aufgehst.«

»Danke dir.« Melanie lächelte. »Ich hab mir das auch immer so gewünscht – eine große Familie.«

»Ja, das merkt man aber auch«, bestätigte Nelly. »Ich hatte nur meine Mutter, manchmal war das ganz schön still.«

Plötzlich stand Quirin auf, sein Teller war leer. »Ich geh schon mal rüber in die Werkstatt, iss du in Ruhe auf.«

Bevor Nelly ihm antworten konnte, war er auch schon an der Tür, wo er fast mit Thomas, einem Jungen mit kurzen rotblonden Haaren, zusammenstieß. Quirin murmelte eine Entschuldigung, und weg war er.

Plötzlich war es still in der Küche. Selbst die Kinder schwiegen. Thomas kam an den Tisch und setzte sich auf den frei gewordenen Platz am Rand der Eckbank und benutzte den Teller seines Onkels. Er war der Einzige, der nicht mitbekommen hatte, dass die Stimmung von locker-leicht zu schweigsam-kühl gekippt war. Ungerührt stopfte er sich ein halbes Kuchenstück auf einmal in den Mund und kaute mit vollen Backen.

Nelly trank einen Schluck Kaffee. Sie wusste nicht recht, was sie tun sollte. »Hab ich etwas Falsches gesagt?«, brach sie das Schweigen, das Quirin zurückgelassen hatte.

Melanie schüttelte den Kopf. »Nee. Mach dir bitte keine Gedanken, hm? Bleib noch ein bisschen hier, genieß den Kaffee – und das Chaos meiner Kinder.«

Nelly war Melanie dankbar für ihre Gastfreundschaft. Aber so richtig wollte ihr der Marmorkuchen jetzt nicht mehr schmecken.

Sie beobachtete Melanie, die alle ihre Kinder gleichzeitig im Auge zu haben schien.

Hatte sie zuvor schon diese Falten gehabt, die sich tief an ihrer Nasenwurzel abzeichneten? Nelly konnte sich nicht erinnern.

»Thomas, hör auf, so zu schlingen. Wiggerl, du kannst jetzt rausgehen.« Lenchen hatte endlich alle Zuckerstreusel aufgegessen und widmete sich dem Schokoladenguss. Der kleine Ludwig ließ sich nicht zweimal sagen, dass er endlich aufstehen durfte. Er stürmte aus der Küche.

»Ich geh zum Kieselchen«, rief er noch, dann war er auch schon verschwunden.

»Kann ich mit dem Wiggerl mit? Ich hab keinen Hunger mehr.« Lenchens Hände waren voller Schokolade, und auch ihr Oberteil hatte unter der Extraktion der Streusel gehörig gelitten.

Melanie wirkte beim Anblick ihrer Tochter völlig entspannt. »Lauf!«, sagte sie nur. »Aber wasch dir noch die Hände.«

»Ist gut!«

Zack, war auch Lenchen losgerannt.

Nelly stand auf. »Ich werde auch mal rausgehen.« Der Gedanke an Quirin ließ ihr keine Ruhe. Sie wollte geraderücken, was ohne ihr bewusstes Zutun in Schieflage geraten war.

»Mach das, ich muss eh die beiden jungen Herren hier davon überzeugen, dass Hausaufgaben eine gute Idee sind.«

Sebi verdrehte bei der Erwähnung des Wortes Hausaufgaben schon die Augen, während Thomas etwas murmelte, das Nelly beim besten Willen nicht verstand.

»Mei, ehrlich, Buben, von nichts kommt auch nichts.« Melanie begann, die Kuchenteller aufeinanderzustapeln. Auf einem Teller sammelte sie die Reste. »Kannst du das schnell bei den Hühnern reinstellen? Den Teller hol ich dann später wieder.« Sie hielt Nelly den Teller hin, die ihn mit einem Nicken entgegennahm.

»Klar.« Sie hatte nicht gewusst, dass Hühner gern Marmorkuchen aßen.

»Die fressen alles«, erklärte Melanie, als hätte sie Nellys Gedanken erraten.

»Na dann.« Nelly grinste.

Als sie wieder draußen im Hof stand, umgeben von nichts als Stille und Vogelgezwitscher, wurde ihr erst klar, wie laut es in der Küche zugegangen war, bevor Quirin seinen Abgang gehabt hatte. Umso schöner war jetzt die Ruhe hier draußen. Ja, ihr gefiel die wilde Großfamilie von Melanie, allerdings glaubte Nelly kaum, dass sie imstande wäre, vier wilde Racker und einen Bauernhof zu versorgen. Sie holte tief Luft und genoss die Wärme der Sonne auf ihrem Rücken. Dann ging sie in die Richtung, in die Quirin vorhin gedeutet hatte, als er ihr den Bauernhof und seine Tiere beschrieben hatte.

Tatsächlich fand sie das große Freigehege auf Anhieb, das eine kleine Hühnerhütte umgab. Es hatte ein Tor, durch das Nelly auf das umzäunte Gelände trat.

»Wie sagt man denn jetzt zu euch? Put, put?« Die Hühner kamen sofort näher. Schnell stellte Nelly den Teller auf den Boden und beobachtete, wie das Federvieh sich über den Kuchen hermachte. Sogar der stolze Gockel drängte sich zwischen die Hennen und holte sich seinen Anteil.

Nelly lehnte sich gegen das Hühnerhaus, das im Schatten eines großen Kastanienbaums stand. Hier war es angenehm kühl, und sie genoss das laue Lüftchen.

»Sie sind süß, oder?«

Quirin stand am Tor und schaute zu ihr herüber, ein vorsichtiges Lächeln auf den Lippen.

»Ja, sehr. Ich hab ehrlich gesagt noch nie was mit Hühnern zu tun gehabt.«

»Nein? Die haben mehr Persönlichkeit, als man meint. Die Weiße da drüben heißt zum Beispiel Nora, und sie liebt Blaubeeren.«

Nelly lachte. »Blaubeeren?«

»Ja, ehrlich! Ab und zu bringe ich ihr welche mit. Da kriegt sie sich gar nicht mehr ein.« Quirin sprang mit einem einzigen schnellen Satz über den Zaun und kam zu Nelly herüber.

»Alles klar bei dir?«, fragte sie, als er vor ihr stand.

Quirin nickte. »Natürlich. Bei dir?« Ohne eine Antwort abzuwarten, beugte er sich vor und küsste Nelly mitten auf den Mund, dieses Mal nicht zögerlich, sondern mit der klaren Botschaft, dass er wusste, was er wollte – und zwar sie! Seine linke Hand lag auf ihrem Hintern, und wenn der Kuss in Quirins Holzwerkstatt sanft und zärtlich gewesen war, war dieser von fordernder Leidenschaft, einer Leidenschaft, die Nelly erwiderte und ihrerseits eine Hand unter Quirins T-Shirt schob.

Über diesem Kuss vergaß sie, dass es die Unstimmigkeit in Melanies Küche überhaupt gegeben hatte. Sie fühlte seine Hände, die ihren Po streichelten, und Hitze breitete sich in ihrem Bauch aus. Nelly drängte sich an ihn, ihre Lippen verschmolzen mit den seinen, und ihre Küsse wurden feuriger.

Als sie sich voneinander lösten, waren sie beide außer Atem. Nellys Hände schlüpften nur widerwillig unter Quirins T-Shirt hervor, zu gern wollte sie ihn weiter erforschen.

»Komm mit, ich zeig dir noch meine Wohnung, ja?« Quirin grinste sie an.

»Ja.« Nur ein Wort, aber das genügte als Antwort völlig.

Quirin nahm Nellys Hand, zog sie zum Tor, aber

dieses Mal so, dass die Hühner unter entsetztem Gackern davonstoben.

»Entschuldige, Nora.« Er wandte sich an Nelly. »Sie ist mein liebstes Huhn.«

Lachend ließ Nelly sich von Quirin weiterziehen, hinaus aus dem Hühnerstall und über den Hof, hinein in die Werkstatt. Nelly nahm den Duft nach Holz nur am Rande wahr, denn Quirin zog sie weiter. Dann standen sie vor einer unscheinbaren Tür. »Hier wohne ich.«

»Im Stall?«, fragte Nelly.

»Nein, in der Tenne. Die hab ich mir ausgebaut.« Quirin öffnete die Tür.

Alte Holzbalken, sicher noch original, dazwischen das helle Holz der Wände als Kontrast. Ein riesiges Bücherregal, an dem eine Leiter lehnte. Schwere Holzbohlenböden, ein großes rotes Sofa mit weißen Kissen. Dazwischen überall Fotos von Quirins Reisen, Tierfiguren aus Afrika, bunte Stoffe als Wandbehang. Es war die richtige Mischung aus Brauntönen und leuchtenden Farben als Kontrast.

»Du hast das alles selbst gestaltet, oder? Hier steht überall dein Name drauf«, sagte sie, strich über eine kleine Kommode und begutachtete einen Holzelefanten, der dickbäuchig darauf thronte. Nie hatte sie sich auf Anhieb in einer fremden Behausung so wohlgefühlt. Ganz kurz, für Sekundenbruchteile, dachte sie beim Anblick des schweren hölzernen Couchtischs an den affigen Glastisch mit den chromglänzenden Beinen, den Marlon besaß, und schob den Gedanken, der nichts weiter als ein inneres Schulterzucken auslöste, genauso schnell wieder weg, wie er gekommen war.

Ein riesiges Fenster gegenüber dem Sofa ließ sie hinaus in die Obstwiesen blicken, in der Ferne war die Silhouette der Chiemgauer Berge zu sehen.

»Du hast es so schön hier.«

»Ja? Findest du? Dabei hast du mein Schmuckstück noch gar nicht gesehen.«

»Hab ich nicht?«

Quirin schüttelte den Kopf. »Dahinten.« Er deutete mit dem Kinn auf eine Tür. Als Nelly hinging und sie öffnete, war dahinter eine Treppe. Vorsichtig stieg sie die steilen Stufen hinauf.

»Das war ein Kompromiss. Ich hatte keinen Platz und fand, dass man kein großes Treppenhaus braucht«, erklärte Quirin, der direkt hinter ihr war.

Oben unter dem Dach befand sich sein Schlafzimmer. In der Mitte stand ein breites Bett, darüber in der Dachschräge Dachfenster in derselben Größe. Das Bett war mit roter Bettwäsche bezogen, und der Raum war wegen der Fenster strahlend hell.

Der Boden knarzte behaglich unter Nellys Füßen. Auf dem Boden, um das Bett herum, lagen weiße Schaffelle. Die Nachttische bestanden aus den Holzscheiben, waren also handgemacht und wunderschön. Ein Kleiderschrank war in die Wand eingebaut. Hinter dem Kopfende hing ein großes Bild vom Chiemsee und den Bergen in der Dämmerung. Sie verstand, warum dieser Raum Quirin so gefiel.

»Man kann nachts Sterne zählen«, sagte Quirin jetzt und warf sich rücklings auf sein Bett. Dann klopfte er neben sich, und Nelly tat es ihm nach, nachdem sie ihre Flip-Flops abgestreift hatte.

»Oder Wolken«, sagte sie und schaute hinauf zum Himmel, wo Schäfchenwolken im Spätnachmittagslicht dahinzogen, schon leicht orange gefärbt.

Sie hatte die Hände hinter ihrem Kopf verschränkt, war sich Quirins Nähe sehr bewusst und spürte die Wärme, die von ihm abstrahlte. Ihre Aufmerksamkeit war, obwohl sie ihren Blick nach oben richtete, bei Quirin.

»Es riecht gut.« Sie nahm einen tiefen Atemzug.

»Ich hab hier oben viel Zirbe verarbeitet, das soll sehr gut für das Schlafklima sein. Keine Ahnung, ob das stimmt, aber auf jeden Fall liebe ich diesen Duft.«

»Verständlich.« Nelly drehte den Kopf und bemerkte, dass Quirins Blick auf ihr ruhte. Er drehte sich auf die Seite, rückte näher heran und legte seine Hand auf den Streifen Haut, der an Nellys Bauch frei geworden war, als sie sich nach hinten aufs Bett hatte fallen lassen. Quirins Finger fühlten sich heiß an, wie sie da lagen, ganz bewegungslos, als würden sie auf Nellys Einverständnis warten. Statt etwas zu sagen, hob sie leicht den Kopf, legte ihre Hand in Quirins Nacken und zog ihn zu sich heran, um ihn zu küssen. Ihre Lippen trafen heftig aufeinander, nahmen ihr Spiel wieder auf.

Quirins Hand war unter Nellys Shirt gewandert und bahnte sich ihren Weg zu dem sportlichen BH, den sie darunter anhatte. Sanft strich Quirin über den Stoff und streichelte ihre Brüste, die sofort auf die zärtliche Berührung reagierten. Sie wollte nackt sein, Quirin an ihrer Haut spüren, auch seine Haut liebkosen. Sie spürte das Muskelspiel an seinem Rücken, zog an seinem Shirt, zerrte. Ihr Atem hatte sich längst beschleunigt, die Küsse hatten an Intensität gewonnen, die Berührungen waren fordernder geworden.

Sie rissen sich förmlich die Kleider von den Leibern, schälten sich aus Shirts und Unterwäsche, warfen Socken und Hose zur Seite, ohne die Blicke voneinander zu lösen. Quirins Hand schien von selbst zu wissen, was Nelly wollte, stachelte ihr Begehren an, während Nelly ihrerseits gierig jeden Zentimeter von Quirins Haut berührte. Doch im Gegensatz zu Quirin sparte sie die lustvollsten Bereiche aus, sparte sie sich auf für ganz zum Schluss, als seine Erregung sich schon fast in Ungeduld gewandelt hatte. Dann erst nahm sie seinen Penis in die Hand. Ein leises Stöhnen entrang sich Quirins Kehle, ein so hingebungsvoller Laut, dass er Nellys letztes bisschen Verstand einfach ausschaltete. Sie umschlang sein Gesäß mit ihren Beinen, dirigierte Quirins Körper in eine eindeutige Richtung. Er hielt inne, suchte ihren Blick. Nelly nickte nur, hob ihr Becken, drängte sich Quirin entgegen. Und dann, ja dann verschmolz ihre Welt mit seiner, und alles, alles war gut und leicht und wunderbar.

Als Nelly schwer atmend wieder zu sich kam, lag Quirin halb auf ihr, sein Bein auf ihrem Oberschenkel, ihr einer Arm noch um ihn gelegt, während ihre andere Hand auf Quirins Bein ruhte.

Ihr Körper fühlte sich satt und schwer an, ihr Atem beruhigte sich. Ein Blick nach oben verriet Nelly, dass der Himmel sich dunkelrot verfärbt hatte. Sie schloss die Augen.

»Du bist eine so tolle Frau«, flüsterte Quirin und streichelte sanft über Nellys Brust, ließ seine Hand dort ruhen. Es war still ringsum, und nur noch Nellys und Quirins Atemzüge waren zu hören, als Nelly vom Schlaf übermannt wurde.

14. Kapitel

Nelly war noch immer ganz erfüllt von der Erinnerung an den vergangenen Abend, als sie aus dem Zugfenster hinaus auf die vorbeiziehende Landschaft blickte.

Sie war in tiefer Dunkelheit neben Quirin aufgewacht. Durch das Dachfenster hatte man den Sternenhimmel gesehen, und Nelly hatte sogar eine Sternschnuppe entdeckt. Als Quirin ihren Wunsch wissen wollte, schüttelte Nelly nur den Kopf und lachte.

Schließlich war Quirin aufgestanden und hatte ihnen etwas zu essen gemacht – Rühreier mit Frühlingszwiebeln und Tomaten, dazu Butterbrote. Es war köstlich gewesen. Als sie gemeinsam an seinem massiven Holztisch im Kerzenlicht gesessen hatten, in ein Gespräch über ihre jeweilige Kindheit vertieft, genoss sie jeden Augenblick. Am Ende hatten sie sich auf dem Sofa eingekuschelt und waren miteinander eingeschlafen, die Gliedmaßen ineinander verschlungen.

Am nächsten Morgen hatte Quirin sie heimgefahren, sie hatte sich rasch umgezogen und war mit dem Lakritzlikör im Rucksack zur Arbeit geradelt. Allerdings war ihr Vorhaben, Anton den köstlichen Likör zu präsentieren, am Arbeitsaufkommen gescheitert. Sie hatte ihn auf die Fensterbank gestellt – morgen war auch noch ein Tag.

Die Zugfahrt verging wie im Flug, und schon war Nelly in Rosenheim und unterwegs in Richtung der Fußgängerzone. Es schien hier eh nur eine große Einkaufsstraße zu geben – und die führte auf direktem Weg auf den Max-Josefs-Platz, wo Bonbon-Berndt seine hiesige Filiale hatte. Rosenheim war keine spektakuläre Stadt, fand Nelly. Aber die Fußgängerzone war hübsch. Ein Mann mit einer Gitarre sang vor dem H&M stimmungsvolle Balladen (Nelly warf ihm einen Euro in seinen Gitarrenkoffer), die Gebäude waren farbenprächtig und gepflegt. Blumenkästen zierten den Platz. Auch Cafés und Restaurants, die zum Verweilen einluden, gab es zur Genüge. Die Stimmung war angenehm, vielleicht weil Nelly »Candle in the Wind« mochte und der Sänger es gerade anstimmte.

Ein Schild, auf dem in schreiend bunten Farben Bonbons abgebildet waren, konnte man schon von Weitem nicht übersehen. Links und rechts des Schilds mit der orangen Aufschrift *Bonbon-Berndt* waren überdimensionale pinke Bonbons an der Hauswand angebracht. Nelly hätte sich nicht gewundert, wenn diese Dinger nachts mit blinkenden Lichtern illuminiert worden wären. Die Farbkombination sah unmöglich aus, ganz anders als das stilvolle Schild der

Süßen Liebe, das schon auf den ersten Blick zeigte, dass jemand mit Geschmack sich hier Gedanken gemacht hatte.

Nelly blieb stehen und ließ sich von der Sonne ein wenig wärmen. Es war heute ein wenig kühler als in den letzten Tagen. Sie beobachtete den Eingang zu dem Geschäft. Die Kunden blieben nicht aus in dieser Lage, war ja klar. Es war ein Kommen und Gehen, wie das in Stoßzeiten auch in der *Süßen Liebe* der Fall sein konnte – und im Sommer, hatte Christina erklärt, war jeder schöne Sommertag eine einzige Stoßzeit.

Langsam ging sie auf das Geschäft zu und schaute zum Schaufenster hinein. Hier gab es keine Bonbonnieren, aus denen die Süßigkeiten herausgenommen und liebevoll verpackt wurden. Große Schütten, die wie Schubladen an den Wänden angebracht waren, erinnerten Nelly an billige Gummibärchenbars, wie es sie manchmal in Supermärkten gab. Die Aufmachung kam ihr lieblos vor. Die Kunden wurden wohl zur Selbstbedienung angehalten, von Beratung keine Spur. Hinter der Kasse stand ein junger Mann und kassierte ab, ohne mit den Kunden ins Gespräch zu kommen.

Nelly stieß die Ladentür auf und trat in Berndts Reich. Drinnen blieb sie stehen, schloss die Augen, atmete den Duft der Süßigkeiten ein, der sie verdächtig an die *Süße Liebe* erinnerte. Sie schaute sich um. Die großen Schütten gefielen Nelly nicht. Man merkte, dass es eher darum ging, größere Mengen zu verkaufen, und die Selbstbedienung, zu der man hier aufgefordert wurde, nahm dem Laden auch noch das letzte bisschen des Charmes, den die *Süße Liebe* verströmte. Dort fühlte man, fand Nelly, die Nostalgie vergangener Zeiten, während hier einfach pragmatisch Süßwaren verkauft wurden. Nelly griff sich ein Zellophantütchen. Sie entschied sich für ein paar Salmiakbonbons, den *Kaffeetraum* und Chili-Mint. Das reichte. Tatsächlich sahen die Bonbons aus der Nähe geradezu perfekt aus. Perfekter sogar als im Laden ihres Vaters, so perfekt, dass Nelly fast sicher war, dass diese Süßigkeiten nicht von Hand gemacht waren, sondern eine Maschine da am Werk war. Man sah es kaum, es waren nur Nuancen. Aber wenn man selbst in einem Bonbonladen arbeitete und tagtäglich mit der Ware zu tun hatte, erkannte man den kleinen, aber feinen Unterschied.

Der Typ an der Kasse nahm grußlos ihren Schein entgegen und gab ihr das Wechselgeld. Er war selbst ein wenig wie eine Maschine.

Frustriert nahm Nelly ihre Tüte entgegen. Hier gab es ganz und gar nichts zu entdecken. Sie griff unschlüssig in das Tütchen und steckte sich einen *Kaffeetraum* in den Mund. Ihre Augen weiteten sich. Im ersten Moment dachte sie, tatsächlich eine Kreation von Anton im Mund zu haben. So sehr ähnelte der Geschmack dem der Manufaktur der *Süßen Liebe*: ein nicht aufdringlicher Kaffeegeschmack mit deutlicher Lakritznote. Doch dann, im Abgang, schmeckte Nelly … ja, was eigentlich? Es schmeckte irgendwie verkehrt, nicht ganz richtig, auch wenn es der Sache schon ziemlich nahekam, aber … Das Aroma, entschied sie. Es schmeckte billig. Damit stimmte etwas nicht. Es war wie eine Kopie, die man erst auf den zweiten Blick erkannte, eben wenn man genauer hinsah, wie schon bei der Form der Bonbons.

Nelly schloss für eine Sekunde die Augen. Nein, sie täuschte sich nicht. Diese Bonbons schmolzen auch irgendwie anders im Mund, fühlten sich rauer an, weniger geschmeidig auf der Zunge.

Entschlossen stopfte Nelly die Tüte in die Tasche ihrer Jeansjacke. Sie hatte nicht vor, auch noch ihre restliche Beute zu verkosten. Tatsächlich hatte sie schon genug geschmeckt. Diese *Bonbon Berndt*-Süßwaren waren ihren gehobenen Preis nicht wert. Sie waren sogar teurer als die Süßigkeiten im Geschäft der Riegers! Offenbar hielt das die Kundschaft aber nicht davon ab, hier einzukaufen, stellte Nelly mit einem weiteren Rundumblick fest. An Kunden mangelte es nicht.

Sie ging in Richtung Tür. Nein, ihr gefiel dieser lieblose Laden mit den industriell gefertigten Bonbons ganz und gar nicht!

Sie riss die Tür so schwungvoll auf, dass ein warmer Luftzug ihr über das Gesicht strich. Dann trat sie hinaus ins Freie – und rannte direkt in eine Frau, die einen vielleicht siebenjährigen Jungen an der Hand hielt, der sofort zu weinen begann, nein, eigentlich war es sogar mehr ein Kreischen.

Christina! Nelly schnappte nach Luft. Was tat die denn hier?

Nellys Blick wechselte zwischen dem Kind und Christina hin und her. Christina versuchte, den Kleinen zu beruhigen, der immer weiterkreischte. Seine herrlich roten Haare wirkten wie Flammen, vielleicht weil er so panisch schrie. Aber sie liebte diese Haarfarbe. Außerdem war sie ehrlich bestürzt darüber, welchen Schreck sie dem Kind eingejagt hatte.

»Oh Gott, es tut mir so leid.« Nelly zwang sich, ihren Blick auf Christina zu konzentrieren. Noch immer überrascht, sie ausgerechnet hier zu treffen, musste Nelly das erst verdauen.

Der Gesichtsausdruck ihrer Halbschwester war kaum zu beschreiben. Verwirrung, Wut und Neugier zeichneten sich gleichermaßen darin ab. Doch statt etwas zu sagen, wandte sie sich an den Jungen, kniete sich zu ihm hinunter und nahm ihm die Hände von den Ohren. Sie flüsterte ihm etwas zu, das Nelly nicht hörte, das ihn aber so weit beruhigte, dass er aufhörte zu kreischen. Dann stand Christina wieder auf und schenkte ihre volle Aufmerksamkeit der völlig verdutzten Nelly.

»Kannst du mir das erklären?« Sie hatte die Arme

vor der Brust verschränkt. Der kleine Junge stand jetzt hinter Christina und schaute verstohlen hinter ihr hervor, so kreidebleich, dass sich jede der Sommersprossen überdeutlich in seinem Gesicht abzeichnete.

Christina zeigte auf das Gebäude, aus dem Nelly herausgekommen war.

Was sollte sie sagen? Dass sie neugierig gewesen war? Dass sie herausfinden wollte, warum Bonbon-Berndt immer wieder Thema in der Firma gewesen war? Wie wichtig ihr war, dass es Anton Rieger gut ging? Denn ja, sie hatte stumm mit ihm gelitten, als sie bei dem Gespräch zwischen ihm und seiner Frau den Kummer in seiner Stimme gehört hatte.

»Hätte ich mir ja denken können, dass du mit Andreas Berndt unter einer Decke steckst!« Christinas Gesicht zeigte jetzt nichts als Verachtung. »Aber bemüh dich gar nicht erst, ihr werdet niemals den Laden meines Vaters übernehmen, und wenn ich bis an mein Lebensende Süßigkeiten verkaufe!« Christina spuckte das Wort Süßigkeiten aus wie etwas Ekliges. Nellys Verstand arbeitete auf Hochtouren. Andreas. Das war es! Der Lehrling von Anton Rieger, die Enttäuschung, mit der er nicht klarkam, war Bonbon-Berndt! Und er hieß mit Vornamen Andreas!

»Christina, ich …«

»Nein. Du brauchst nichts mehr zu sagen. Ich weiß alles über dich, was ich wissen muss. Komm, Michi, wir gehen!«

Ohne ein weiteres Wort drehte Christina sich um, ging los und zog ihren Sohn hinter sich her. Nelly stand da wie versteinert und schaute den beiden nach, bis sie zwischen den vielen Menschen verschwanden, die durch die Fußgängerzone flanierten. Sie hätte ihnen etwas nachrufen wollen, aber die Zunge lag ihr so schwer im Mund, dass sie kein Wort herausbrachte.

Das also war Michi, keine Beziehung, sondern Christinas Sohn.

Nelly spürte regelrecht, wie alles, was sie sich in der letzten Woche an Anerkennung bei ihrem Vater, an Freundschaft mit Kathi und an romantischer Annäherung mit Quirin errungen hatte, wie ein Kartenhaus einfach in sich zusammenfiel. Mit zitternden Knien ging sie zu einer Bank und setzte sich.

Kein Wunder, schalt sie sich, wie hatte sie glauben können, es sei möglich, auf einer Lüge etwas aufzubauen?

Nellys Kopf war schwer, ihre Augenlider waren schwer, ihr ganzer Körper fühlte sich an, als bestünde er aus Blei. Jede Bewegung tat ihr weh, als sie am Morgen von ihrem Wecker aus dem Schlaf gerissen wurde. Am liebsten hätte sie sich die Bettdecke über den Kopf gezogen. Aber nein, das galt nicht. Das ganze Schlamassel war schließlich nur entstanden, weil sie es nicht von Anfang an geschafft hatte, die Wahrheit zu sagen.

Sie nahm also ihre ganze Kraft zusammen und schwang die Beine über die Bettkante. Bis mindestens drei Uhr morgens hatte sie sich im Bett herumgewälzt. Nelly hätte erwartet, eine Nachricht auf ihr Handy zu bekommen, dass sie sich gar nicht mehr in der *Süßen Liebe* blicken lassen sollte, oder zumindest einen wütenden Anruf von Anton, aber nichts dergleichen war geschehen. Einzig Quirin hatte ihr eine liebevolle SMS geschrieben, dass er sie vermisste, dass er sie sehen wollte. Aber auch ihm könnte Nelly jetzt nicht in die Augen sehen, das wusste sie. Sie konnte ihren Anblick ja kaum selbst ertragen.

Letztlich hatte sie schließlich auch Quirin betrogen, oder? Sie war nicht diese ominöse Cornelia, die nicht im Laden aufgetaucht war. Sie war Nelly.

Sie stand auf, schlüpfte aus dem weiten T-Shirt, das sie zum Schlafen trug, und zog sich an. Ein Blick auf die Uhr verriet ihr, dass nicht einmal Zeit für einen Kaffee war. Aber das war egal. Bei ihrem Zustand half auch Kaffee nicht weiter.

Als sie mit dem Rad in den Hinterhof der Lakritzmanufaktur einbog, hatte sie das Gefühl, keine Luft mehr zu bekommen. Sie wappnete sich für das Donnerwetter ihres Lebens und konnte sich kaum dazu bringen, vom Rad zu steigen, geschweige denn, die Tür zu öffnen, die in den kleinen Flur führte.

Dahinter war es still. Nelly war früh dran. Aber so hatte sie es am Vortag mit Anton ausgemacht. Er wollte ihr zeigen, wie man Lakritzbären herstellte.

Jetzt stand sie vor der Tür zur Küche, hörte dahinter leise Schritte, eine Schublade, die auf- und wieder zuging. Sie dachte an ihre Mutter. Was würde die tun? Nelly kannte die Antwort und klopfte leise an die Küchentür.

»Ja?« Antons kräftige Stimme klang wie immer. Nelly öffnete die Tür.

»Guten Morgen!« Sie hörte, dass sie eingeschüchtert klang. Mit einem Blick erfasste sie die Situation. Anton stand an dem Arbeitstisch in der Mitte des Raums. Auf der Arbeitsfläche stand die Flasche Likör, die Nelly am Vortag auf das Fensterbrett gestellt hatte.

»Woher hast du den?«, fragte Anton und führte ein Glas mit dem Likör zum Mund.

»Wie – woher?« Nelly runzelte die Stirn. »Ach so, nee, ich hab den nicht gekauft. Ich hab den selbst gemacht.«

Anton trank einen Schluck, roch an der Flüssigkeit, nippte erneut.

»Die Basis sind die Toffeelakritzen, und außerdem füge ich noch Kokosblütenzucker hinzu, weil der so eine herrliche Karamellnote mit sich bringt.« Nelly stand da und wartete auf die Reaktion ihres Vaters. Eigentlich hatte sie mit einem Donnerwetter gerechnet, mit Geschrei und einer Kündigung, stattdessen stand Rieger jetzt mit geschlossenen Augen da. »Du hast noch etwas Rohlakritz dazugegeben, oder?«, sagte er schließlich.

Nelly nickte. Es war eine so kleine Menge gewesen, dass es sie verblüffte, wie selbstverständlich dieser Mann das herausschmeckte.

»Ja, das stimmt.«

»Köstlich. Das ist wirklich eine wunderbare Kombination. Das Rezept solltest du dir patentieren lassen!« Rieger lachte.

»Danke.«

Er trank sein Glas aus und stellte es auf den Tisch.

»Ich dachte, vielleicht wäre ein Likör eine gute Ergänzung für den Laden.« Nelly kam sich ein wenig naseweis vor, aber Rieger nickte sofort begeistert.

»Das wär wirklich was! Ein totales Alleinstellungsmerkmal für unser Geschäft.«

Nelly nickte. »Ich kenne einen Lakritzladen in Berlin, die haben alles Mögliche aus Lakritze. Da hab ich auch mal einen Lakritzschnaps gesehen, und das hat mich auf die Idee gebracht.«

»Ich finde, wir sollten das ausprobieren, wenn du einverstanden bist. Du schreibst mir auf, was wir brauchen, vielleicht können wir noch ein paar Kleinigkeiten optimieren, beispielsweise, indem wir die Toffees nicht erst zu Toffees verarbeiten, sondern gleich die entsprechenden Zutaten dem Likör beimischen, das würde uns einen Arbeitsschritt ersparen.« Uns. Anton Rieger bezog sie ein, und Nelly konnte gar nicht anders, als diesen Moment des *Wir* zu genießen. Es war ihr sehr klar, dass er von kurzer Dauer sein würde. Allein deshalb, dachte sie bei sich, musste sie mit Rieger sprechen. Am besten sofort. Sie musste ihm erklären, warum sie bei Bonbon-Berndt gewesen war, sie musste ihm sagen, warum sie sich als diese Cornelia ausgegeben hatte, kurzum: Sie musste Rieger reinen Wein einschenken, sonst würde das hier ein böses Ende nehmen, eines, von dem es kein Zurück gab, vermutete Nelly, und die Freude, die sie eben noch gespürt hatte, löste sich in Angst und Verzweiflung auf.

»Ich beteilige dich natürlich am Gewinn«, sagte Rieger. »Schließlich ist das Rezept deine Idee. Wir müssen eh den Vertrag noch machen, da können wir das gleich berücksichtigen, finde ich.«

Nelly schluckte. Sie wollte etwas sagen, sie musste etwas sagen! Doch die Worte wollten nicht aus ihrem Mund kommen. Sie räusperte sich, aber trotzdem: Ihr kam kein Ton über die Lippen.

»Na komm, ich zeig dir jetzt, wie man Lakritzbären macht. Das hatten wir uns für heute vorgenommen. Und nachher schreibst du mir eine Einkaufsliste, ja?«

Ein Nicken war alles, was sie zustande brachte. Wie armselig sie sich vorkam! Aber sie fand einfach nicht den Mut, sich zu offenbaren.

»Gut. Dann komm. Na los! Warum stehst du denn da so?«

Nelly war gar nicht aufgefallen, dass sie noch immer mit verschränkten Armen im Türrahmen stand. Sie gab sich einen Ruck. »Ich hol schnell draußen meine Schürze.«

Als sie zurückkam, hatte Rieger vier tiefe Backbleche auf den Arbeitstisch gestellt. Er holte einen großen Sack und gab Mehl auf die Bleche.

»Was wird das denn?«, fragte Nelly.

»Das wird die Form. Wir gießen die Rohmasse in das Mehl. Wirst schon sehen, das wird gut.« Riegers Gesicht hatte einen verschmitzten Ausdruck, so, als würde er gerade den Coup des Jahrhunderts landen. Aus einer Schublade unter der Arbeitsfläche holte er eine Metallplatte. »Das ist der Stempel.«

Nelly schaute sich die Form an. Tatsächlich konnte man damit kleine Bärenformen in das Mehl stempeln.

»Magst du das fertig machen? Ich hab die Masse bereits aufgesetzt.« Anton zeigte auf den Herd. Hatte der Topf vorhin schon dort gestanden? Es musste so sein.

Vorsichtig drückte sie die Stempelform auf das nächste Blech. Makellos zeichneten sich die Bärchen im Mehl ab. Das Formen war eine befriedigende Arbeit, die volle Konzentration forderte und Nelly sehr gefiel.

»Gleich gieße ich die Masse in die Formen, dann müssen sie ein paar Tage trocknen, und wir kriegen die perfekten Bärchen.« Rieger klang begeistert.

»Da bin ich gespannt.«

»Da bist du also gespannt!«

Nelly fuhr herum. Christina stand in der Tür, beide Hände in die Hüften gestemmt. Ihr schneidender Ton ließ Nelly wissen, was gleich passieren würde. Die Stempelform fiel ihr aus der Hand und landete im Mehl. Alle Bärchen waren zerstört, das Mehl verteilte sich und staubte zu Boden. Nelly nieste.

»Es tut mir leid«, sagte sie nur.

»Ach, das ist doch gar nicht schlimm. Wo gehobelt wird, da fallen Späne, nicht wahr?« Rieger, der im Topf mit der Lakritzmasse gerührt hatte, war ganz schön erschrocken bei dem lauten Geklapper, das Nelly veranstaltet hatte. Aber jetzt lachte er.

Nelly, die nicht den Lärm oder das herabgefallene Mehl gemeint hatte, stand da wie versteinert. Sie wusste, was jetzt kommen musste.

»Es sollte dir auch leidtun.« Christina kam forsch auf Nelly zu und baute sich vor ihr auf. »Magst du es selber sagen, oder soll ich das für dich übernehmen?«

Nelly schaute zu Anton Rieger, ihrem Vater. Dann schaute sie zurück zu Christina, der die Wut ins Gesicht geschrieben stand.

»Ich war in Rosenheim bei Bonbon-Berndt.« Nelly

wollte mehr sagen. Sie wollte sich erklären. Aber Christina redete schon weiter.

»Kein Wunder, dass die gestern auch die Lakritzbusserl ins Angebot genommen haben für kommende Woche. Ach, ich vergaß, dort heißen sie ja Lakritzküsse.« Christinas stechender Blick tat Nelly weh. Sie hatte nämlich nicht einmal gewusst, dass in der kommenden Woche Lakritzbusserl im Angebot sein würden.

Rieger hatte die Arme über seinem Bauch verschränkt. Sein Gesicht war eine starre Maske. Nelly wollte ihm so viel sagen. Sie wollte ihm sagen, dass die Lakritzen von Bonbon-Berndt geschmacklich bei Weitem nicht an die Waren herankamen, die in der *Süßen Liebe* hergestellt wurden. Sie wollte ihm sagen, dass sie ihn nie verraten würde, weil er ihr Vater war – und das, obwohl Rieger sich nie für sie, seine älteste Tochter, interessiert hatte! Aber – warum sollte ihn das ausgerechnet jetzt interessieren, in dieser Situation, wo alles gegen sie sprach.

»Eingeschleust hat er sie, der saubere Bonbon-Berndt! Spionieren sollte sie!« Christina war laut geworden. »Ich hab mir gleich gedacht, dass mit der was nicht stimmt. Du hast es ja nicht glauben wollen, aber ich kann mich auf mein Bauchgefühl verlassen!« Der Triumph in Christinas Blick tat Nelly weh. Wenn auch nicht ganz so wie die Kälte, die Anton Rieger ausstrahlte. Sie vermochte seine Miene nicht zu deuten.

»Stimmt das, dass du was verschwiegen hast?« Er war laut geworden, und Nelly zuckte innerlich zusammen.

Was sollte sie sagen? Nelly wusste es nicht. Ja, es war durchaus so, dass sie etwas verschwiegen hatte. Aber – jetzt gerade war wohl kaum der richtige Moment, sich als Riegers Tochter vorzustellen.

»Es ging nicht ums Spionieren.«

»Nein? Um was dann? Ist er ein Freund von dir?« Christinas Stimme zitterte.

»Beruhig dich, Christl.« Rieger legte den Arm um seine Tochter, zog sie zu sich heran. »Es kann dir egal sein, wie Nelly zu Andreas steht.«

Christina barg ihr Gesicht am Hals ihres Vaters, und Rieger schloss sie in die Arme.

Warum reagierte Christina so dramatisch? Sie wagte nicht zu fragen. Nelly stand ein paar Augenblicke unschlüssig herum, zupfte an ihrer Schürze, klopfte etwas Mehl von ihrem T-Shirt.

»Was schaust du denn so blöd?«, fuhr Rieger sie an. »Schleich dich!«

Nelly schluckte. Christina schluchzte laut auf, während ihr Vater sie fest im Arm hielt. Was sie gerade an totaler Abweisung erhielt, bekam Christina in Liebe aufgewogen, so kam es ihr vor. Sie musste sich doch wenigstens erklären dürfen.

»Geh! Hörst du schlecht?« Rieger drehte sich so, dass Nelly nur noch seinen Rücken sah. »Und sag dem

Berndt, er soll sich sein Geld sonst wohin schieben. Wir wollen es nicht. Sein Schmutzgeld haben wir nämlich nicht mehr nötig, wenn er schon sonst nie da ist, wenn man ihn braucht.«

Nelly war zu verwirrt, um nicht zu gehen. Ganz automatisch verließ sie die Küche, ging wie in Trance hinaus in den Hinterhof, wo ihr Fahrrad stand. Sie verstand gar nichts mehr. Warum wollte Rieger, der die Ausbildung dieses Berndt als riesigen Fehler bezeichnet hatte, dass Berndt wieder auftauchte? War er nicht froh gewesen, dass der Kerl weg gewesen war, nachdem er in der Manufaktur spioniert hatte?

Nelly setzte sich auf ihr Fahrrad und radelte wie auf Autopilot zu ihrer Pension. Lotti saß in ihrem Planschbecken und spritzte begeistert mit einer Wasserpistole einen dicken Strahl gegen die großen Wohnzimmerfenster. Ihre Mutter würde sicher in wahre Begeisterungsstürme ausbrechen, wenn sie das später sah. Aber Nelly war viel zu sehr mit sich selbst beschäftigt, als dass sie die Energie gehabt hätte, mit Lotti zu sprechen. Sie winkte dem Kind nur und ging an ihr vorbei, zur Haustür hinein. Im Haus war es viel kühler als draußen, und Nelly fröstelte, als sie eintrat. Aber vielleicht war ihr auch einfach kalt, weil ihr Vater ihr den Rücken zugewandt hatte.

Nelly fühlte sich schrecklich allein, als sie die Treppe hinauf zu ihrem Zimmer ging. An ihren Füßen schienen Zementsäcke befestigt zu sein, so schwer fiel ihr jeder Schritt nach oben. Vor ihrer Tür stand in einer Vase ein Blumenstrauß – rote Rosen. Ohne sie eines Blickes zu würdigen, drückte sie sich an dem Strauß vorbei ins Zimmer. Keine Blume dieser Welt konnte sie jetzt freuen. Die Traurigkeit drückte ihr so schwer aufs Gemüt, dass sie nichts weiter wollte, als die Tür hinter sich zu schließen und allein zu sein.

15. Kapitel

Nelly hatte das Gefühl, keine Luft mehr zu bekommen.

Das kleine Zimmer, in das sie sich zunächst so gesehnt hatte, war ihr viel zu eng vorgekommen. Also hatte sie die Sandalen gegen Turnschuhe getauscht, eine Flasche Wasser in einen Rucksack gepackt und sich auf den Drahtesel gesetzt. Nelly folgte einfach ihrem Gefühl – und das zog sie in Richtung der Berge. Sie war bis nach Bernau geradelt, wo sie spontan einen kleinen Turm zu ihrem Ziel auserkoren hatte, der über der Stadt aufragte, am Fuße der Berge. Die Straße war zwar asphaltiert gewesen, aber unfassbar steil. Sie passierte ein Hühnergehege und dachte daran, wie sie mit Quirin auf dem Bauernhof gewesen war. Aber gerade schaffte sie es nicht, ihm unter die Augen zu treten.

Jetzt saß sie auf einer Bank, direkt an dem Turm, und schaute auf den See hinunter. Hier oben ging es Nelly tatsächlich ein wenig besser. Sie holte tief Luft, bis sie das Gefühl hatte, fast zu platzen. Dann ließ sie den Atem langsam wieder aus ihren Lungen strömen. Der See wirkte heute dunkelblau, die Segelboote wie weiße Punkte auf der Wasserfläche. Man sah bis rüber zur Herreninsel. Nelly konnte die Stelle ausmachen, wo sie mit Quirin gesessen und das Alsterwasser – Radler hatte er es genannt – getrunken hatte. Aber auch vor dieser geliebten Erinnerung hing ein grauer Vorhang. Alles war heute düster.

Der Kirchturm von Bernau zeigte ihr den Weg zurück in das Örtchen, vor ihr auf der Weide grasten braun-weiß gefleckte Kühe. Eine setzte zu einem lauten Muhen an und widmete sich dann wieder dem frischen Gras.

Nelly lauschte in sich hinein. Sie schämte sich dafür, dass sie es nicht geschafft hatte, sich Gehör zu verschaffen. Sie hätte lauter sein müssen, oder? So wie sie auch Marlon gegenüber hätte lauter sein müssen, ihm sagen, was sie wollte, was sie verdiente. Erst als sie Quirin kennengelernt hatte, war ihr aufgegangen, wie wenig liebevoll und aufmerksam Marlon ihr gegenüber gewesen war.

Heute die Auseinandersetzung mit Christina und Anton – das war nicht so anders gewesen, oder? Sie hatte nicht Position bezogen, es nicht einmal probiert. Statt ihre Meinung zu sagen, hatte sie geschwiegen und sich am Ende sogar wegschicken lassen.

Abgesehen davon, dass Nelly sich ungerecht behandelt fühlte, fühlte sie sich auch schuldig, weil sie gelogen hatte. Wie hatte sie nur glauben können, dass etwas, das auf einer Lüge aufbaute, am Ende auch nur im Ansatz gut werden konnte?

Nelly hatte ihr Handy dabei und holte es jetzt aus der Tasche. Sie musste mit jemandem reden. Kurz dachte sie an Ingrid, weil die sich noch am ehesten nach Familie anfühlte, verwarf den Gedanken aber sofort. Sie würde Mareike anrufen.

Nelly nahm das Handy ans Ohr, aber wurde direkt zur Mailbox weitergeleitet. Sie erwog, eine Nachricht zu hinterlassen, hätte aber gar nicht gewusst, wo anfangen. Außerdem würde Mareike sehen, dass Nelly versucht hatte, sie zu erreichen. Die Kuh muhte erneut, und Nelly legte auf und schaute zu dem Tier hinunter, das jetzt wieder friedlich graste.

Ein alter Mann in einer dunklen Hose, mit einem karierten Kurzarmhemd und einer Strickweste schnaufte den Schotterweg herauf, der auf den letzten Metern zum Turm zurückzulegen war. Als er auf Nellys Höhe war, blieb er stehen und zog die Weste aus. Darunter kamen altmodische Hosenträger zum Vorschein. Er legte sich die Weste über den Unterarm, fuhr mit der Rechten in seine Hosentasche und brachte ein Stofftaschentuch zum Vorschein, mit dem er sich über die Stirn wischte. Dann verstaute er es wieder und lächelte Nelly an.

»Mädel, darf ich mich zu dir setzen?« Er sprach so stark Dialekt, dass Nelly den Inhalt seiner Worte eher an der Geste, mit der er auf den freien Platz auf ihrer Bank deutete, erahnte, als dass sie ihn wirklich verstanden hätte.

Sie nickte. »Natürlich, gern.«

»Da drüben wäre ich so allein gesessen, das kann ich daheim auch.« Mit einem verschmitzten Grinsen zeigte er auf die Bank ein Stück weiter. Er nahm die Strickweste, faltete sie und legte sie auf die Bank, bevor er sich auf drauf setzte.

Nelly wusste nichts zu sagen, also nickte sie nur.

»Woher kommen Sie? Sie sind nicht von hier, oder?«

Nelly schüttelte den Kopf. »Ist das so offensichtlich?«

Der alte Mann zuckte mit den Schultern. »Man sieht es halt.«

»Ich komme aus Berlin.«

»Und was machen Sie hier? Urlaub nicht, oder?«

»Wie kommen Sie darauf?«

Der nickte bedächtig. »Weil Sie mir nicht wie eine ausschauen, die hierher in den Urlaub kommt.«

Er war sehr direkt, fand Nelly. Sie schaute an sich hinunter, sah den Rock mit den Polka-Dots und das passende T-Shirt. Zugegeben: Vermutlich war das auch für eine Tour hier rauf zum Turm nicht gerade die typische Kleidung. Sie hätte besser in eine Berliner Eckkneipe gepasst oder auf eine Rockabilly-Party. Sie strich über den Stoff.

»Nein, ich bin wirklich nicht im Urlaub«, sagte sie zu dem Mann. »Ich arbeite hier.«

»Was machst du denn, Mädel? Darf ich dich das so neugierig fragen?« Der alte Herr bemühte sich jetzt, seinen Dialekt im Griff zu halten, was ihm ganz gut gelang.

»Ja, dürfen Sie. Ich arbeite in einem Süßigkeitengeschäft.«

»Lakritze, oder?« Er zwinkerte ihr zu. »Das ist nämlich das einzige Süßigkeitengeschäft weit und breit.«

Nelly musste lachen. »Ja, das stimmt.«

»Ich bin der Sebastian, aber alle nennen mich Wast.« Er hielt Nelly die Hand hin. Ein erstaunlich fester Händedruck, fand sie.

»Ich heiße Nelly, freut mich.«

Wast nickte. »Und, Nelly? Ist es schön, Lakritze zu verkaufen?«

»Vor allem ist es schön, sie herzustellen.« Nelly dachte daran, wie sie mit Anton in der Küche gestanden hatte, wie sie den Stempel ins Mehl gedrückt hatte, wie sie Bonbons geschnitten und in Gläser gefüllt hatte. Allein dieser Duft! Am liebsten hätte sie gerade nicht hier oben gesessen und über die – zugegeben zauberhafte – Landschaft geschaut, sondern wäre stattdessen in der Bonbonwerkstatt gewesen.

»Warum schaust du denn plötzlich so traurig, Mädel?« Wast hatte sie jetzt schon ein paarmal Mädel genannt, fiel Nelly auf. Er sprach das Wort aus wie einen Kosenamen, und irgendwie mochte Nelly das.

»Ach, ich hab es mir ein wenig mit meinem Arbeitgeber verdorben.«

Wast sagte nur: »Hm.« Er verschränkte seine Arme vor der Brust und schloss die Augen.

»Ich war nicht ehrlich, und jetzt bin ich gefeuert worden.« Die Tatsache, dass sie Wast nie wiedersehen würde, half eindeutig dabei, ungeschminkt die Wahrheit zu sagen.

»Was hast denn gemacht?« Wast machte die Augen nicht auf. Er blieb einfach so sitzen, sichtlich die Wärme genießend.

»Das ist eine lange Geschichte.«

»Sehr gut! Lange Geschichten sind mir die liebsten.« Da war es wieder, das verschmitzte Grinsen.

Nelly saß noch einen Moment still da, dann begann sie zu erzählen. Wie aus der vermissten Angestellten Cornelia eine Nelly geworden war und wie das Verhältnis mit Christina sich entwickelt hatte, die Sache mit Bonbon-Berndt und wie sie sich, ohne es zu wollen, verstrickt hatte und gar nicht dazu gekommen war, sich zu erklären – oder sich zu entschuldigen.

»Hm.« Wast war ein aufmerksamer Zuhörer. Aber einen Rat wusste er wohl auch nicht.

»Und dabei haben mir die Lakritzen von Bonbon-Berndt nicht mal geschmeckt!«, beendete Nelly ihre Ausführungen.

Wast, der die ganze Zeit die Arme vor der Brust verschränkt gehabt hatte beim Zuhören, legte jetzt die Hände locker in den Schoß.

»Ich muss Anton das unbedingt sagen.« Das und noch viel mehr, dachte Nelly bei sich.

»Hm. Ja, ich glaube auch.« Der alte Mann schaute sie an. »Bringt ja nichts, so.«

Was für eine platte Aussage, fand Nelly. Aber zugleich war sie auch sehr wahr. Nichts zu sagen brachte nichts. Es gab schließlich genau gar nichts, was Nelly zu verlieren hatte.

»Der Besitzer der *Süßen Liebe* ist mein Vater.« Sie hatte es noch nie laut ausgesprochen. Diesen Satz zu hören, mit ihren eigenen Ohren, ließ etwas in Nelly einrasten wie ein Zahnrädchen. »Aber er weiß es nicht.«

Wasts Augen weiteten sich. »Ach? Dann bringt es erst recht nichts, oder?«

»Nein.« Nelly schüttelte den Kopf. »Ich weiß aber nicht, ob er mein Vater sein will – wenn diese Aussage irgendwie Sinn ergibt.«

»Oh ja, das tut sie.« Wast kratzte sich am Kopf. »Doch da bringt es genauso wenig, nichts zu sagen, oder?«

»Das stimmt.«

»Familie ist das höchste Gut. Das sage ich immer.«

»Ja, das stimmt. Für mich auch.« Wie oft seit ihrer Ankunft hatte sie sich gewünscht, zu Antons Familie zu gehören? Und sie wusste, dass auch ihre Mutter Ruth sich das für Nelly gewünscht hätte. Nichts war schlimmer, als ganz ohne Wurzeln sein zu müssen.

Und ohne Vater, das hatte Nelly spätestens gemerkt, als sie Anton kennenlernte, fehlte ein Teil ihrer Herkunft und damit ein Teil ihrer Wurzeln.

Sie hatte gemerkt, dass es ihr half, ihn kennenzulernen. Ihre Mutter kochte beispielsweise sehr ungern, sie hatte es getan, um sich und Nelly zu ernähren, aber nicht aus Leidenschaft. Schon in der Teenagerzeit hatte Nelly damit begonnen, selbst zu kochen – am liebsten asiatisch, wegen der fremdartigen Aromen und der frischen Zutaten –, um ihrer Mutter diese ungeliebte Aufgabe mehr und mehr abzunehmen. In der Cocktailbar war es ihr später intuitiv gelungen, eigene Drinks zu mixen und den Geschmack der Gäste zu treffen. Das waren sicher die väterlichen Gene, die da zum Tragen kamen. Auch optisch waren ihr ein paar Kleinigkeiten aufgefallen. Manche kleinen Bewegungen führte Nelly wie ihr Vater aus, seine Nase mit der kleinen Erhebung auf dem Rücken sah aus wie ihre eigene. Die Haarfarbe war auch gleich dunkel, nur dass Anton schon ein bisschen grau war und Nelly nicht. Vieles über Anton wusste sie noch nicht. Sie hatte keine Ahnung, wer Rieger privat war, wenn er nicht arbeitete.

»Wenn ich so eine Tochter wie Sie hätte, würde ich es wissen wollen.« Der alte Mann zwinkerte Nelly zu. »So ein fesches Mädel«, fügte er noch in einem Nachsatz an.

Fesch. Das klang so unmodern, dass es Nelly richtig

gut gefiel. Aus dem Mund des alten Mannes war es passend.

»Danke.«

»Nichts zu danken, ich hab nur gesagt, was ich denke.« Der alte Herr rutschte ein wenig mehr in Richtung Bankmitte und strahlte Nelly an. »Geben Sie sich einen Schubs. Tut ja nicht weh.« Er war wirklich talentiert darin, Dinge pragmatisch auf den Punkt zu bringen. Aber diesmal konnte Nelly ihm nicht zustimmen. Sie hatte zwar nichts zu verlieren, aber wenn Anton sie abweisen würde, wäre das durchaus schmerzhaft. Noch mal wollte sie nicht erleben, was vorhin passiert war. Er hatte auf Christina gehört, hatte Nelly gar nicht zu Wort kommen lassen.

»Manchmal braucht man halt Mut.« Der alte Mann hatte seine Daumen bei den Hosenträgern eingehängt.

»Ja. Das stimmt wohl«, sagte sie.

Mit einem Ächzen stand Wast auf und drückte den Rücken durch, dann bückte er sich nach seiner Weste und schlüpfte hinein. »Wenn ich pünktlich zum Kaffee daheim sein will, muss ich los. Meine Frau hat es nicht gern, wenn der Kaffee kalt wird, und den gibt es um halb vier.« Wast schaute auf eine antik anmutende, goldgefasste Armbanduhr mit einem Lederband, das schon bessere Zeiten gesehen hatte. »Ich parke da unten bei der Salintreppe. Früher hab ich immer vorn beim Hallenbad geparkt, aber das wird mir jetzt schon ein wenig zu weit.«

Wast deutete rechts hinter sich. Nelly wusste nicht, wo die Treppe war. Das Schwimmbad hatte sie im Vorbeiradeln gesehen, lag es doch direkt an der Hauptstraße.

»Mach es gut, Mädel. Und Mut haben, gell?« Der alte Mann reckte seine Faust in die Luft. Die Geste wirkte nicht besonders maskulin, eher wackelig.

»Vielen Dank. Sie haben mir wirklich über einen schlimmen Moment hinweggeholfen.«

Er nickte Nelly zu, schloss die Knöpfe seiner Weste über dem Bauch und nickte erneut. »So. Dann wollen wir mal.«

Wast winkte kurz, die Kuh weiter unten auf der Weide muhte, und die Schritte von Nellys neuem Bekannten entfernten sich auf dem knirschenden Kies. Er war ihr vorgekommen, als ob sie ihn schon seit Jahren kannte. Seine Freundlichkeit hatte sehr gutgetan.

Sie blieb noch ein wenig auf der Bank sitzen. Eine Biene summte vorbei, ein paar Kühe kamen in Nellys Richtung getrabt, langsam und behäbig, aber, wie Nelly fand, dennoch vorwitzig und neugierig.

Nelly zog ihr Handy aus der hinteren Hosentasche. Auch mit Quirin musste sie reden, wenn ihre Beziehung eine Chance haben sollte. Sie starrte auf das Display. Wo anfangen? Unschlüssig entsperrte sie das Mobiltelefon, öffnete den Chat.

Es war so schön heute, hatte er ihr in der Nacht noch geschrieben, und ja, das war es gewesen. Mit einem leisen Seufzer steckte sie ihr Telefon wieder ein. Erst zu ihrem Vater. Vielleicht fand sie danach eher die richtigen Worte.

Entschlossen stand sie auf. Wie hatte Wast es formuliert? *Bringt ja nichts, so.* Das waren seine Worte gewesen. Die Kühe beäugten Nelly, die sich so plötzlich bewegt hatte, misstrauisch, und eine trat zwei Schritte zurück.

Sie stieg auf ihr Fahrrad, ohne die Rindviecher weiter zu beachten. Es war Zeit zu handeln. Bringt ja nichts, so.

16. Kapitel

Nellys Herz war schwer. Wie am Tag nach der Beerdigung ihrer Mutter, erinnerte sie sich. In der Nacht hatte sie auch wach gelegen, hatte immer wieder die Urne vor sich gesehen, die in die Erde abgesenkt worden war, hatte immer wieder Ingrids Hand auf ihrem Rücken gespürt, die sie trösten wollte und es nicht vermochte, hatte die Verlorenheit gespürt, die sie umgab. Die Wohnung war geradezu erschreckend leer – und riesig. Nelly war sie bis dahin niemals riesig vorgekommen, eher gemütlich. In dieser Nacht verstand Nelly, dass Gemütlichkeit für sie von den Menschen ausging, die sie umgaben, weniger von Möbeln, Teppichen und vier Wänden.

Sie fror. Und am nächsten Tag war ihr nach zwei Stunden wirrem traumlosem Schlaf das Aufstehen schwergefallen und erst gelungen, als es an der Tür geklingelt hatte. Wäre Ingrid nicht gekommen und hätte dafür gesorgt, dass Nelly aufstand, sich wusch und zumindest eine Tasse Kaffee trank, sie hätte nicht garantieren können, es unter die Dusche, geschweige denn in den Tagen danach bis nach Bayern zu schaffen – und jetzt war sie hier, und ihr Schädel dröhnte, als hätte ihn jemand mit einem Vorschlaghammer traktiert.

Immerhin hatte sie es aus dem Bett geschafft. Sie wollte schließlich mit Anton reden. Am Abend war ihr aufgefallen, dass sie nur die Telefonnummer der *Süßen Liebe* hatte, aber keine Nummer, unter der sie ihn privat erreichen konnte. Sie hätte ihn zu gern außerhalb der Lakritzküche gesprochen. Aber das war ihr nicht möglich, weil – das stellte sich nach einer kurzen Recherche im Internet heraus – die Riegers privat nicht im Telefonbuch standen. Dass dem so war, führte Nelly vor Augen, wie sehr sie außen vor war, wenn es um ihren eigenen Vater ging.

Am Marktplatz angekommen, schob sie ihr Fahrrad. Der Duft vom Bäcker ließ sie kalt. Nelly hatte einfach keinen Appetit, schon seit gestern nicht. Ihre Knie wurden immer wackeliger, je näher sie der *Süßen Liebe* kam. Wenn sie Glück hatte, war nur ihr Vater da. Noch hatte die Lakritzmanufaktur eh nicht geöffnet, da standen ihre Chancen gut. Nelly fror, obwohl die Sonne selbst jetzt, um neun Uhr morgens, schon warm vom Himmel strahlte.

Ihr Herzschlag beschleunigte sich, als sie ihr Rad über das Kopfsteinpflaster in den Hinterhof schob und an die Wand lehnte.

Die Eingangstür stand offen. Nelly holte tief Luft. Sollte sie wirklich reingehen? Unsicher trat sie von einem Fuß auf den anderen. Hier hinten, auf der Rückseite des Gebäudes, wo alles im Schatten lag, fror sie noch erbärmlicher. Sie umschlang ihren Leib mit den Armen, ging zu ihrem Fahrrad, ging zur Eingangstür, ging zurück zum Fahrrad. All ihr Mut war verflogen. Nelly griff nach dem Lenker ihres Rads, ließ ihn dann aber wieder los. Verdammt! Sie stampfte mit dem Fuß auf. Wie gut, dass niemand sie sah. Bestimmt sah sie gerade aus wie Rumpelstilzchen.

Nelly dachte an den Vorabend, an die Nacht, in der sie sich so einsam gefühlt hatte. War es da nicht allemal besser, wenn sie jetzt reinen Tisch machte und immerhin wusste, was Anton sich damals dabei gedacht hatte, sie und ihre Mutter zu verlassen? Was hatte Wast gesagt? Manchmal braucht man halt Mut. Genau. Jetzt war der Moment, wo Nelly eben Mut brauchte.

Sie ging zurück zur offenen Tür und trat ein. Sofort umfing sie der einzigartige Salmiakgeruch, der hier hinten so oft in der Luft lag. Aus der Küche drang kein Laut. Was machte ihr Vater? Bevor sie es sich anders überlegen konnte, ging Nelly schnell zu der geschlossenen Küchentür und klopfte energisch dagegen.

»Ja?«

Als sie nach der kalten Türklinke griff, wäre Nelly ein weiteres Mal am liebsten weggelaufen. Stattdessen drückte sie sie hinunter und öffnete.

Rieger stand am Herd. Als er Nelly erblickte,

wandte er sich um und verschränkte die Arme über dem Bauch.

»Du?«

»Ja, ich.«

»Hast du was vergessen?«

»Nein, ich …«

»Geht es ums Geld?«

Die Frage war ein Schlag ins Gesicht. »Ums Geld?«

»Immerhin hast du ein paar Tage hier gearbeitet, oder?« Rieger war zwei Schritte auf Nelly zugekommen und hatte sich vor ihr aufgebaut. Sein sonst so freundliches Gesicht war hart und kantig.

»Ja, das schon, aber …«

»Aber nur, um mich auszuspionieren.«

»Meine Güte, nein!« Langsam erwachte die alte Nelly zum Leben. Die Nelly, die sie wirklich war und die sich in der Bar, in der sie arbeitete, von keinem Zechpreller, von keinem Grapscher und von keinem Besoffenen was gefallen ließ. »Wenn Sie mir ein einziges Mal zuhören würden, könnte ich vielleicht erklären, wo das Problem liegt. Aber offenbar ist es zu viel verlangt, dass ihr Riegers mal aufhört zu reden, damit ich zu Wort komme!« Sie war laut geworden, vielleicht zu laut. Aber jetzt wurde nicht zurückgerudert. Es tat wahnsinnig gut, ihre Meinung zu sagen.

Antons Haltung hatte sich nicht verändert.

Nelly holte tief Luft. Das würde nicht einfach werden. »Also. Darf ich dann jetzt?«

Anton Riegers Antwort war ein fast unsichtbares Nicken.

»Ich komme aus Berlin. Ich heiße nicht Cornelia. Ich wurde Nelly getauft.« Nelly wartete gespannt. Wie würde er reagieren? Die Antwort war so einfach wie unspektakulär: Er reagierte gar nicht, verharrte nur weiter in bewegungslosem Schweigen. War er ein so guter Schauspieler? Oder wusste er am Ende nicht, wie er auf die Neuigkeit reagieren sollte?

»Ich hab mich hier reingeschmuggelt, weil ich dich kennenlernen wollte.« Dich. Sie hatte Anton Rieger nicht mehr mit Sie angesprochen. »Es war ein blöder Zufall, dass diese Aushilfe Cornelia hieß und ich eben Nelly. Ich hab einfach das Missverständnis ausgenutzt. Das war nicht richtig, und es tut mir leid.« Nelly senkte den Kopf. Der Boden war blitzblank gewischt – wie immer. Seltsam, dass sie das überhaupt wahrnahm.

Jetzt runzelte Anton die Stirn. »Dann bist du nicht von Berndt gekommen?«

»Oh nein!« Nelly schüttelte vehement den Kopf. »Ganz sicher nicht, bei der miesen Qualität, die der herstellt, würde ich niemals dort arbeiten.«

Rieger legte den Kopf in den Nacken und lachte tatsächlich! Er lachte laut und dröhnend.

»Ich habe trotzdem ein schlechtes Gewissen. Ich hätte von Anfang an sagen sollen, wer ich bin«, sprach Nelly jetzt weiter.

Anton hatte aufgehört zu lachen, aber die Heiterkeit

von gerade eben stand ihm noch ins Gesicht geschrieben. »Und wer bist du?«, fragte er jetzt.

Nelly wurde knallrot im Gesicht. Ihre Knie schlackerten. Sie zitterte am ganzen Körper und konnte es nicht mehr unterdrücken. »Deine Tochter.«

»Was?« Hatte man ihm gerade noch angesehen, wie amüsiert er war, wandelte sich sein Ausdruck augenblicklich zu Überraschung und Unverständnis.

Hinter ihm begann es plötzlich zu qualmen. Es roch verbrannt. »Da!« Nelly deutete auf den Kochtopf.

»Mist!« Fluchend ging ihr Vater zum Herd und hob den Kochtopf hoch, um ihn zur Spüle zu tragen. Es rauchte jetzt so sehr, dass mit Sicherheit gleich der Rauchmelder über seinem Kopf Alarm schlagen würde. All das hinderte Nelly nicht daran weiterzusprechen. Es musste einfach raus.

»Meine Mutter heißt Ruth.« Hieß, korrigierte sie sich in Gedanken, aber Nelly konnte es nicht laut sagen, das hätte zu wehgetan. Plötzlich fror sie nicht mehr, im Gegenteil, sie schwitzte.

Rieger ließ den Topf fallen. Die dunkle Masse ergoss sich über den Küchenboden. Aber das sah er gar nicht. Seine volle Aufmerksamkeit galt jetzt Nelly, während sich hinter ihm ein Zuckersee ausbreitete und sogar seine Turnschuhe erreichte.

Nelly hatte alles gesagt. Sie wusste nichts mehr zu sagen. Anton Rieger schaute ihr in die Augen, musterte sie.

»Das war es also«, sagte er schließlich. Nelly hätte gern gewusst, was das bedeutete. Aber er sagte nichts mehr dazu. »Du siehst ihr ähnlich, finde ich. Besonders hier.« Er fasste sich selbst ans Kinn. Nelly wusste, dass ihre Lippen den fast schon abenteuerlichen Schwung der Lippen ihrer Mutter hatten. Auch die Form ihres Gesichts, etwas runder allerdings, war eine perfekte Kopie von Ruths Gesicht.

»Und die hier sind auch wie ihre.« Rieger trat von dem See zurück. Er ging auf Nelly zu, nahm vorsichtig ihre Hand. »Ich dachte, das ist Zufall. Aber ich habe an Ruth gedacht, als du die Bonbons …« Er brachte seinen Satz nicht zu Ende. Noch immer schaute er auf ihre Hände, griff schließlich vorsichtig nach ihrer Rechten. Nelly ließ es geschehen, ließ Anton Rieger, der sichtlich ergriffen war, nicht aus den Augen. Er behandelte ihre Hand wie ein kostbares Gut, legte sie auf die seine, Handfläche an Handfläche. Seine Wärme durchströmte Nelly, schien sich von ihrer Hand aus in ihrem ganzen Körper auszubreiten. Seine Konzentration, die Art, wie er ihr vermittelte, ihre unscheinbare Hand sei etwas ganz Besonderes, trieb Nelly Tränen in die Augen.

»Wie geht es Ruth?«, wollte er schließlich wissen und schaute Nelly in die Augen. Zum ersten Mal, seit sie ihn kannte, sprach er fast dialektfrei.

Nelly konnte es nicht sagen. Es ging nicht. Also schüttelte sie schweigend den Kopf. Ihr Gesicht verzog sich unweigerlich zu einer Grimasse aus Trauer und Verzweiflung.

»Oh Gott!« Erschrocken ließ er Nellys Hand los.

Hatte sie geglaubt, dass sie alle Tränen geweint hatte, als Quirin sie im Wald auf der Herreninsel umarmt hatte, wurde sie jetzt eines Besseren belehrt. Und sie ahnte, dass es noch eine ganze Weile dauern würde, bis sie endgültig Frieden mit ihrem Kummer machen würde – wenn sie es denn jemals konnte.

Anton Rieger starrte Nelly fassungslos an. »Ach, Mädchen. Es tut mir so leid.« Auch ihm standen jetzt Tränen in den Augen. Sie schauten einander an, beide gefangen in ihrer jeweiligen Hilflosigkeit, bis er Nelly steif umarmte, sie aber schnell wieder losließ und sich mit dem Handrücken über die Augen wischte.

»Ich hab sie sehr gerngehabt, deine Mutter.«

Nelly schluchzte nicht mehr, aber die Tränen liefen ihr weiter über die Wangen.

»Warum hast du uns dann verlassen?«

Anton Rieger schüttelte den Kopf. »So einfach ist das nicht.«

»Nein? Es scheint aber sehr einfach von außen. Du hast Ruth sitzen gelassen für dein bayerisches Kleinstadtidyll.«

»Das stimmt nicht, Nelly.« Sein Ton hatte sich verfestigt.

»Du hast dich kein Stück für mich interessiert!« Die Stimme entglitt ihr, sie war laut und vorwurfsvoll geworden. »Deine ganze Energie ist in Kathi und Christl geflossen – und in Süßigkeiten.« Das letzte Wort spuckte Nelly ihrem Vater regelrecht vor die Füße.

»Nelly. Das stimmt so nicht«, wiederholte Anton Rieger.

»Was stimmt denn dann, hm?« Nelly hatte die Hände zu Fäusten geballt, so fest, dass sich ihre Fingernägel später halbmondförmig in ihren Handflächen abzeichnen würden.

Sie sah, dass er die Zähne zusammenbiss. Seine Lippen waren ein schmaler Strich, und er wusste sichtlich nicht, wo er anfangen sollte.

»Sie hat mich heimgeschickt. Deine Mutter hat mich nach Hause geschickt.«

Mit dieser Antwort hatte Nelly nicht gerechnet. »Sie hat *was*?«

»Ruth wollte, dass ich zurück nach Bayern gehe. Ich war unglücklich in Berlin.« Anton schaute auf den Boden vor sich. »Ich hatte das Gefühl, in dieser riesigen Stadt zu ersticken. Es ging einfach nicht.«

»Warum bist du überhaupt hin?«

»Wegen Ruth.«

»Was?«

»Ich hab sie hier kennengelernt. Sie war mit einer Freundin hier im Urlaub.«

»Hieß die Freundin Ingrid?«, fragte Nelly dazwischen.

Er schüttelte den Kopf. »Nein, Marlene.«

Nelly kannte keine Freundin von Ruth, die so hieß.

»Ich hab mich Hals über Kopf verliebt. Wir haben uns im Hochgernhaus kennengelernt. Das ist eine Almhütte«, fügte er noch als Erklärung hinzu. »Es war schon Abend, einer dieser gemütlichen Hüttenabende. Jemand hat eine Mundharmonika ausgepackt, es wurde sogar gesungen, du kennst das.«

Nein, Nelly kannte das nicht. Aber sie stellte es sich sehr idyllisch vor.

»Wir sind draußen gesessen, die Sonne ging unter, Kerzen standen auf den Tischen. Na ja.«

»Die Stimmung war besonders«, fügte Nelly hinzu.

Er nickte. »Genau. Aber deine Mutter war auch besonders. Sie hatte eine tolle Singstimme.«

Das war Nelly neu. Sie hatte ihre Mutter selten singen gehört, eigentlich nicht mehr, seit sie selbst nicht mehr in den Schlaf gesungen worden war. Aber jetzt, wo er es sagte, konnte sie nur zustimmen. Ruth hatte tatsächlich eine schöne Stimme gehabt. Nelly war immer ganz ruhig geworden, wenn sie Ruths »La-Le-Lu« hörte. Es war eine kostbare Kindheitserinnerung, die sie tief in ihrem Herzen verwahrte.

»Jedenfalls – ich hatte eine Stirnlampe dabei und hab deine Mutter und Marlene hinunterbegleitet, mitten in der Nacht. Sie hat sich dafür mit einem Bier hinten in der Wirtschaft im Eichental revanchiert, und eins führte eben zum anderen.« Anton Rieger sah versonnen drein, während er erzählte. »Sie hatte dieses lebendige Lächeln und …«

Er schaute zu Nelly und zeigte plötzlich auf sie. »Genau dieses Lächeln!« Erneut füllten seine Augen sich mit Tränen. »Oh Gott.«

Rieger wischte sich mit dem Handrücken die nassen Spuren von den Wangen. »Es tut mir so leid. Aber ich wusste ja nicht, dass es dich gibt.« Seine Stimme brach. »Ich habe also drei Töchter.« Er schwankte und musste sich am Arbeitstisch in der Mitte des Raumes festhalten.

Nelly konnte ihn nur anschauen. Anton, ihr Vater, hatte nicht von ihr gewusst. Deshalb hatte es keine Unterhaltszahlungen gegeben, keine Besuche, nichts. Ruth war die gewesen, die das über Riegers Kopf hinweg entschieden hatte. Sie war es gewesen, die ihm vorenthielt, dass es eine Tochter gab, die ihr den Vater vorenthalten hatte.

»Hast du eine Idee, warum sie mir nicht gesagt hat, dass es dich gibt?«, schien er Nellys Gedanken zu erraten.

»Ich habe keine Ahnung. Aber als sie starb, war ihr wichtig, dass ich von dir erfahre.«

Nellys Vater umklammerte die Tischkante. »Aber warum nicht eher? Ich meine, ich hätte mich doch gekümmert.«

Nelly glaubte ihm.

»Das werden wir wohl nicht herausfinden, oder?«

Und wie gerne hätte sie gewusst, was ihre Mutter sich dabei gedacht hatte.

Anton Rieger sah ganz verloren aus. Sie spürte, dass er litt, dass seine Erinnerungen ihn eingeholt hatten und er der Situation gerade hilflos gegenüberstand. Nelly hatte immer gewusst, dass es irgendwo einen Mann gab, der ihr Vater war – für ihn kam die Tatsache, dass er eine Tochter hatte, mit Sicherheit wie ein Blitzeinschlag. Bestimmt gab es gerade viel, das er erst verarbeiten musste.

Das Schweigen, das die Küche jetzt ausfüllte, war absolut. Nelly war ratlos, wusste nicht, was sie tun sollte.

»Ich glaub, ich geh dann mal«, sagte sie deshalb.

»Nein.« Antons Antwort kam wie aus der Pistole geschossen. »Ich will so viel wissen, ich weiß nur nicht, wo ich anfangen könnte. Wenn ich ehrlich bin, ist das alles …« Er hob die Arme und ließ sie wieder sinken, noch immer nicht wieder Herr seiner Worte.

»Es ist zu viel«, half Nelly ihm. »Kann ich schon verstehen. Mit Sicherheit bist du überwältigt von dieser Neuigkeit. Du sollst wissen, dass ich auch überhaupt keine Erwartungen habe. Ich wollte dich ehrlich nur kennenlernen. Mehr nicht. Dann hat es mir hier so gut gefallen, und ich hatte das Gefühl, dass ich eine Begabung hab für die Lakritzen, also bin ich geblieben.«

»Darf ich dich vielleicht noch mal umarmen?« Anton Rieger fragte vorsichtig, fast scheu. Nelly nickte.

Die Umarmung war fest, warm und gut. Anton Rieger schien durch und durch nach Lakritze zu riechen. Nelly atmete tief ein.

Nach wenigen Momenten ließ Anton Nelly wieder los.

»Danke.«

»Nicht dafür«, antwortete Nelly ihrem Vater ganz automatisch, und sie lächelten einander an, noch immer ziemlich hilflos.

»Komm, wir machen jetzt erst mal sauber.« Nelly deutete auf den See aus flüssiger Lakritze, der langsam aushärtete. »Wobei ich glaube, der Topf ist hin, so, wie sich der Zucker da in den Boden eingebrannt hat.«

»Nein, das geht relativ leicht. Ich muss nur Wasser einfüllen, Natron und etwas Essig dazugeben – dann löst sich der Zucker gut vom Boden, und der Topf ist wie neu.«

»Den Trick muss ich mir merken, wenn ich daheim mal Pfefferlakritze mache«, antwortete Nelly. Sie war schon um den See herum zur Spüle balanciert. Die Griffe des Topfes waren noch immer warm, als sie ihn hochhob.

»Ich hole mal das Natronpulver. Den Lakritzsee lassen wir noch trocknen, schlage ich vor. Dann können wir ihn mit einem Spachtel wegmachen.«

Nelly drehte den Wasserhahn auf. Es dampfte, als das Wasser auf die schwarze Masse im Topf traf. Ein leises Zischen war zu hören. »Du hast wohl schon öfter etwas anbrennen lassen?« Jetzt lachte Nelly. Es war wie eine Befreiung.

»Wo gehobelt wird, da fallen Späne, sag ich doch immer.« Er fiel in Nellys Lachen ein. Er hatte aus einem Schrank auf der anderen Seite des Raumes einen Eimer geholt und stellte ihn neben Nelly auf die Arbeitsfläche. »Natron«, erklärte er und klopfte auf den Deckel.

»Sehr gut. Mach du es rein«, bat Nelly. »Du weißt, wie viel.«

Er nickte und gab das weiße Pulver in den Topf.

Schweigend putzte Nelly den Topf mit einer Drahtbürste. Anton hatte Eimer und Feudel geholt und versuchte, der Masse auf dem Fußboden Herr zu werden. Auch er sagte nichts.

Irgendwann hielt Nelly das Schweigen nicht mehr aus.

»Kann ich vielleicht hier weiterarbeiten?«, fragte sie. Es war nicht die dringendste ihrer Fragen. Es gab so vieles, das sie wissen wollte. Aber immerhin war die Frage naheliegend – und lag ihr am Herzen.

Rieger seufzte und hielt in seiner Wischbewegung inne. »Ich glaube, ich muss das alles jetzt erst mal sacken lassen.«

Nelly schluckte. »Ist gut.«

Sie stellte den Topf, dessen Boden wieder blitzblank geschrubbt war, in die Spüle, so leise sie konnte. Dann drehte sie sich um und ging ohne ein Wort des Abschieds zum Hinterausgang hinaus.

17. Kapitel

Das Wasser des Sees glitzerte. Ein Schwanenpaar schwamm direkt an Nelly vorbei, die auf dem Kiesstrand saß. Es waren viele Segelschiffe unterwegs. Die angenehm laue Brise hielt die Sommerhitze in Schach. Das Schloss sah von hier aus ganz klein aus. Links von Nelly, an einem Pavillon ganz vorne auf der kleinen Landzunge, die von Prien aus in den See ragte, spielten Kinder und lachten. Aber Nelly war für all das blind. Ihr schlimmster Albtraum war in Erfüllung gegangen, da halfen keine Brise, kein Wasserplätschern, keine majestätisch anmutenden Seevögel. Sie nahm ein paar der Steinchen zu ihren Füßen auf und warf sie aufs Wasser, natürlich weit weg von den Schwänen, die Nellys Übersprunghandlung auch entsprechend ignorierten.

In ihr war nichts mehr außer dieser großen Leere, die jeden klaren Gedanken einfach zu schlucken schien. Am Ende hatte sich genau das bewahrheitet, was sie befürchtet hatte, nicht wahr? Ihr Vater hatte sie zurückgewiesen.

Warum tat es so weh, obwohl ja genau das passiert

war, womit Nelly gerechnet hatte? Sie war immer ohne Vater klargekommen. Warum war es dann jetzt ein Problem? Weil sie gesehen hatte, wie es hätte sein können, darum! Es war leicht, sich die Frage selbst zu beantworten.

Vermutlich wollte Anton sein kleines Familienparadies nicht zum Wanken bringen, indem er Nelly einen Platz darin anbot. War das nicht sogar verständlich?

Nelly schluckte hart. Ja, vielleicht. Sie fuhr sich mit einer ungeduldigen Bewegung über die feuchten Augen. Geweint hatte sie genug, so viel, dass ihre Augen brannten.

Zum wie vielten Mal glitt jetzt schon der Dampfer an Nelly vorbei? Zum wie vielten Mal schlug das Wasser danach Wellen und reichte bis zu ihren nackten Füßen heran, leckte nach ihnen, kühlte und erfrischte sie? Nelly hatte den Überblick über die Zeit verloren.

Nachdem sie den Laden verlassen hatte, war sie zunächst zurück in die Pension geradelt. Aber dort hatte sie es nicht ausgehalten, war kreuz und quer durch Prien gefahren bis hinaus zum Skateplatz, später am Schraml vorbei, dem Schwimmbad, an dem jeder einzelne Parkplatz besetzt zu sein schien und sich die Menschen auf der Liegewiese am See tummelten. Kinder sprangen kreischend vom Steg ins Wasser. Nelly trat kräftig in die Pedale, radelte am Kletterwald vorbei, bis zum Dampferanlegeplatz. Sie kam erst da zum Stehen, wo sie mit Quirin am ersten Abend in Prien Pizza gegessen hatte. Es kam ihr vor, als wäre der Abend eine Ewigkeit her.

Sie hatte ihr Rad abgestellt und war bis ans Ende der Landzunge gegangen, um in Ruhe nachzudenken. Was sollte sie jetzt tun? Abreisen? Nelly hatte sich in ihrem ganzen Leben noch nie so alleine gefühlt.

Ein Blesshuhn tauchte vor ihr aus dem Wasser auf und Sekunden später wieder unter. Die Schwäne schwammen zu einer Familie mit einem kleinen Jungen hinüber. Vermutlich um nachzusehen, ob dort etwas Futter zu holen war.

Nelly hatte schon bemerkt, dass hier viele Paare spazieren gingen, eng umschlungen, Hand in Hand. Vermutlich fielen sie Nelly genau deswegen besonders auf, weil sie gerade das Gefühl hatte, der einsamste Mensch der Welt zu sein. Wenn sie abreiste, war auch die Beziehung mit Quirin, dieses noch so zarte Pflänzchen, mit Sicherheit dem Verwelken geweiht.

Nelly rappelte sich auf, klopfte ihre Hose ab. Sie war selbst schuld an ihrem Desaster. Lügen zahlten sich einfach nicht aus. Sie beschloss, zu ihrer Pension zurückzufahren. Sie würde sich zwingen, eine Kleinigkeit zu essen, und bald schlafen gehen. Schlaf bedeutete, für ein paar Stunden zu vergessen, was passiert war.

Sie kam an der Familie vorbei. Der kleine Junge kreischte vor Freude beim Anblick der Schwäne, die daraufhin schnell ein paar Meter aufs Wasser hinaus schwammen, um einen sicheren Abstand zwischen sich und das Kind zu bringen. Unweigerlich lächelte sie. Die Szene war zu niedlich.

Als Nellys Handy klingelte, zog sie es aus ihrer Jackentasche, ohne darüber nachzudenken. Eine anonyme Nummer rief an.

»Hallo?«

»Ich bins, Anton.«

Nellys Herzschlag setzte aus. Sie wollte atmen, aber konnte nicht, presste nur den Hörer ans Ohr.

»Nelly? Bist du da?«

Nelly räusperte sich. Worte wollten noch immer nicht aus ihrem Mund kommen.

»Wie wäre es, wenn du zu uns zum Essen kommst?« Anton Rieger klang unsicher.

Sie rang nach Atem, sie rang nach Worten. »Ja.« Eine Stimme wie ein Reibeisen. Sie räusperte sich. »Ich komme gern.«

»Ehrlich? Pfundig!«, rief er in den Hörer. Dann hörte sie gedämpft: »Gitti, sie kommt!«

»Wann soll ich da sein?«, fragte Nelly. Sie klang fast wieder normal, auch wenn sie sich kein bisschen normal fühlte. Im Gegenteil: Das Herz wollte ihr in der Brust zerspringen.

»Am liebsten jetzt«, platzte er heraus. Nelly lächelte.

»Ist gut. Ja, ist gut. Ich komme.« Da brauchte sie nun wirklich nicht zu überlegen!

Das Haus ihres Vaters war alt. Genau genommen war es eine alte Villa, umgeben von einem Meer aus Rosen. Sogar Kletterrosen, die die Wände hinaufwuchsen, gab es. Oben zwischen den Fenstern war eine Art kleiner Erker, der dem Haus einen ganz besonderen Charme verlieh. Die Fensterläden waren strahlend blau, und die beige gestrichenen Mauern bildeten genau den richtigen Kontrast dazu.

Von einem kleinen Balkon aus schaute ein Keramikpinguin in den Garten. Und eine Unmenge farbiger Dekokugeln brachten noch zusätzliche Farbtupfer ins Spiel. Im Hof stand ein alter VW-Bus, und durch ein kleines Tor kam man auf einen Kiesweg, der zu einer ebenfalls blau gestrichenen Haustür führte. Daneben stand auf dem Boden ein Blumentopf, der offensichtlich von Hand getöpfert und mit einem weiteren kleinen Rosenstock bepflanzt war.

Nelly streckte ihre Hand gerade nach dem Türklopfer aus, als sie plötzlich das Gefühl hatte, beobachtet zu werden. Sie warf einen Blick zurück über ihre Schulter.

»Oh, hallo! Du bist der Michi, oder?«

Er antwortete nicht auf ihre Frage.

Langsam ging Nelly auf den Jungen zu. Das war Christinas Sohn, ohne Frage. Er trat einen Schritt nach hinten, und Nelly blieb stehen. »Hallo. Ich heiße Nelly. Ich will euch besuchen.«

Der Junge nickte – aber schwieg noch immer. Er schaute Nelly nicht in die Augen, er schaute auf ihr Kinn.

»Tolle Gartenkugeln habt ihr hier. So schön bunt.« Nelly deutete auf eine Kugel, die orange mit roten Sprenkeln war. »Die mag ich besonders.«

Ein Schmetterling flatterte heran, umkreiste die Kugel und flog weiter. »Der hat wohl gedacht, dass das eine Blume ist, hm?«

Endlich umspielte ein kleines Lächeln die Lippen des Jungen.

»Welche ist denn deine Lieblingskugel?« Nelly hatte sich vor dem Kleinen hingehockt. Seine Augen, stellte sie fest, waren von so strahlendem Blau, wie sie es noch nicht oft in ihrem Leben gesehen hatte.

Einen Moment glaubte Nelly, dass der Junge sie weiter schweigend anstarren würde, aber dann, ein wenig zeitverzögert, drehte er sich um und bedeutete ihr, ihm zu folgen. Sie gingen ein Stück den Weg zurück und dann über die Wiese zu einem Beet mit weißen Rosen. In der Mitte befand sich eine Gartenkugel, die so groß war, dass sie auf dem Boden lag, statt wie die anderen auf einem Stab befestigt zu sein. Unterschiedliche Grüntöne schimmerten auf der getöpferten

Kugel. Sie wirkte magisch, auch wenn sie nicht perfekt symmetrisch war. Tatsächlich, fand Nelly, machte sie das sogar noch charmanter. Man sah, dass es sich um Handarbeit handelte.

»Ich verstehe, dass dir die besonders gut gefällt.«

Der Junge nickte. »Meine Mama hat die mit mir gemacht. Ich durfte sie anmalen.«

»Wow, das ist aber toll.« Christina war also verantwortlich für all die Kunstwerke in diesem Garten. Das veränderte Nellys Blick – sowohl auf den bunten Garten als auch auf Christina.

»Deine Mama ist sehr kreativ. Weißt du, was das Wort bedeutet?«

»Dass sie künstlerisch begabt ist und viele Ideen hat.«

Überrascht schaute Nelly in das Gesicht des Jungen, der gerade perfekt die richtigen Worte gefunden hatte – was für Achtjährige nicht selbstverständlich war.

»Das hast du sehr gut beschrieben«, antwortete Nelly dem Kind – und da war es wieder: das feine Lächeln.

Eine Biene landete laut summend in einer Rose. Sowohl Nelly als auch der Junge lauschten und beobachteten, wie das Tier sich in der Blüte zurechtfand. Der Junge war ihr Neffe, erinnerte sich Nelly und wurde von einer Woge aus Zuneigung für ihn überspült. Er war etwas Besonderes, so viel war klar.

»Michael? Michi!«

Ein Ruck ging durch den Kinderkörper, als er die Stimme hörte. »Mama.« Er sagte es nicht laut, nur so, dass Nelly ihn verstand.

Sie hatte neben Michi auf dem Boden gehockt, direkt vor der Kugel, ganz selbstverständlich.

»Michi!« Christinas fordernde Stimme sorgte dafür, dass der Junge aufstand.

»Mama!« Jetzt rief Michael laut und winkte seiner Mutter zu, die daraufhin sofort in ihre Richtung gestürmt kam.

Auch Nelly rappelte sich auf und stand dann neben dem Jungen. Christina, die fast gerannt war, blieb schlagartig stehen.

»Was machst du denn hier?«

Nelly konnte es nicht sagen. Sie wollte auch ihrem Vater nicht vorgreifen, schluckte.

»Da war eine Biene.« Michael zeigte auf die Rose, in der eben noch das Bienchen Nektar gesammelt hatte.

Christina reagierte nicht auf ihren Sohn. »Was du hier machst?«, wiederholte sie barsch ihre Frage.

»Mama, die Biene hat gebrummt. Es war laut.«

Nelly wusste, was Michael meinte. Natürlich war die Biene nicht richtig laut gewesen, aber in der frühabendlichen Stille war ihr Summen auf jeden Fall überdeutlich zu hören gewesen.

»Ich glaube, du solltest jetzt gehen. Du hast doch wohl genug Unheil angerichtet«, fauchte Christina in

Nellys Richtung und legte ihrem Sohn den Arm um die Schulter. »Komm, Michi. Der Opa kommt gleich, der will uns etwas sagen.«

»Das will ich wirklich.« Anton stand oben an einem der Fenster und winkte. »Nelly! Schön, dass du da bist. Ich komm gleich in den Garten raus. Michi, lauf du doch schnell zur Oma, die braucht dich in der Küche.«

Christinas Blick hing fassungslos an dem Fenster, durch das gerade noch ihr Vater herausgeschaut hatte, dann wanderte er zurück zu Nelly.

Als Anton Rieger vor ihnen stand und Nelly kurz die Hand auf den Arm legte, stand Christina mit verschränkten Armen da und beobachtete die Szene.

»Das musst du mir erklären«, sagte sie dann.

»Genau das habe ich vor. Kommt mit, zur Terrasse geht es hier entlang.« Er zeigte in die Richtung, in die gerade auch Michi verschwunden war. Christina war ebenfalls schon vorausgegangen.

Nur Nelly und Anton verharrten noch für einen Moment, wussten beide nicht, wie einander begegnen. Am Ende umarmten sie sich kurz. Es wurde eine verlegene, steife Geste. Nelly bemerkte, dass er nach einem Aftershave oder einem Duschgel duftete – nicht nach Lakritze.

»Na komm, wir gehen auf die Terrasse, die Gitti hat den Tisch schon gedeckt.«

Nelly fühlte sich zunehmend unwohl in Erwartung

der ganzen Familie Rieger um den Tisch – und Christinas sichtliche Ablehnung machte es nicht besser. Sie ging so langsam, dass Anton stehen blieb, um sie aufholen zu lassen. Er legte den Arm um Nellys Schulter. »Du wirst sehen, es wird nicht schlimm. Christel ist nicht so garstig, wie sie immer tut. Sie hatte es nur nicht leicht in den letzten Jahren.«

»Ist gut.«

Dass Gitti, die Frau, die Nelly sofort sympathisch gewesen war, schon von ihr wusste, erleichterte Nelly. Besonders weil sie trotzdem noch hatte kommen dürfen und Gitti sie nicht hasste, weil sie existierte oder weil es eine Frau vor ihr gegeben hatte, der Anton nah gewesen war.

»Gitti wusste von Ruth«, Rieger schien Nellys Gedanken erraten zu haben. »Aber das erzähle ich dir ein anderes Mal, ja? Komm, jetzt gehen wir zu den anderen.«

Ihr Vater drückte Nelly ein wenig an sich und zog sie dann weiter.

Auf dem Tisch stand eine Vase mit bunten Rosen. Die Servietten hatten auch ein Rosenmotiv, und einzelne Blütenblätter waren auf der Tischdecke verteilt. Die Dekoration wirkte aufwendig und liebevoll.

Gitti trat in einem geblümten Kleid heraus auf die Terrasse, sie trug einen großen Topf.

»Hallo, Nelly.« Sie stellte den Topf auf den Tisch. »Das hier ist meine fabelhafte Pasta mit roten Linsen.

Die mag sogar Michi.« Gitti drehte sich zu Nelly um. »Darf ich dich mal eben umarmen?«

Antons Frau hatte tatsächlich Tränen in den Augen. Nelly fragte sich, ob es Freudentränen waren. Sie fühlte einen dicken Kloß im Hals, als Gitti sie zu sich heranzog, ohne eine Antwort abzuwarten.

»Es tut mir leid, dass du deine Mutter verloren hast«, hörte sie sehr leise, sehr nah an ihrem Ohr. Mit diesen liebevollen Worten hatte Nelly so gar nicht gerechnet. Gitti dachte gar nicht an sich. Sie dachte an das, was Nelly widerfahren war! Voller Rührung erwiderte Nelly die Umarmung und nickte. Sie war zu keiner Antwort fähig.

»Komm, wir setzen uns alle. Christl? Michael?«, rief sie durch die Terrassentür, die weit offen stand, nach drinnen.

»Michael muss sich noch die Hände waschen. Du weißt, dass das dauert. Nun drängle nicht so!« Christinas Tonfall war wie so oft hart und unversöhnlich.

Gitti verzog das Gesicht. »Na komm, setz dich doch erst mal«, sagte sie an Nelly gewandt und zeigte auf den freien Stuhl am Kopf der Tafel. Nelly war die Vorstellung, dort Platz zu nehmen, mehr als unangenehm. Sie hasste es, auf dem Präsentierteller zu sein. Andererseits wollte sie auch nicht unfreundlich sein. Sie atmete tief durch und trat ans Ende des Tisches.

»Nein, Gitti meinte den Stuhl neben mir, hier hock ich.« Anton war schnell herangetreten und setzte sich ans Ende der Tafel. Er klopfte auf die Sitzfläche des Holzstuhls neben sich.

Als Christina heraus auf die Terrasse trat, wirkte Michael seltsam. Sein T-Shirt war vollgespritzt, eine blonde Strähne stand wirr von seinem Kopf ab. Christina schob einen Stuhl für ihren Sohn zurecht, dann ließ sie sich selbst gegenüber von Nelly fallen und seufzte laut auf.

Michael nahm ein Rosenblatt vom Tisch und legte es auf seine Handfläche. Nelly ging das Herz auf, als sie sah, wie sanft der Junge mit dem Blatt umging. Vorsichtig strich er mit dem Zeigefinger über dessen samtige Oberfläche.

»Schöne Farbe, oder?«, sprach Nelly den in seine Tätigkeit versunkenen Jungen an.

Er schaute auf, wirkte fast schon erschrocken. Dann nickte er.

»Ich mag besonders das da.« Nelly zeigte auf ein dunkelrotes Blatt. Das in Michaels Hand war strahlend weiß, wie das der Rosen, wo sie die Biene gesehen hatten.

Michael nickte. Er griff vorsichtig nach dem dunkelroten Blatt, beugte sich über den Tisch hinweg und streckte es Nelly hin.

»Danke«, sagte sie. »Du bist ja wirklich ein sehr zuvorkommender Junge.« Er schaute sie an. »Weißt du, was das bedeutet? Zuvorkommend?«

Michael schüttelte den Kopf.

»Es bedeutet, dass du sehr freundlich, höflich und aufmerksam zu anderen Leuten bist. Also ganz schön viel auf einmal.« Nelly lachte leise, und das fast unsichtbare Lächeln, das Nelly jetzt schon kannte, schlich sich in Michaels Gesicht.

»Können wir jetzt hinter uns bringen, warum du uns herbestellt hast, Vater?«, fiel Christina Nelly unwirsch ins Wort. »Ich hab wirklich keine Lust, das Treffen mit *ihr* länger zu gestalten, als es unbedingt sein muss.«

Auch Gitti hatte sich jetzt an den Tisch gesetzt, und Nelly bemerkte, dass sie nervös ihre Hände knetete. Als sie Nellys Blick sah, hörte sie damit auf und verschränkte die Finger fest ineinander. Sie lächelte Nelly unsicher an.

Obwohl die Pasta köstlich duftete, nach Knoblauch, Zitrone und Kräutern, verspürte sie kein bisschen Hunger. Offenbar war sie nicht die Einzige, der gerade nicht nach Essen zumute war. Gitti kam gar nicht auf die Idee auszuteilen. Jeder schien die Anspannung zu spüren, die in der Luft lag.

»Gut, dann kommen wir ohne Umschweife zum Punkt, oder?« Anton Rieger schaute in die Runde. Alle Aufmerksamkeit ruhte auf ihm. Nur Michael streichelte weiter über das Rosenblatt in seiner Hand.

Nelly wollte aufspringen und weglaufen, so sehr fürchtete sie die Reaktion von Christina.

»Jetzt sag schon«, drängte Christina. Michael

schloss seine Finger um das Blütenblatt zur Faust. Er reagierte unmittelbar auf seine Mutter.

»Könnten wir vielleicht was dazu essen? Ich sterbe fast vor Hunger«, scheinbar dachte doch jemand am Tisch an Essen – nämlich Gitti.

Sie stand auf, nahm ihren Teller und bediente sich selbst. »Wird ja sonst auch kalt«, fügte sie hinzu. »Noch jemand?«

Michi hielt seiner Oma den Teller hin, und sie gab ihm eine ordentliche Portion Pasta.

»So. Toni, du kannst jetzt anfangen«, bestimmte Gitti und steckte sich eine Gabel Pasta in den Mund.

Christinas Blick ruhte noch immer auf ihrer Mutter. Erst ganz langsam wandte sie sich wieder ihrem Vater zu. Nelly hatte noch nie gehört, dass jemand Anton Rieger Toni genannt hätte. Vielleicht, dachte sie, war es ein Privileg seiner Frau.

»Also. Ich mach es kurz. Nelly ist deine Schwester, Christl.«

Christina entglitten die Gesichtszüge. »Wie bitte?«

»Ja, das hast du richtig gehört. Nelly ist meine Tochter.« Anton legte kurz seine Hand auf Nellys und drückte sie. Diese Geste bedeutete Nelly unglaublich viel.

»Das musst du erklären.« Christina verschränkte die Arme vor der Brust.

Anton nickte. »Ja, natürlich.« Er räusperte sich. »Ich war mal für ein Jahr in Berlin, das hab ich euch erzählt. Damals habe ich geglaubt, dass ich in der Stadt die große Freiheit finde. Aber mich hat die Großstadt auf die Dauer ziemlich erschlagen. Zu wenig Natur, zu viele Menschen, zu hohe Gebäude. Es war einfach nicht meins. Das wusste ich schon nach zwei Monaten. Dort gab es für mich keine Freiheit, es war wie ein Knast.«

»Den Teil der Geschichte kennen wir.« Christina klang wie so oft hart und unversöhnlich.

»Ja. Aber es gab dort auch eine Frau, mit der ich zusammen war. Sie hieß Ruth. Und wir waren wirklich glücklich miteinander. Wäre sie nicht gewesen – ich hätte die Stadt wohl schon nach einem Vierteljahr wieder verlassen.«

»Hast du aber nicht«, stellte Christina fest.

»Nein, hab ich nicht. Ich bin aber immer dünner geworden, und ich hatte das Gefühl, ich werde auch immer kleiner. Schwer zu beschreiben. Es war ein wenig so, als wenn man eine Sonnenblume in den Schatten setzt – sie wächst einfach nicht gut.«

Anton trank einen Schluck aus seinem Wasserglas. Michael aß mit Genuss seine Pasta. Man hätte nicht sagen können, ob er dem Gespräch folgte oder nicht.

»Irgendwann hat Ruth mit mir Schluss gemacht. Sie meinte, ich muss zurück nach Bayern, damit ich wieder ich selbst werden kann.«

»Sei du selbst, und die Welt liegt dir zu Füßen«,

murmelte Nelly, die sich ganz plötzlich an den Ausspruch ihrer Mutter erinnerte, den sie so oft gehört hatte. Stets hatte Ruth sie ermutigt, ihren eigenen Weg zu gehen. Und wenn das bedeutete, in einer Bar zu arbeiten, dann eben das. Solange Nelly ihren Weg ging, war Ruth glücklich.

»*Genau* das hat sie zu mir gesagt«, rief Rieger aus.

»Das wundert mich nicht. Es ist sozusagen ihr Credo.«

»Gefällt mir«, stellte Gitti fest.

»Das kann ich mir denken.«

»Mensch, Christina!« Der letzte Einwurf war von Gitti gekommen. »Kann dein Vater jetzt weiterreden?«

Christina nickte nur.

»Es gibt gar nicht mehr viel zu sagen. Ich hab gespürt, dass ich kein guter Partner mehr war, dafür war ich zu wenig ich selbst. Also hab ich eine Fahrkarte nach Prien gekauft, und – zack! – war ich weg. Natürlich war es nicht ganz so einfach. Ruth und ich haben einander sehr geliebt. Aber manchmal muss man einen solch schmerzhaften Abschied in Kauf nehmen. Uns war beiden klar, dass wir einander langfristig zerstören, wenn wir zusammenbleiben. Ruth war ein Stadtkind durch und durch, so wie ich ein Landei bin.« Anton lachte. »Wenn ich allerdings gewusst hätte, dass Ruth schwanger war …«

»Dann gäbe es uns wohl nicht«, fiel Christina ihrem Vater ins Wort. »Da haben wir ja noch mal Glück gehabt.«

»Das stimmt wohl.« Anton lehnte sich auf seinem Stuhl zurück.

»Aber – warum hat diese Ruth denn nicht gesagt, dass sie schwanger ist?« Christina war noch immer sichtlich misstrauisch.

»Das ist eine gute Frage. Sie wusste, dass ich sonst aus Pflichtgefühl zurückgekommen wäre. Und das wollte sie nicht.«

»Vielleicht.« Nelly konnte sich sehr gut vorstellen, dass ihre Mutter nicht gewollt hätte, dass Anton nur wegen der Schwangerschaft bei ihr blieb. Dafür war sie viel zu stolz gewesen. Es passte wirklich besser zu ihr, dass sie Anton hatte ziehen lassen. Wenn Ruth eines gewesen war, dann eigenständig. Sicher war sie auch als junge Frau von fünfundzwanzig Jahren schon jemand gewesen, der in der Lage gewesen war, für sich selbst zu sorgen.

Gitti runzelte die Stirn. »Ich glaube, das ist dann wohl wahre Liebe.«

Alle schwiegen einen Moment.

»Wenn man auf das eigene Wohl verzichtet?« Christina hatte Michael sein Glas hingehalten, er nahm es entgegen und trank. Das zerknitterte weiße Blütenblatt lag neben seinem Teller.

»Ja, genau.«

»Pfft.« Der Laut, den Christina von sich gab, ließ Nelly aufhorchen. Sie verstand nicht, was da mitschwang, aber *dass* etwas mitschwang, hörte sie deutlich.

»Dann hab ich jetzt jedenfalls eine Stieftochter, so viel steht fest.« Gitti hob ihr Glas und prostete Nelly zu. »Als euer Vater es mir heute Mittag erzählt hat, bin ich erst mal fast vom Stuhl gekippt.«

»Kann ich mir vorstellen«, bestätigte Nelly. »Ich bin in der letzten Woche einige Male fast in Ohnmacht gefallen. Erst hatte ich plötzlich die Visitenkarte des Lakritzladens, dann hat mein Vater ein Gesicht bekommen, und jetzt habe ich zwei Schwestern. Ach ja und eine Stiefmutter natürlich.«

»Halbschwestern«, sagte Christina, und Anton warf ihr einen strengen Blick zu, sagte aber nichts dazu.

»Mir ist wichtig, dass du dich hier wohlfühlst.« Anton hielt seiner Frau Nellys Teller hin. Dabei war die sich noch immer sicher, dass sie keinen Bissen runterkriegen würde. Aber die liebevolle Geste wusste sie zu schätzen.

»Ja, das würde mich auch freuen«, bestätigte Gitti, stand auf und lud eine gigantische Portion Pasta auf den Teller.

Gitti nahm Nelly wohlwollend auf, so viel war klar. Nur Christina schmollte weiter. Nelly nahm aus Höflichkeit einen Bissen Pasta und hob überrascht die Augenbrauen. Weißwein, Zitronenzesten, Lorbeerblatt, Kräuter – was für eine Mischung! Nelly nahm einen weiteren Bissen. Köstlich!

Michael hatte in der Zwischenzeit fünf verschiedenfarbige Rosenblätter vor sich angeordnet. Weiß, gelb, orange, rot, pink.

»Weißt du, Nelly«, meldete sich Gitti erneut zu Wort, »wir haben uns eigentlich drei Kinder gewünscht. Aber beim dritten Mal hat es nicht mehr geklappt.« Sie zuckte mit den Schultern. »Vielleicht ist das ja eine Art Ausgleich des Schicksals.«

Das Gefühl, das Gittis Worte in Nelly auslösten, war widersprüchlich. Spürte sie einerseits die Herzlichkeit und freute sich darüber, hatte sie gleichzeitig das Gefühl, Ruth zu verraten, wenn sie Gitti zu nah an sich heranließ. Sie schluckte und legte ihre Gabel beiseite. Schon wieder etwas, das sie erst verarbeiten musste. Das war alles ganz schön viel, was da gerade über ihr hereinbrach.

Plötzlich und unerwartet sehnte sie sich nach Quirin. Gestern und heute hatte sie kaum an ihn gedacht, nur eine kurze Sprachnachricht an ihn geschickt, dass sie sich melden würde, vorher aber ein paar Dinge regeln musste. Sie wollte nicht am Handy mit der Tür ins Haus fallen, sondern Quirin in die Augen schauen können, wenn sie ihm alles erzählte. Doch in diesem Moment hätte sie ihn sich neben sich gewünscht, seine Hand auf ihrem Rücken. Quirin war Nelly in der kurzen Zeit schon unheimlich wichtig geworden.

Sie griff wieder nach ihrer Gabel. Morgen. Morgen würde sie sich Zeit für Quirin nehmen und ihm alles erzählen.

»Es schmeckt wirklich gut«, sagte Nelly in Gittis Richtung und lächelte.

»Danke«, erwiderte jedoch Anton und grinste. »Ich bin der Koch im Haus, wie man unschwer erkennen kann.« Er klopfte gegen seinen Bauch.

So viel, das Nelly noch nicht wusste, so viel, das sie noch herausfinden wollte, bevor sie zurück nach Berlin reisen würde. Berlin. Die Stadt kam ihr wahnsinnig weit weg vor, und schnell schob sie den Gedanken an ihre Heimat beiseite. Noch immer war da das Gefühl, ein wenig verloren am Tisch zu sein.

»Ich … Darf ich kurz euer Bad benutzen?«

»Na klar.« Gitti zeigte auf die Terrassentür, die ins Wohnzimmer führte.

Zu Nellys Überraschung war es Christina, die aufstand. »Komm, ich zeig dir mal eben, wo es langgeht.«

Im Haus gab es auch Rosen auf dem Couchtisch. Die Möbel waren schon älter, aber geschmackvoll. Ein Gemälde über dem Sofa zeigte – Rosen, was sonst?

Jemand hier im Haus hatte einen regelrechten Rosentick.

Christina ging wortlos vor Nelly her. Erst im Flur hielt sie vor einer kleinen Tür an und wandte sich um. »Weißt du was? Denen kannst du erzählen, was du willst. Aber für mich gehörst du nicht zur Familie.

Diesen Fehler habe ich schon einmal gemacht – noch mal passiert mir das nicht.«

Ohne eine Antwort abzuwarten, setzte Christina sich wieder in Bewegung. Im Vorbeigehen rempelte sie Nelly sogar an der Schulter an. Nelly schaute ihr verdutzt hinterher.

18. Kapitel

»Einfach grandios!« Nelly liebte den Mangosalat mit Schafskäse, den Quirin gezaubert hatte, mindestens so sehr wie das perfekt gekochte Frühstücksei und das Brot, das er extra bei einer kleinen Bäckerei in Bernau geholt hatte. Angeblich, jedenfalls behauptete Quirin das, gab es bei diesem Bäcker das beste Brot überhaupt. Nelly hatte eine Scheibe Weißbrot dick mit Butter bestrichen. »Das ist *Bergkas*-Brot«, hatte Quirin ihr erklärt, nachdem sie herzhaft in ihr Butterbrot, auf das Quirin noch Schnittlauch gestreut hatte, gebissen und vor lauter Genuss die Augen gen Himmel verdreht hatte.

Nelly hatte Quirin noch am Abend eine Nachricht geschickt, als sie nach Hause gekommen war. Die Tatsache, dass sie ihn so sehr vermisst hatte bei dem Gespräch bei Familie Rieger, war ihr wie ein Zeichen vorgekommen. Auch wenn eine Beziehung zwischen ihnen so gut wie aussichtslos war, weil Nelly zurück nach Berlin gehen würde – sie hatte sich definitiv in Quirin verliebt und wollte so viel Zeit mit ihm verbringen wie möglich.

Er hatte auch sofort auf ihre SMS reagiert und sie zum Frühstück eingeladen. *Dann liegt der Tag noch vor uns, und wir können ihn miteinander genießen,* schrieb er ihr – und ein warmer Schauer prasselte durch Nellys Körper, als sie seine lieben Worte las. Und als er sie abgeholt hatte, der Begrüßungskuss war unbeschreiblich gewesen. Am liebsten hätte Nelly Quirin, nachdem sie in seiner Wohnung angekommen waren und er sie fest in seine Arme geschlossen hatte, sofort die Treppe hinauf in sein Zirbenholzschlafzimmer gezogen. So sehr genoss sie seine Nähe, seine Küsse, seine zärtlich streichelnde Hand auf ihrem Rücken.

Doch der Tisch war herrlich gedeckt. Sogar ein Strauß Wiesenblumen stand in der Mitte. Nelly hatte eine Schwäche für Fruchtsäfte und nahm einen großen Schluck vom frisch gepressten Orangensaft. Es wäre eine Sünde gewesen, das liebevoll zubereitete Frühstück nicht zu genießen. Und das Schlafzimmer würde es auch nach dem Essen noch geben. Nelly legte kurz ihre Hand auf Quirins Arm und küsste ihn sanft an der Halsbeuge. »Danke für die Mühe, die du dir gemacht hast.«

Quirin schüttelte den Kopf, plötzlich verlegen. »Nein, mach dir mal keine Gedanken. Ich frühstücke immer so.«

»Natürlich.« Nelly strahlte ihn an. Verliebtsein war einfach wunderschön.

Sie häufte eine weitere Portion Salat auf ihren Teller. Dann köpfte sie ihr Frühstücksei. Tatsächlich hatte sie einen Bärenhunger.

»Darf ich dich was fragen, Nelly?«

»Klar.« Nelly nahm noch einen Bissen Brot.

»Mich würde interessieren, warum du dich kaum bei mir gemeldet hast tagelang.« Erst als Quirin Nelly diese Frage stellte, wurde ihr bewusst, dass er noch nichts gegessen hatte und sich stattdessen an seiner Kaffeetasse festzuhalten schien, um deren Bauch er beide Hände gelegt hatte.

Nelly verschluckte sich an ihrem Brot und bekam einen Hustenanfall.

Quirin war aufgesprungen und klopfte ihr auf den Rücken. Ihr standen Tränen in den Augen, als sie wieder frei atmen konnte.

»Puh.« Sie keuchte noch.

»Also? Warum hast du dich nicht gemeldet?«

»Es tut mir leid.« Nelly wischte die Feuchtigkeit aus ihren Augen. »Ich musste mich um eine Familienangelegenheit kümmern.«

»Ah?«

»Ja.« Nelly holte tief Luft. »Anton ist mein Vater. Es ist eine lange, komplizierte Geschichte.«

»Wie gut, dass wir den ganzen Tag noch vor uns haben.« Quirin lachte leise. Er war viel weniger überrascht, als Nelly erwartet hätte. Stattdessen lehnte er sich neugierig auf seinem Stuhl nach vorne.

»Na gut. Dann erzähl ich dir alles.« Nelly räusperte sich und legte ihre Gabel weg. »Dass meine Mutter gestorben ist, weißt du ja schon.«

Nelly begann, langsam zu erzählen, stockend. Doch bald kamen die Worte ihr ganz leicht über die Lippen. Sie spürte, dass es ihr guttat, laut auszusprechen, was sie die letzten Tage so bewegt hatte. Ihre Stimme begann zu zittern, als sie erzählte, wie sie ihrem Vater gestanden hatte, wer sie in Wirklichkeit war. Es war richtig, alles zu erzählen. Als würde das die Dinge in die richtige Position rücken.

Quirin warf manchmal etwas ein, wiederholte, was Nelly gesagt hatte, mit seinen Worten. Nelly fühlte sich perfekt von ihm verstanden.

Ein paar Szenen vom Vorabend hatten sich ihr besonders eingebrannt. Christinas Blicke, Anton, der viele Fragen gestellt hatte: über Nelly, was sie mochte, wo sie in Berlin arbeitete, wer ihre Freunde waren. Gitti, die als Nachtisch einen Apfelkuchen servierte und Nelly zum Abschied fest umarmt hatte, Michael, der mit den Rosenblättern als einzigem Spielzeug zufrieden war, und wieder Christina, die ihr zum Abschied nicht einmal die Hand gegeben hatte. Komischerweise wog es schwerer, dass Christina sie nicht mochte, als dass der Rest der Familie neugierig auf sie war.

Nelly brachte alles zur Sprache, was sie beschäftigte.

»Ich war mit meinem Neffen … Gott, klingt das komisch, oder?«

»Na ja, nachdem ich reich mit Nichten und Neffen gesegnet bin, kommt es mir recht normal vor.« Quirin lachte. »Aber erzähl mal weiter!«

»Also ich war mit meinem Neffen im Garten. Er hat ein ganz feines Gefühl für Farben und Formen. Das hat er sicher von meinem Vater. Na ja, wobei. Seine Oma hat ja auch einen Rosentick. Jedenfalls, Michael ist ein total lieber und sensibler Junge. Ich mochte ihn sofort. Er ist echt etwas Besonderes.«

Quirin hatte bis jetzt aufmerksam zugehört, manchmal genickt oder einen Schluck Kaffee getrunken. Offenbar war er ein genauso hervorragender Zuhörer, wie er ein guter Segellehrer und kreativer Schreiner war.

»Er ist ein toller Junge.« Erst in diesem Moment wurde Nelly klar, wie sehr sie Michael schon in ihr Herz geschlossen hatte, obwohl sie ihn erst so kurz kannte. Seine vorsichtige Art, mit Dingen umzugehen, wie bedacht er in allem wirkte, was er tat.

»Bist du sehr kinderlieb?«, fragte Quirin, als Nelly gerade weitererzählen wollte.

Tatsächlich überraschte Nelly Quirins Frage. Er hatte die ganze Zeit nur kleine Verständnisfragen gestellt. War sie das – kinderlieb? Bisher hatte sie sich noch überhaupt keine Gedanken darüber gemacht. Sie war kaum in Kontakt mit Kindern gekommen in ihrem Leben.

»Also – ich mag Kinder«, antwortete Nelly deshalb

genauso ehrlich wie vage. Sie rührte in ihrem Kaffee, der sicher schon kalt geworden war.

»Ah.« Quirin nahm seinen Orangensaft und setzte das Glas an die Lippen. Er trank es in einem einzigen Zug leer. Dann stellte er das Glas zurück auf den Tisch, so hart, dass Nelly zusammenzuckte.

»Und Familie, die magst du auch«, stellte er fest. Nelly nickte. Auf der Terrasse bei Anton hatte sie erahnt, wie es sein könnte, Teil eines Ganzen zu sein.

Das Lächeln, das Quirins Mundwinkel umspielte, sah irgendwie falsch aus. Nelly konnte es nicht einordnen, aber etwas war plötzlich anders. Sie war kein esoterisch veranlagter Mensch, aber die Energie im Raum hatte sich geändert. Quirin sah aus wie ein Fremder.

»Klar – jeder mag doch Familie.« Nelly hatte zwar noch Ingrid und Alfred, aber ein stacheliger Kaktus war nicht das, was sie sich als Familie vorstellte. Die Einsamkeit, die der Tod ihrer Mutter in ihr ausgelöst hatte, wünschte Nelly keinem.

»Möchtest du noch was essen?« Quirin war abrupt aufgestanden. Er stieß mit dem Oberschenkel gegen den Tisch, und das Geschirr klirrte. Ein großer Schluck Saft schwappte über den Rand von Nellys Glas und färbte die weiße Tischdecke in einem Kreis um das Glas gelb.

»Ähm.« Nelly hatte ihren Salat aufgegessen. Quirin begann, den Tisch abzuräumen, bevor Nelly wirklich antwortete. Sie nahm ihr Glas und trank es leer, bevor Quirin danach greifen konnte.

Er nahm stattdessen ihren und seinen Teller und trug beides in die offene Küche, wo er die Spülmaschine öffnete und das Geschirr einräumte.

Verwirrt schaute sie ihm dabei zu, wie er den Tisch abräumte. Er arbeitete ruhig und konzentriert, ohne zu sprechen.

»Bist du in Ordnung?«, fragte sie ihn nach zähen Minuten. Quirin griff nach dem Salz- und dem Pfefferstreuer, die offensichtlich Handarbeiten waren, von ihm selbst angefertigt. Die Formen der beiden Gefäße flossen schier ineinander und verschlangen sich zu einer gemeinsamen Figur, die aussah wie zwei Menschen, die einander umarmten. Er riss die zwei Teile auseinander und stellte sie auf die Anrichte.

Sicher war seine Geste gar nicht bewusst ausgeführt, aber trotzdem verletzte Nelly der Anblick der beiden voneinander getrennten Gewürzstreuer, die eigentlich zusammengehörten.

»Natürlich bin ich in Ordnung.« Quirin rang sich ein Lächeln ab.

Nelly stand auf. »Dann ist es ja gut.« Sie griff nach ihrer Tasse und dem Brotkorb. Schweigend stellte sie das Geschirr in die Spülmaschine und ging zurück zum Tisch. Als alles abgeräumt war, wandte Nelly sich an Quirin. »Also – was machen wir jetzt mit diesem Tag?« Sie dachte noch immer an den Kuss von vorhin, der sofort dazu geführt hatte, dass sie sich mehr gewünscht hatte.

Nelly fand, dass er umwerfend aussah in seinem einfachen roten Shirt. Seine eng geschnittene Stoffhose passte perfekt dazu, das Ganze vermittelte die richtige Mischung aus Lässigkeit und individuellem Stil.

»Ich hab nicht mehr so lange Zeit, ist mir eingefallen. Ich muss noch was fertig machen in der Werkstatt«, sagte Quirin, der sich gegen die Arbeitsfläche lehnte. Es klirrte laut, als er die Spülmaschine zuklappte.

Nelly war wie vor den Kopf gestoßen. Hatte er ihr nicht geschrieben, dass sie den Tag miteinander verbringen würden? Dass er sich darauf freute, viel Zeit mit ihr zu haben?

»Ach so«, sagte sie deshalb nur.

»Ja, tut mir leid.« Er klang nicht so, als würde ihm irgendwas leidtun.

»Na dann«, sagte sie gekränkt. »Fährst du mich noch heim, geht das?« Die Bitte fiel Nelly nicht leicht. Aber ein Taxi wäre wirklich zu teuer gewesen.

»Natürlich.«

Nelly stand auf, ging zur Garderobe und schlüpfte in ihre Glitzerballerinas. In ihr tobte ein Sturm widersprüchlicher Emotionen. Die Vernunft sagte ihr, dass es ja passieren konnte, dass etwas dazwischenkam. Ihr Gefühl dagegen war, dass Quirin sie gerade abwies, und die Traurigkeit, die das in ihr auslöste, überraschte Nelly in ihrer Intensität.

Sie wollte ganz dringend weg von Quirin, um sich über die Situation klar zu werden. Zugleich vermisste sie ihn, obwohl er neben ihr stand und sich die Turnschuhe anzog. Sie spürte, wie weit er weg war, und das war schwer auszuhalten.

Als sie hintereinander auf dem Roller saßen, suchte Nelly erstmals die Haltegriffe links und rechts des Sitzes und klammerte sich daran fest, statt die Arme um Quirin zu schlingen und ihren Kopf an seinen Rücken zu lehnen.

Quirin fuhr schnell, legte sich tief in die Kurven, und Nelly hatte Mühe, das Gleichgewicht zu halten. Als er unterwegs einmal abrupt bremste, wurde ihr Körper gegen Quirins Rücken gepresst, und sie konnte seinen Duft riechen, obwohl sie einen Helm trug. Vor Nellys Pension bremste er erneut ab. Dieses Mal war Nelly aber darauf vorbereitet. Mittlerweile hatte sich zu ihrem Kummer Wut gesellt. Wut, weil Quirin wütete. Wut, weil er ihr nicht sagte, was los war. Wut, weil sie selbst nicht den Mut fand, ihn ein weiteres Mal darauf anzusprechen. Doch Nelly schaffte es nicht. Die Mauer, die er um sich herum aufgebaut hatte, schien Nelly meterdick zu sein.

»Danke fürs Bringen«, sagte sie deshalb nur, als sie vor dem Haus standen. Dietlinde, die Katze, kam neugierig den kleinen Weg zum Gartentor herangetänzelt und strich, obwohl Quirin den Motor nicht abgestellt hatte, um Nellys Beine.

»Kein Problem.« Quirins Stimme klang dumpf. Er hatte seinen Helm nicht abgenommen.

Nelly stand ihm unsicher gegenüber und hasste sich dafür, dass sie darauf wartete, dass er ihr entgegenkam. Sie kam sich armselig vor, weil sie nicht genug Mut aufbrachte.

»Tschüss, Quirin.« Seinen fremdartigen Namen zu formulieren tat ihr weh.

Nelly bückte sich und hob die Katze hoch. Dietlinde schnurrte laut und drückte ihren Kopf gegen Nellys Wange. Quirin nickte nur zum Abschied.

Da drehte Nelly sich um und ging den Kiesweg zum Haus hinauf. Ihre Augen brannten, aber sie ging aufrecht, mit geradem Rücken und ohne sich noch einmal umzusehen.

19. Kapitel

Montag. Letzten Montag war Nelly voll Freude in die *Süße Liebe* geradelt. Heute fuhr sie mit gespaltenen Gefühlen. Nein, dachte sie, das hier waren nicht nur gespaltene Gefühle. Sie empfand es eher so, als sei ihr ganzes Leben von einem Riss durchzogen.

Auf der einen Seite waren ihr Vater, Gitti, der kleine Michael, an den zu denken, Nelly schon ein Lächeln auf die Lippen zauberte. Auf der anderen Seite standen die wütende Christina und Quirin, der sich nach gestern Morgen nicht mehr bei ihr gemeldet hatte. Nelly hatte ihm geschrieben, sie hatte ihn gefragt, was sie falsch gemacht hatte. Danach hatte sie vor dem Handy gesessen, darauf wartend, dass er online ging. Es hatte eine Weile gedauert, eine ängstlich verbrachte Viertelstunde. Dazwischen war eine SMS von Ingrid eingegangen, die sie achtlos von ihrem Bildschirm gewischt hatte.

Dann, endlich, hatte unter seinem Namen gestanden, dass er online war. Jetzt, da war Nelly sich sicher gewesen, sah er ihre kurze Nachricht, die besorgte Frage, mit der sie versucht hatte, die tiefe Kluft zwischen ihnen zu überwinden. Eine liebevolle Frage, die sie wie eine Brücke zwischen sich und Quirin gebaut hatte.

Dann hatte sie gesehen, dass er schrieb. *Schreibt …* hatte dagestanden. Aber es kam keine Antwort. Nelly hatte das Programm geschlossen und wieder geöffnet – nichts. Sie hatte sich gefragt, warum er ihr nicht antwortete, ob das Internet seine Antwort gefressen hatte, wie ein gieriges Tier, dem gerade Quirins begehrte Worte, die eigentlich an Nelly gerichtet waren, besonders gut schmeckten. Sie schloss und öffnete das Programm erneut – aber nichts.

Kurz erwog sie, Quirin noch mal zu schreiben. Aber sich erneut bei ihm zu melden hätte für sie bedeutet, ihm hinterherzulaufen wie ein Hund. Nein, das kam gar nicht infrage!

Heute hingen die Wolken tief. Es regnete nicht und war auch relativ warm, aber die dicken Wolken sahen nach Regen aus. Gut, warum auch nicht. Das passte zu ihrer Stimmung. Außerdem hatte Quirin ihr erklärt, dass es in diesem Jahr außergewöhnlich trocken war und …

Nein, wirklich nicht, schalt sie sich selbst. Sie konnte nicht den ganzen Morgen an Quirin denken, und wenn es nur wegen des Wetters war. Auch wenn sie sich auf seine Reaktion keinen Reim machen konnte, half es ihr nicht weiter, wenn sie darüber nachgrübelte.

Nelly bog in die Fußgängerzone ab. Es war erst neun Uhr morgens, aber sie brauchte Ablenkung. Vielleicht gab es in der Bonbonküche etwas für sie zu tun, und womöglich half Beschäftigung ihr gegen triste Gedanken. Wie immer roch es köstlich von der Bäckerei herüber, aber heute machte der köstliche Duft frisch gebackenen Brotes ihr keinen Appetit auf eine Breze. Auch die hübsch bepflanzten Blumenkübel waren ihr heute keinen Blick wert. Sie stieg nicht einmal vom Rad, sondern ratterte über das Kopfsteinpflaster der Fußgängerzone. Wo kein Kläger, da kein Richter – und um diese Tageszeit war es noch ruhig genug, dass niemand sich beschweren würde.

Als sie in die Küche kam, standen Alkoholflaschen und gezuckerte Kondensmilch auf dem großen Arbeitstisch in der Mitte der Küche. Nelly erfasste sofort, was Anton Rieger vorhatte.

Daneben in einem Karton standen leere Glasflaschen.

»Lakritzlikör?«, fragte sie nur.

Er nickte. »Und du bist auch da, sehr gut!« Anton strahlte Nelly an, und ihr kam es vor, als würde sich ihre innere Wolkendecke, die so gut zum heutigen Wetter passte, ein wenig heben.

Er kam um den Tisch herum. »Darf ich?«, fragte er und breitete die Arme aus. Nelly konnte nur nicken. Vorsichtig nahm ihr Vater sie zur Begrüßung in den Arm. Er umarmte seine neue Tochter ganz sanft, als sei sie zerbrechlich, nicht so selbstverständlich, wie er Christina schon in Nellys Gegenwart umarmt hatte. Nelly wusste das zu schätzen.

Als sie sich voneinander lösten, drehte Nelly sich um und zog ihre Schürze vom Haken, der hinter der Tür angebracht war. Ihre Haare hatte sie ohnehin schon zu Hause zu einem Pferdeschwanz zusammengebunden. »Können wir?«

»Gerne.« Er lächelte. Erstmals fielen ihr die vielen Falten um seine Augen auf, die dabei entstanden.

»Sehr gut. Wie wollen wir anfangen? Erst die Masse, dann den Alkohol dazu?«

Dass Anton Rieger sie fragte, tat Nelly gut. »Ja, genau. Es geht im Wesentlichen nicht so anders als Schokolikör. Wir schmelzen die Zutaten bis auf den Alkohol und lassen sie dann in flüssiger Form abkühlen.«

»Ist gut. Fangen wir mit der Kondensmilch an.« Er öffnete eine Schublade und holte einen Dosenöffner heraus.

»Gib mir auch einen.«

»Gern. Hier.« Er reichte seinen Öffner weiter und langte in der Schublade nach einem zweiten.

Gemeinsam machten sie sich an die Arbeit und öffneten Dose um Dose.

»Wie geht es dir? Du siehst heute müde aus.« Er hatte bei der dritten Dose einfach aufgehört, sich aufgerichtet und schaute Nelly unverwandt an.

»Ich … äh.« Sie hatte nicht mit so einer direkten Nachfrage gerechnet. »Gut.« Am Ende sagte sie das, was man eben antwortete, wenn man nach seinem Befinden gefragt wurde.

»Gut? Sicher? Ich meine, die letzten Tage war alles etwas viel, oder? Hast du dich gestern gut erholen können?«

Ihr Vater wusste nicht, dass Nelly dem Segellehrer nähergekommen war, um sich dann wieder von ihm zu entfernen. Genau genommen wusste er noch gar nichts über Nelly. Sie hatte ihre Arbeit jetzt auch unterbrochen. Was sollte sie ihm sagen? Wie nah wollte sie ihn an sich heranlassen? Nelly wusste es nicht genau.

Anton war nicht geduldig. »Warst du etwa den ganzen Sonntag allein?« Er klang so bestürzt, dass Nelly lachen musste.

»Nein. War ich nicht. Ich hab mich mit meinem Segellehrer zum Frühstücken getroffen.«

»Mit Quirin?«, hakte ihr Vater jetzt nach.

»Genau.«

»Aha.« Anton hatte eine Augenbraue gehoben. Ein schelmischer Ausdruck lag auf seinem Gesicht.

»Oh nein, nicht ›Aha‹. Ich glaub, es ist nicht so, wie du denkst. Und auch nicht so, wie ich gedacht habe.«

»Hä? Das musst du mir jetzt aber erklären.«

»Viel gibt es da nicht zu erzählen. Wir haben uns erst sehr gut verstanden. Aber gestern war irgendetwas anders, ich weiß nicht genau, was. Ich hab ihm erzählt, dass du mein Vater bist und ich mich sozusagen geoutet habe. Danach war er plötzlich ganz komisch.«

»Hm.« Anton gab nur diesen kleinen Laut von sich, als Zeichen, dass er aufmerksam zuhörte, obwohl auch er eine weitere Dose öffnete.

»Jedenfalls war er auf einmal ganz ernst, und dann hat er mich gleich heimgefahren, quasi, als die Kaffeetasse leer war. Dabei dachte ich, dass er mich echt mag. Ich meine, ich verstehe, wenn er Lügnerinnen nicht mag. Wirklich. Aber ich hab ihn nicht belogen. Ich hab nur nicht erzählt, dass du mein Vater bist.«

»Ja.« Anton öffnete im Rekordtempo eine weitere Dose.

»Ich wollte, dass du es als Erster erfährst. Du solltest auf jeden Fall von mir erfahren, dass wir verwandt sind, und nicht zufällig von irgendwem.«

Anton nickte. »Ja, und hier kennt jeder jeden. Ich glaube nicht, dass Quirin eine Plaudertasche ist, aber ...«

Schweigend öffneten sie die letzten zwei Dosen. Anton holte einen großen Topf. Dann begann er, die süße Kondensmilch in den Topf zu gießen.

»Also kennst du Quirin?«, wollte Nelly wissen.

»Flüchtig, ja. Sein Vater und ich sind mal eine Weile miteinander Rad gefahren. Aber dann hab ich keine Zeit mehr fürs Radeln gefunden, und der Kontakt ist eingeschlafen.«

Nelly erinnerte sich. »Ach stimmt, ja, Quirin hat mir erzählt, dass ihr euch ab und zu begegnet seid.«

»Ja, da war er noch ein kleiner Wildfang, der seine Tage mit den Tieren verbracht hat. Er hatte eine Schwäche für …«

»… Hühner?«

Anton lachte. »Genau. Das weißt du also schon.«

Nelly konnte gar nicht anders, als zu lächeln. »Er mag sie noch immer gern. Er hat mir erzählt, dass ihre Lieblingsspeise Blaubeeren sind.«

Alle Dosen waren geleert. Anton stellte den Topf auf den Herd. »Gut so?«

Nelly nickte. »Ich glaube. Aber bei großen Mengen hast du sicher das deutlich bessere Augenmaß.«

»Oh, das bekommt man mit den Jahren.« Er rührte mit einem riesigen Kochlöffel in der Masse. »Aber sag mal, wenn du solche Kleinigkeiten über Quirin weißt, dann seid ihr euch … äh … doch viel nähergekommen als ein Segellehrer und seine Schülerin, nicht wahr?« Anton zwinkerte Nelly verschwörerisch zu. Dann wurde er schnell wieder ernst. Ohne eine Antwort abzuwarten, sprach er weiter. »Ich kann mich gar nicht erinnern, ihn in den letzten paar Jahren mit einer Frau gesehen zu haben. Seit dieser Eva eigentlich nicht mehr.«

»Na, das könnte vorerst so bleiben.« Eva. Warum tat es Nelly weh, auch nur den Namen einer anderen Frau im Zusammenhang mit Quirin zu hören? Schließlich war es doch schon vorbei zwischen ihnen, bevor es überhaupt richtig losgegangen war. Diese Unbekannte hatte Quirin so kennengelernt, wie sie selbst ihn kennengelernt hatte – nah, intim, zärtlich.

»Du magst ihn, oder?«

»Ja, ich mag ihn«, gab sie zu. »Aber ich hab schon mal jemanden gemocht, der mich am Ende nicht um sich haben wollte.« Und der nicht einmal auf ihre Trennung via Handy reagiert hatte, fügte sie in Gedanken noch hinzu, denn Marlon hatte sich nicht mehr gemeldet. Das traf Nelly nicht, aber es machte ihr klar, wie wenig sie ihm wert gewesen war. Und jetzt verhielt Quirin sich exakt wie Marlon – und das, obwohl sie sich ein Herz gefasst und ihn gebeten hatte, ihr zu sagen, was schiefgegangen war.

»Ach, Mädel.« Anton hörte auf, die Kondensmilch zu rühren, und legte den Arm um seine Tochter. »Wirst sehen, jeder Topf findet einen passenden Deckel, auch wenn dir das jetzt wie ein blöder Spruch vorkommt.«

»Es *ist* ein blöder Spruch, finde ich jedenfalls.«

Anton lachte dröhnend. »Sei du ruhig ehrlich, damit komm ich zurecht.«

Die Masse im Topf wurde schon dicker. Nelly griff nach dem Kochlöffel.

»Ich weiß aber wirklich nicht, was in den Moosmüller-Buben gefahren ist.« Rieger trommelte mit seinen Fingern auf die Arbeitsfläche neben dem Herd. »Er ist ein guter Junge.«

Dass er von einem Mann Ende zwanzig als *gutem Jungen* sprach, amüsierte Nelly. Aber vermutlich war das so, wenn man die Menschen um sich herum von Kindesbeinen an kannte.

»Ich weiß es auch nicht. Und er scheint mich da auch nicht ins Bild setzen zu wollen.« Nelly rührte energisch. »Vielleicht war ich mehr so eine Art Flirt, oder er findet schlimm, dass ich dich belogen habe. Womöglich hab ich auch beim Essen geschmatzt. Oder die Kaffeetasse falsch gehalten, weil ich den kleinen Finger nicht abgespreizt habe und ihm damit zu wenig vornehm war. Wir werden es wohl nie herausfinden.«

Anton legte ein weiteres Mal einen Arm um Nelly. Die Geste tat ihr unglaublich gut.

»Weißt du was? Ich finde, dass du ganz wunderbar umrührst. Und schön bist du ohnehin.«

Ehe die verdutzte Nelly ihrem Vater etwas antworten konnte, hatte er sich umgewandt und war zum Arbeitstisch gegangen.

»Sag mal, wie gefallen dir denn diese Flaschen?« Er zog eines der langhalsigen Fläschchen aus dem Karton, in die er den fertigen Likör abfüllen wollte. »Die sind doch echt hübsch.«

»Auf jeden Fall. Danke, dass du ein offenes Ohr für meine Idee hattest.« Nelly war froh, dass sie sich wieder auf die Arbeit konzentrieren konnte. Mutmaßungen halfen ohnehin nicht weiter.

Schön bist du eh.

Mit einem kleinen Lächeln auf den Lippen rührte Nelly im Topf, bis aus der süßen Kondensmilch Karamell geworden war.

Christina kam um kurz vor zehn in den Laden gestürmt, dicht gefolgt von Michael, der etwas blass um die Nase war, fand Nelly.

»Mama kann heute nicht auf Michi aufpassen, die hat einen Arzttermin, deshalb hab ich ihn dabei«, sagte Christina nur, als sie Nellys Blick auf sich und ihrem Sohn spürte. »Ich kann auch nichts dafür.«

Christina fühlte, das hörte Nelly, sich sofort angegriffen, dabei hatte sie nicht mal was gesagt.

»Hi«, sagte sie daher nur in Richtung Mutter und Sohn. Nelly war gerade dabei gewesen, die Bonbonnieren zu überprüfen, damit alle Sorten aufgefüllt waren, wenn das Geschäft gleich öffnete.

Michael stand unschlüssig in der Mitte des Ladens, während seine Mutter sich die Schürze umband und hektisch an der Kasse herumfummelte.

»Schön, dass du heute vorbeischaust, Michael.« Nelly lächelte ihren Neffen an. Ihren Neffen! Sie konnte es noch immer nicht ganz fassen.

Michael hatte ganz kurze Haare, die sehr akkurat geschnitten waren für einen kleinen Jungen. Vermutlich war er erst kürzlich beim Friseur gewesen.

Anton Rieger schaute zur Hintertür herein. »Wenn das nicht mein Lieblingsenkel ist!«

Michis Gesicht blieb ernst. »Du hast nur einen.«

Anton lachte laut und dröhnend. »Wo du recht hast, hast du recht. Bist ein schlauer Junge!«

Endlich hellte sich die Miene des Kindes auf.

»Ich hatte keinen Babysitter.« Klang Christina vorwurfsvoll? Wie so oft vermochte Nelly den Ton der Frau nicht einzuschätzen.

»Sehr gut!« Anton ging zu seiner Tochter und nahm sie in den Arm, kurz und fest. Anschließend wandte er sich sofort wieder seinem Enkel zu. »Dann würde ich vorschlagen, Lieblingsenkel, dass du deinem alten Großvater in der Küche hilfst. Ich bin froh, dass du da bist. Ich hab mich eh schon gefragt, wie ich heute meine ganze Arbeit schaffen soll.«

»Ich könnte ja vorkosten.«

Christina wollte etwas einwenden, aber ein einziger Blick Anton Riegers brachte sie zum Schweigen. »Sehr gut. Ja, genau. Und wenn etwas mit meinen Lakritzherzen nicht stimmt, werden wir das Rezept miteinander verfeinern. Ist das ein Plan?«

Michael nickte eifrig und verschwand ohne weitere Worte in der Küche. Christina hatte die Kasse wieder geschlossen und kontrollierte die Bonbonnieren.

»Das hab ich schon gemacht«, informierte Nelly sie, aber Christina ging weiter die Regale ab, als hätte sie Nelly gar nicht gehört.

Fassungslos beobachtete Nelly Christinas Tun.

»Hallo? Ich hab das schon gemacht.« So leicht würde sie sich nicht unterkriegen lassen.

»Danke, ich höre dich durchaus. Aber ich überprüf lieber selber alles.«

Christina fand keinen Makel, natürlich nicht. Nelly kochte innerlich vor Wut. Sie würde gleich etwas Falsches sagen, das wusste sie. Also drehte sie sich auf dem Absatz um und ging wortlos in die Küche. Anton stand neben seinem Enkel. Sie waren damit beschäftigt, Lakritzen, die Rieger am Samstag gegossen hatte, aus den Formen zu lösen und zu verpacken.

»Wir machen Lakritzkonfekt«, sagte Michael stolz, als er Nelly sah. Vorsichtig umwickelte er eine der Süßigkeiten mit der glänzenden Folie. So glücklich wie in diesem Moment hatte Nelly Michael noch nie gesehen.

»Klingt prima. Da probier ich nachher eins.«

Michael nickte. »Aber eins, das ich eingepackt habe.«

»Das ist ja wohl selbstverständlich.« Nelly lachte leise.

»Ist der Likör schon so weit abgekühlt, dass wir ihn abfüllen können?«, fragte sie und ging zur Arbeitsfläche, wo noch immer die schönen langhalsigen Flaschen im Karton warteten. Flasche für Flasche hob sie heraus und stellte sie mit einer sanften Bewegung auf die Arbeitsfläche. Von draußen hörte man leise die

Ladenglocke. Sollte doch Christina sich darum kümmern, dachte Nelly trotzig. Sie war viel zu sauer, um nachzuschauen, ob sie gebraucht wurde. Ungerührt stellte sie weiter Flaschen auf den Tresen.

»Ja, das müsste jetzt schon gehen«, antwortete Rieger. »Warte, ich füll um. Gehst du zu Michi und hilfst dort mit?«

»Klar.« Nelly hinterfragte die Bitte nicht. Er war der Chef.

Die Folie zum Verpacken der großen Bonbons glitzerte rot. Jede der fertigen Süßigkeiten sah damit aus wie eine einzigartige Kostbarkeit. Nelly nahm sich vor, Ingrid eine Tüte davon zu schicken, als kleines Dankeschön, weil sie auf Alfred und die Wohnung achtete.

Michael legte das nächste Konfekt genau in die Mitte einer Folie. Er arbeitete hoch konzentriert.

»Du hast das schon oft gemacht, oder?«

Er nickte.

»Schau mal, meine sehen leider überhaupt nicht so perfekt aus.« Nelly zeigte ihm ihr Werk, dem man ansah, dass es sich um einen Erstling handelte.

Michael strahlte. »Der Trick ist, dass du eine einzige Drehung machst. Dann verknittert dir das Papier nämlich nicht so sehr. Dein Konfekt sieht jetzt aus wie ein alter Mann.«

Nelly musste einen Moment nachdenken, ehe sie verstand. Ihr Papier hatte Falten – seines nicht. Sie musste laut lachen. »Du bist mir ja einer!«

Beim nächsten Mal klappte es schon besser, fand Nelly. Michaels kritischer Kinderblick verfolgte ihre Bewegungen.

»Besser? Ist mein Konfekt jetzt schon jünger geworden?« Sie hielt ihm ihr Ergebnis hin.

Jetzt war er es, der kicherte. »Ja, so ist es besser.«

»Ohne dich hätte ich das nie so gut hingekriegt.« Michael wurde tatsächlich rot. Nelly lächelte ihn an. »Vielleicht magst du mir ja nachher noch mal helfen? Dann legen wir das Konfekt direkt bei der Kasse in ein hübsches Weidenkörbchen. Wirst sehen, da gehen die weg wie warme Semmeln.«

»Au ja. Das machen wir. Opa, meinst du, ich darf mir einen von den Lutschern aussuchen, die vorn beim Schaufenster sind?«

Anton Rieger war gerade dabei, hoch konzentriert den Likör abzufüllen. Er schaute nicht auf, als er angesprochen wurde. »Ja, gern. Und vergiss nicht, Sirtaki auch einen mitzunehmen.«

»Sirtaki?«

Michael nickte. »Ja, das ist mein Hund.«

»Und der heißt Sirtaki und frisst Lollis?«

»Ganz genau.« Michaels Ernst sorgte dafür, dass Nelly sich das Lachen, das aus ihr herausplatzen wollte, verbiss und versuchte, genauso vernünftig und sachlich zu bleiben wie ihr Neffe. Dann fiel ihr etwas ein.

»Meine Mama hatte eine Pflanze, die heißt Alfred«,

sagte sie. Hinter ihr klirrte es, und sie fuhr herum. Rieger hätte beinahe die Flasche umgeworfen, die er befüllte, und ein kleiner, schwarzer See hatte sich daneben gebildet. Nellys Vater stand mit der Kelle in der Hand da und starrte zu ihr und Michael herüber. »Das hat sie also noch immer gemacht.«

Nelly lachte leise. »Oh ja. Wir hatten mal eine fleischfressende Pflanze namens Margot, als ich noch in der Grundschule war. Meine Mutter hat immer behauptet …«

»… dass Pflanzen besser wachsen, wenn sie einen Namen haben«, beendete Rieger den Satz.

»Ganz genau«, sagte Nelly.

»Ruth war eine besondere Frau.« Rieger ging zur Spüle hinüber und holte einen Lappen.

Nelly nickte. »Das war sie.«

Michael griff nach einem weiteren Konfekt. »Kluge Frau, deine Mama«, warf er ein und nickte wieder dieses ernste Nicken, das Nelly jetzt schon ein paarmal an dem Jungen aufgefallen war. »Ich glaub, ich hätte sie gemocht«, fügte er noch hinzu. Erst jetzt wurde ihr klar, dass Michi beim Essen in Riegers Garten jedes Wort gehört hatte.

Nelly war gerührt von seinen Worten. »Warum sagst du das?«

»Na, weil ich dich auch mag.« Michael begutachtete sein eingewickeltes Konfekt, dann legte er es zu den anderen. Er hatte das ganz spontan gesagt, ohne darüber nachzudenken. Vielleicht berührten seine Worte sie deshalb so. Nelly war voll Dankbarkeit für das, was Anton und Michael gesagt hatten. Es war schön, die Erinnerung an Ruth zu teilen. Nelly wusste noch, wie es gewesen war, als Margot zu ihnen zog. Wie Ruth die Pflanze mit einer Fliege gefüttert hatte und sich das große Maul, so nannte es Nelly damals, um das Insekt schloss. Gemeinsam mit der Tochter hatte Ruth vor der Pflanze gesessen und beobachtet, was passierte. Nicht viel, das wusste Nelly noch. Aber es war trotzdem ein schöner gemeinsamer Moment gewesen, den Nelly nicht missen wollte.

»Da ist jemand, der nach dem Konfekt fragt. Seid ihr schon fertig?« Keiner hatte Christina bemerkt, die mit eigenwilligem Gesichtsausdruck an der Küchentür stand. Die sonst so dominante Zornesfalte war kaum sichtbar.

Alle drei wandten sich Christina zu. »Die hier sind schon fertig.« Nelly deutete auf die verpackten Süßigkeiten. »Michael hat die meisten eingepackt.«

Christina nickte. »Gut, dann nehm ich die gleich mit.«

Sie öffnete eine Schublade, nahm ein Körbchen heraus und drapierte das Konfekt darin. »Sieht sehr schön aus, Großer.«

Michael nickte.

Christina wandte sich an Nelly. »Danke fürs Helfen.«

Als Christina das gefüllte Körbchen hinüber in den Laden trug, sich dabei noch mal umwandte und zögerlich winkte, kam Nelly gar nicht auf die Idee, etwas zu erwidern. Dafür war sie viel zu verblüfft.

20. Kapitel

Der Feierabend gestaltete sich ganz anders, als Nelly erwartet hätte. Denn kurz vor Feierabend kam Kathi ins Geschäft. Da Christina nach der Stoßzeit gegangen war, um Michi, der den ganzen Mittag brav im Laden verbracht hatte, mit einem Ausflug zum Spielplatz zu belohnen, war Nelly allein gewesen. Sie hielt sich am Tresen fest, als sie Katharina erblickte, die ganz eindeutig zwischenzeitlich erfahren hatte, dass Nelly ihre Schwester war. Der Blick, den sie Nelly beim Reinkommen zuwarf, ließ keinen Zweifel zu.

»Wir gehen auf den Berg«, hatte sie das Gespräch mit Nelly ohne Begrüßung eröffnet.

Nelly hatte nur genickt. Ihre linke Hand umklammerte den Verkaufstresen so fest, dass ihre Knöchel weiß hervortraten.

»Gut. Ich hol das Auto. Welche Schuhgröße hast du?«

»Neununddreißig?«

»Gut. Ich hab Notfallschuhe für meine Kunden im Auto. Ab und zu kommt es tatsächlich vor, dass ich die brauche. Heute zum Beispiel.« Kathi lächelte, winkte und war auch schon wieder aus dem Laden, bevor Nelly noch etwas hatte sagen können.

Jetzt gingen sie hintereinanderher. Der Berg, den Kathi mit Nelly besteigen wollte, hieß Schachen. Die schweren Schuhe waren wie Steine an ihren Füßen, aber zugleich genoss Nelly auch den Halt, den sie ihr gaben. Kathi hatte ihr gesagt, dass der Weg auf diesen Berg in keinem Wanderführer stand. Tatsächlich schlängelte er sich im Zickzack den Berg hinauf. Sie hetzte nicht, sondern fand in einen gleichmäßigen Rhythmus, den auch Nelly gut mitgehen konnte, Schritt für Schritt stiegen sie höher. Als sie aus dem Wald kamen, brach der Weg neben ihnen steil ab, und der Blick wurde weit.

»Kein Wunder, dass ihr alle hier die Berge so liebt«, sagte Nelly, die jetzt kurz stehen geblieben war, um den Ausblick zu genießen.

»Ihr alle?« Kathi runzelte die Stirn.

»Na ja. Du und Quirin, wenn ich es genau betrachte. So viele Leute kenne ich hier ja nicht.«

Kathi lachte. »Stimmt.« Sie wechselte das Thema. »Das da drüben ist übrigens der Spitzstein, und dort oben der Gipfel heißt Mühlhörndl.«

»Interessant. Für mich sieht er nicht ganz ungefährlich aus.«

Kathi machte eine abwägende Bewegung mit der Hand. »Wenn man ihn kennt. Im Sommer wächst das Gras dort nämlich oft hüfthoch. Und du siehst ja hier schon, dass man den Weg manchmal nur erahnen kann. Dort oben verläuft man sich leicht.«

Kathi drehte sich um und ging langsam weiter. Noch immer hatte sie kein Wort darüber verloren, dass sie Halbschwestern waren, und auch Nelly hatte nichts gesagt. Auf der Fahrt hatte Kathi über einen Kunden gesprochen, mit dem sie am Wochenende den Pidinger Klettersteig gegangen war, der Mann hatte sich überschätzt, und sie waren drei Stunden länger unterwegs gewesen als geplant, wegen der langen Pausen, die sie hatten einlegen müssen. Nelly hatte Kathi einfach nur zugehört und an den richtigen Stellen genickt oder den Kopf geschüttelt.

Diese Bergtour fand Nelly weniger anstrengend als die mit Quirin vor ein paar Tagen. Allerdings bekam sie an der rechten Ferse eine Blase von den festen Schuhen, merkte sie.

»Hast du Durst?«, fragte Kathi über die Schulter. »Wir sind in höchstens zwanzig Minuten da.«

»Nein, geht noch gut.«

Kathi nickte und setzte den Weg fort. Sie kamen jetzt an einer Almhütte vorbei, wo sie durch ein Drehkreuz gingen. Plötzlich waren sie von Kühen umgeben, die friedlich vor sich hin grasten.

»Komm, wir gehen da links. Bald sind wir am Kreuz, dann siehst du sogar bis ins Kaisergebirge. Die Sicht ist heute ein Traum.«

Eine alte Dame mit einem großen Schäferhund, den

sie an der Leine führte, kam ihnen entgegen und grüßte freundlich.

Als das Schweigen zwischen ihnen unbehaglich zu werden drohte, blieb Kathi abrupt stehen.

»Ich bin total schlecht im Reden«, sagte sie. »Also, mir liegt es nicht, meine Emotionen zu besprechen. Normalerweise gehe ich raus in die Natur und mach mit mir selber aus, was ich auszumachen habe.«

»Verstehe.« Nelly sah sich selbst am Seeufer sitzen, allein, nicht auf die Idee kommend, dass sie ja jemanden hätte anrufen können. Also verstand sie Kathi nur zu gut.

»Also … ich versuch es jetzt mal, okay?«

»Ja. Prima. Sollen wir dabei ein Stück weitergehen?«, schlug Nelly vor.

»Unbedingt, wenn ich mich bewege, kann ich besser denken.«

Sie gingen nebeneinanderher, und Nelly entschied sich, Kathi eine Brücke zu bauen. Das Kreuz war jetzt zu sehen, bald würden sie es erreichen.

»Anton hat dir alles erzählt, oder?«

Kathi nickte. »Ja.« Ihr ernster Gesichtsausdruck verriet nicht, ob sie sich freute. »Weißt du, ich hab mich gefreut«, sagte sie schließlich. »Auch wenn ich mir sicher bin, dass es für dich nicht einfach ist und war.«

Nelly schaute Kathi fragend an.

»Na, weil wir bei unserem Vater aufgewachsen sind und du keinen Papa hattest zum Beispiel. Weil wir eine Familie waren und du kein Teil davon warst. Sicher hat dich das traurig gemacht.«

Dass Katharina so dachte, berührte Nelly. »Na ja. Er hat ja nichts von mir gewusst. Aber es stimmt schon. Einfach hab ich es nicht gefunden, euch alle zu sehen.«

Eine letzte steile Etappe lag noch vor ihnen. In der Abendstimmung leuchteten die Bäume am Hang gegenüber in sattem Gelb.

»Kann ich mir vorstellen.« Kathi ging weiter. »Auf jeden Fall freu ich mich darüber, dass es dich gibt. Ich meine, ich kenn dich noch nicht gut. Aber ich freu mich darauf, das zu ändern, wenn du noch ein bisschen hier bist.«

»Ich freue mich auch.« Da musste Nelly nicht überlegen. »Allerdings weiß ich noch nicht, wie lange ich bleiben kann. Ich muss mich noch in Berlin um die Wohnung von meiner Mutter und mir kümmern. Ich habe keine Ahnung, wie es damit weitergehen soll. Und dann – der Job bei deinem Papa ist ein Sommerjob. Ich hab mir daheim nur vier Wochen freigenommen.« *Deinem Papa*, hatte sie gesagt, so ungewohnt war es noch, dass Anton Rieger auch ihr eigener Vater war.

»Hm. Sieht so aus, als müssten wir die Zeit sicherheitshalber nutzen.« Kathi lachte, aber es klang nicht besonders fröhlich.

»Ja. Das sollten wir wirklich.« Nelly war daran gelegen, mit Kathi gut auszukommen, wenn schon

Christina sehr deutlich gezeigt hatte, was sie von der neuen Schwester hielt.

Endlich waren auch die letzten Höhenmeter überwunden. Kathi legte ihre Hand an das Holzkreuz und grinste Nelly an. »Berg heil!«

»Danke.« Auf den letzten Metern war Nelly ordentlich ins Schwitzen gekommen. Jetzt ließ sie sich neben dem Kreuz ins Gras fallen. Ihre Beine waren doch müder, als sie gedacht hatte. Schließlich lag ein Arbeitstag im Stehen hinter ihr. Kathi gesellte sich zu Nelly, nahm ihren Rucksack ab und holte eine Wasserflasche hervor, die sie Nelly reichte. Wieder fühlte die sich an Quirin erinnert, der ebenfalls für sie alles den Berg hinaufgetragen hatte.

»Danke.« Nelly nahm die Flasche entgegen und trank.

»Schön ist es hier.« Tatsächlich breitete sich vor ihnen ein herrliches Panorama aus. Man sah einen Zipfel des Chiemsees und der Herreninsel, einen Fluss, der sich durch die Landschaft schlängelte und eine herrliche Burg – Hohenaschau, wie Kathi bereitwillig erklärte.

»Es gibt dort sogar eine Greifvogelshow.« Sachlichkeit fiel Kathi eindeutig leichter als Emotion. Sie deutete immer wieder ins Tal und erklärte dazu, was man von ihrem Platz aus sehen konnte. Doch irgendwann war alles gesagt. Schweigend schauten sie hinunter ins Tal. Keine von ihnen machte Anstalten aufzustehen. Beide saßen sie wie angewurzelt da.

»Weißt du, es ist nicht alles Gold, was glänzt.« Kathi hatte sich ganz aufrecht hingesetzt. »Ich meine, Christl und ich …« Sie seufzte. »Wir haben es schon lang schwer miteinander. Und seit Michi da ist, ist es nicht einfacher geworden.«

»Das ist mir schon aufgefallen. Christina ist auch nicht begeistert darüber, dass ich aufgetaucht bin.«

»Ich finds schön, meine Güte!« Die sonst so friedfertige Kathi klang wütend. »Sie tut immer so, als würde die Welt ihr ständig ganze Felsbrocken zwischen die Beine werfen, dabei hat sie es nicht sooo schlecht.«

Nelly wusste nichts zu erwidern. Von außen betrachtet … Ja, da hatte Kathi schon recht.

»Wir haben es jedenfalls schwer miteinander. So viele Menschen wünschen sich Geschwister. Ich meine, ich war immer so froh, dass ich meine Schwester hatte. Aber in den letzten Jahren fetzen wir uns irgendwie nur noch.«

»Das tut mir leid.«

»Muss es nicht.« Kathi wühlte in ihrem Rucksack, brachte zwei Äpfel zutage, gab einen Nelly und biss kräftig in ihren eigenen. »Eigentlich wollte ich nur sagen, dass ich froh bin, dass es dich gibt, und du willkommen bist. Ich hätte gern jemanden in meinem Alter in der Familie, mit dem es einfach ist. Weißt du, meine Mum freut sich auch. Sie mochte dich von Anfang an. Schon als sie dich das erste Mal getroffen hat, meinte sie, du bist der ideale Lehrling für Papa. Und der war eh von dir begeistert. Anscheinend hast du sein Lakritztalent geerbt.«

Nelly musste grinsen. »Lakritztalent, hm?«

»Ich meine, dass …«

»Ich weiß schon, wie du es meinst.« Nelly spürte, wie eine tiefe Freude Besitz von ihr ergriff. Kathis Worte bedeuteten ihr viel. »Danke, Kathi.«

»Ach, Schmarrn«, nuschelte die mit vollem Mund.

Ein Marienkäfer landete auf Nellys Knie, und sie hielt ihm den Finger hin. Der Käfer erklomm ihn, breitete die Flügel aus und flog davon.

21. Kapitel

Am nächsten Tag nach der Arbeit war Nelly wieder ins Eichental gegangen und hatte sich direkt an die Prien gesetzt. Es war ein wunderbarer Arbeitstag gewesen. Nelly hatte zum ersten Mal Lakritzstangen gemacht, unter Antons Anleitung, verstand sich. Jetzt tat ihr die abendliche Bewegung gut. Sie hatte festgestellt, dass es ihr generell bekam, nach der Arbeit noch raus in die Natur zu gehen. Erst hatte sie einen Ausflug zur Eisdiele erwogen, aber dann schien ihr der kühle Fluss anziehender, als erneut unter Menschen zu gehen.

Obwohl Sommer war, war die Prien so kalt um ihre nackten Füße, dass jeder Gedanke an Eis sich in Luft auflöste.

Jetzt hatte Nelly sich am Ufer in die warme Abendsonne gelegt und genoss die letzten Sonnenstrahlen. Das leise Plätschern des Wassers, das Lachen von zwei Mädchen, die weiter vorne im kühlen Nass vor sich hin planschten, und der leichte Wind, der die Blätter in den Bäumen rauschen ließ, hätten die Situation perfekt gemacht, wenn Nelly nicht so viel zu grübeln gehabt hätte.

Sie konnte Quirin nicht so einfach vergessen. Und außerdem hatte sie sich vorgenommen, morgen das Gespräch mit Christina zu suchen. Es war ihr wichtig, mit allen in der Familie ihres Vaters gut auszukommen. Heute war kein Gespräch mehr möglich gewesen. Nelly wollte nämlich mit Christina allein reden – aber sowohl Anton als auch Michael waren nie weit weg gewesen. Michael suchte immer wieder Nellys Nähe, wollte ihr Dinge zeigen, half ihr, indem er die Bonbonnieren brachte und wegräumte oder indem er die Einkäufe der Kunden in die hübschen schwarzen Papiertüten mit der goldenen Aufschrift verpackte, die in der *Süßen Liebe* bei größeren Einkäufen verwendet wurden.

Als Christina sie bat, bis Ladenschluss zu bleiben, weil sie mit Michael noch etwas erledigen wollte, stimmte Nelly zu. Es machte ihr nichts aus, sie hatte eh nichts vor. Und das halbe Lächeln, das Christina ihr für ihre Hilfsbereitschaft schenkte, war vielleicht ein Anfang. Womöglich gelang ein Neustart, wenn Nelly ihrer Halbschwester erst erklären konnte, was in Rosenheim in dem Laden passiert war.

Bevor sie heim nach Berlin fuhr, wollte sie so viel wie möglich in Ordnung bringen, wenn sie schon Quirin sofort wieder verloren hatte. Seit er sie abgewiesen hatte, dachte Nelly wieder mehr an daheim. An die Wohnung, ihr eigenes Bett, an Ingrid, an das pulsierende Berlin, wo man sich in der Masse so gut verstecken konnte.

Jetzt am Flussufer versuchte sie, ihre Gedanken zu sortieren, während sie eine Biene dabei beobachtete, wie sie eine Löwenzahnblume bestäubte. Die Wärme auf der Haut tat Nelly gut. Sie spürte förmlich, wie sie nach dem anstrengenden Tag auftankte. Sogar ein wenig Hunger hatte sie, und das, obwohl sie seit ihrem verpatzten Frühstück mit Quirin die ganze Zeit über das Gefühl gehabt hatte, dass ihr der Appetit gründlich vergangen war.

Nellys Handy, das neben ihr im Gras gelegen hatte, riss sie aus träger Nachdenklichkeit.

»Hallo?«

»Meine Güte, Nelly. Liest du deine Nachrichten denn nicht mehr?«, hörte sie Ingrids Stimme.

Mist! Sie hatte tatsächlich Ingrids Nachricht vergessen und nicht gelesen.

»Tut mir leid.« Nelly klang kleinlaut. »Es war so viel los.«

»Hm.«

Ingrid war eigentlich nicht der beleidigte Typ.

»Entschuldige, Ingrid. Ich hatte echt viel um die Ohren. Ich hab Anton gesagt, dass ich seine Tochter bin und mich verliebt und meine Berufung gefunden.« In dem Augenblick, wo sie es laut aussprach, wurde ihr klar, dass es stimmte. Sie war selten in ihrem Leben so zufrieden gewesen wie in jenem Moment, als sie mit ihrem Vater in der Küche gestanden hatte. Die Lakritzmanufaktur, die Arbeit dort, das war das, was sie machen wollte, wofür sie brannte. Sie würde sich in Berlin neu orientieren, den Job in der Bar aufgeben und sehen, was sich aus ihrer Leidenschaft machen ließ. Vielleicht eine Ausbildung zur Konditorin beginnen, dachte sie bei sich – und irgendwann eine eigene kleine Manufaktur. Man durfte schließlich träumen!

»Das klingt wirklich nach viel«, stimmte Ingrid ihr zu.

»Ja, oder? Ich hab hier viel gelernt.«

»Du musst mir das alles erzählen, wenn du wieder da bist.«

»Das mach ich bestimmt. Ich komm eh bald heim«, sagte Nelly und zupfte ein paar Grashalme ab, die sie als Häufchen auf ihrem nackten Knie drapierte. Eine völlig sinnlose Handlung, aber Nelly pflückte trotzdem weitere Halme und legte sie obenauf.

»Ich glaub, du solltest lieber eher als später kommen.«

»Warum? Was ist los?« Ingrids Ton ließ Nelly aufhorchen. Sie hörte auf, Gras zu rupfen, und wischte die Halme von ihrem Knie, als sie sich ganz aufsetzte.

»Ich hab einen Brief bekommen.«

»Und?«

Ingrid seufzte. »Er ist von Ruth und regelt dein Erbe.«

Nelly war überrascht. Ihrer Meinung nach gab es nicht viel zu erben. Berlin war keine billige Stadt, mit großen Ersparnissen war bei dem kleinen Gehalt, das ihre Mutter gehabt hatte, nicht zu rechnen. »Okay.« Dann fiel Nelly noch etwas ein. »Und wie kann es sein, dass du jetzt erst diesen Brief bekommen hast?«

»Gute Frage. Also ... es gibt einen Begleitbrief. Deine Mutter hat den Brief wohl im Krankenhaus geschrieben und einem der Ärzte gegeben. Sie bat ihn darum, ihn zwei Wochen nach ihrem Tod an mich zu schicken, damit ich ihn dann mit dir lese. Ich glaube, sie wollte, dass wir ihn auf keinen Fall vor ihrem Tod lesen. Und dass du nicht allein bist, wenn ...« Ingrid ließ den letzten Satz unvollendet.

Nelly wusste nicht, was sie sagen sollte. Die Tatsache, dass es eine Nachricht ihrer Mutter gab, Worte, mit denen keiner gerechnet hatte, trieb ihr die Tränen in die Augen.

»Okay. Gut. Ich muss kommen.« Da gab es keine Frage. Sie hatte hier in Bayern eh nicht mehr viel zu tun. Dass sie sich verliebte, war nicht geplant gewesen. Womöglich gelang es ihr sogar, den Liebeskummer einfach in Prien zurückzulassen. In dem Moment, wo sie es dachte, wusste sie, dass das mit dem Vergessen nie so einfach war, wie sie es sich gerade einreden wollte.

»Ja. Bitte. Der Brief scheint eine Tonne zu wiegen.« Ingrids Stimme zitterte. Nelly wusste genau, was Ingrid meinte.

»Abgemacht«, sagte Nelly. »Wir machen den gemeinsam auf, ja?« Nelly dachte einen Moment nach.

Sie dachte an Lakritzrezepte, Katharina, die sie noch mal sehen wollte, an den kleinen Michael, an ihren Vater, an das ausstehende Gespräch mit Christina. »Gib mir bis Freitag Zeit. Dann komme ich. Okay?«

»Ist gut.« Ingrid war unkompliziert wie immer. »Bringst du deine neue Liebe mit?«

»Was?« Nelly verstand erst nicht. »Ach so. Nein, das … Es ist kompliziert. Wie sagt man so schön? Wie gewonnen, so zerronnen?«

»Oh, das klingt aber nicht gut.«

»Nein.«

»Ich bin trotzdem gespannt auf das, was du zu erzählen hast. Und ich freu mich drauf, dich zu drücken.«

»Danke, du bist die Beste.« Nelly dachte an Ingrids feste Umarmungen, die sie begleiteten, so weit sie zurückdenken konnte – ein Stück Kindheit.

»Ich bin übrigens trotzdem froh, dass du in Bayern auf andere Gedanken gekommen bist. Ich habe diesen Marlon immer schwer ausgehalten.«

Nelly musste lachen. »Ich am Ende auch. Aber das ist mir erst hier bewusst geworden, das hatte ich dir geschrieben, oder?«

Ingrid lachte auch. »Ja. Und allein dafür hat sich die Reise nach Bayern schon gelohnt.«

»Stimmt.«

»Ich freu mich auf dich, Nelly.«

»Danke, Ingrid! Gieß den Kaktus von mir.«

»Das mach ich. Und vergiss nicht, mir Lakritze einzupacken.«

»Wie könnte ich das vergessen? Ich kann dir sogar welche mitbringen, die ich selbst hergestellt habe.« Ja, auch Nelly selbst hörte den Stolz in ihrer Stimme.

»Klingt prima, mein Mädchen. Dann sehen wir uns am Wochenende?«

Nelly nickte. »Ja, genau.«

»Wunderbar.«

Nachdem Ingrid sich verabschiedet hatte, wurde Nelly klar, was sie alles noch nicht erzählt hatte und dass sie ihre Wahlverwandte nicht einmal gefragt hatte, wie es ihr ging. Plötzlich überkam sie ein schlechtes Gewissen. Aber sie würde das nachholen – und außerdem ein paar Lakritzen mehr in die Tüte für Ingrid packen. Nelly lächelte. Bald wäre sie wieder zu Hause in Berlin, dann gäbe es sicher genug Gelegenheiten für Gespräche mit Ingrid.

Nelly wollte mit Christina sprechen. Aber es war wie bei einem riesigen, verschlungenen Wollknäuel: Sie fand den Anfang nicht. Es fühlte sich an, als würden Nelly die Worte im Hals stecken bleiben. Und immer wenn sie kurz davor war, sich zu überwinden, kam Kundschaft in den Laden.

Jetzt, in der Mittagszeit, wurde es endlich ein wenig

ruhiger. Nelly beobachtete, wie Christina eine Bonbonniere befüllte. Gerade hatte sie ein ganzes Pfund kleine Lakritzstangen verkauft. Die Kundin hatte etwas von einem großen Kindergeburtstag gesagt. Die Stangen waren die Lieblingssüßigkeit ihres Sohns. Nelly hatte sich allerdings insgeheim gefragt, ob es bei dem Geburtstagsfest ausschließlich die Lakritze zu essen geben würde.

»Christina, können wir mal …?«

Das Glöckchen über der Ladentür bimmelte. Schon wieder! Am liebsten hätte Nelly mit dem Fuß aufgestampft. Sie hatte noch nicht einmal eine Gelegenheit gefunden, ihrem Vater von ihrer baldigen Abreise zu berichten, so viel war heute los. Geschweige denn, dass sie mit Christl hatte sprechen können.

»Hallo, Mädels!«

»Katharina!« Schlagartig war Nellys Ärger verraucht, und sie lächelte wieder.

»Wie geht es euch?« Die wilde Schwester sah aus, als käme sie gerade von einer Bergtour – oder wäre auf dem Weg dahin. Sie trug ein sportliches T-Shirt, auf dem Berge abgebildet waren, und dazu eine Wanderhose.

»Danke. Du bist wohl schon wieder auf dem Weg.« Christl klang nicht wohlwollend.

»Na ja. Jetzt bin ich ja erst mal hier.«

»Auf jeden Fall ist es super, wenn du das gute Wetter noch ausnutzt.« Nelly konnte gar nicht anders, als Kathi zu bestärken. Schließlich schien heute wieder die Sonne, und der Tag war genau richtig – nicht zu warm, sondern perfekt, um sich an der frischen Luft zu bewegen.

»Pfft.« Christina stellte die Bonbonniere hart ins Regal zurück. Nelly bereute schon, etwas gesagt zu haben, schließlich war ihr heutiges Ziel, Frieden mit Christina zu schließen. Ihre Gedanken überschlugen sich. Dann hatte sie plötzlich eine geniale Idee.

»Sag mal, Kathi, hast du ein halbes Stündchen Zeit, uns zu vertreten?«

»Äh … klar. Ich wollte eh kurz nach Papa sehen. Wolltet ihr raus?«

Nelly nickte. »Ja, uns ein wenig in die Sonne setzen – also vorausgesetzt, du kommst mit, Christina?«

Christina hatte sich umgedreht. »Wie bitte?«

Nelly musste sich räuspern, bevor sie weitersprechen konnte. »Ich dachte, wir könnten uns drüben beim Bäcker einen Kaffee und eine Butterbreze holen. Oder ein Eis. Ich lad dich ein.«

»Ähm.« Christina wirkte komplett überrumpelt.

»Macht mal, ich find das super. Und wir beide könnten vielleicht am Wochenende noch mal auf den Berg zusammen gehen. Ich weiß da eine tolle Tour zum Zellerhorn, dafür musst du aber schwindelfrei sein.«

Nelly wollte schon begeistert zusagen. Aber dann fiel ihr wieder ein, dass das nicht ging. »Ich würde echt gern. Aber ich kann leider nicht. Ich muss am Wochenende zurück nach Berlin.«

Katharina machte ein langes Gesicht. »Das ist ja blöd. Ich dachte, wir hätten noch ein wenig Zeit, einander besser kennenzulernen.«

»Im Moment sieht es eher schlecht aus. Meine Mutter hat mir einen Brief hinterlassen, den eine gute Freundin gefunden hat. Ich kann kaum erwarten rauszufinden, was drinsteht.« Dass sie froh war, bei der Gelegenheit Abstand zwischen sich und Quirin zu bringen, erwähnte sie nicht.

Seit gestern hatte sie sich die ganze Zeit gefragt, was Ruth wohl in ihrem Brief schriftlich niedergelegt hatte. Dazu kam, dass sie sich wirklich darauf freute, mal wieder mit Ingrid Zeit zu verbringen.

»Ja.« Katharina machte ein ernstes Gesicht. »Ich versteh dich. Ich bin trotzdem traurig.«

»Ich bin ganz sicher, dass ich irgendwann mal zu Besuch komme. Schon wegen dem Laden hier.« Nelly schaute sich um. Die Bonbonnieren, die farbigen Regale, der alte Ladentisch. Sie würde das Geschäft vermissen. »Und euch will ich auch besser kennenlernen. Außerdem ist Berlin immer eine Reise wert. Ihr seid herzlich eingeladen.«

»Und du willst segeln lernen.« Katharina sagte es ganz unbedarft, aber Nelly traf der Satz trotzdem hart.

»Äh – nicht mehr so sehr, nein. Ich neige zur Seekrankheit, und außerdem passen Quirin und ich doch nicht so gut zusammen, wie ich mal geglaubt habe.« Katharinas Offenheit machte es leicht, selbst keine

Maske zu tragen. Nelly spürte wieder den dicken Kloß im Hals, der ihr in den letzten Tagen viel zu oft das Schlucken erschwert hatte.

»Das tut mir leid.«

»Danke, Kathi. Kann man ja nicht ändern.«

»Ich dachte, dass das gut passen könnte, mit dir und ihm.«

Nelly runzelte die Stirn. »Woher wusstest du überhaupt, dass da etwas war?«

Katharina lachte. »Wir sind hier in Prien, vergessen? Und ich war mit Quirins Schwester in einer Klasse. Wir sind bis heute Freundinnen.«

»Ach so. Ja. Melly, nicht wahr? Ich fand sie wahnsinnig nett.«

»Absolut. Und bewundernswert, mit ihrer Kinderschar. Sie hat den ersten Sohn eigentlich viel zu früh bekommen – aber das hat sie nicht davon abgehalten, ihr Leben zu leben. Sie ist noch immer mit dem Papa ihres ersten Sohns zusammen, allein das ist schon eine Leistung heutzutage.«

Nelly nickte. »Total. Außerdem ist die Stimmung an ihrem Küchentisch genau so, wie man sich das für den eigenen Tisch wünscht.«

»Ich weiß genau, was du meinst!« Katharina stimmte Nelly begeistert zu. »Apropos Stimmung: Christl, gehst du jetzt mit Nelly einen Kaffee trinken? Um vierzehn Uhr, wenn der große Ansturm losgeht, will ich nicht allein hier drinnen stehen. Jetzt oder nie.« Sie machte eine Bewegung, die aussah, als würde sie einen Hühnerhaufen zur Tür hinausscheuchen wollen. Christina hatte sich zwischenzeitlich ein Staubtuch geschnappt und wischte über die Bonbonnieren.

»Ich mach nie Mittagspause«, sagte sie trotzig.

»Dann ist heute vielleicht der Zeitpunkt für Veränderung gekommen.« Katharina nahm ihre Schürze vom Haken. Auch wenn sie kaum je im Laden war, hatte sie ihre eigene immer ordentlich neben der Schürze von Christina hängen.

»Veränderung, klar.« Christina klang nicht so, als ob sie viel zu verändern gedachte.

»Bitte, Christina. Nur dieses eine Mal, okay?«, bat Nelly. »Komm, gib dir einen Ruck.«

Nelly wusste nicht, ob es ihr bittender Blick war oder Katharina, die schon wieder mit den Armen in Richtung Tür wedelte. Mit der Schürze und dem Haarband sah sie ein bisschen wie eine Putzfrau aus, die Staubflusen wegwedeln wollte.

»Oh, Mann. Na gut.« Man sah den Widerwillen, als Christina ihre Schürze auszog. Aber sie tat es, und das war die Hauptsache, fand Nelly.

»Ach, und Nelly?« Sie war schon an der Tür gewesen, als Katharina sie rief.

»Ja?«

»Melanie kennt Quirin ziemlich gut, und sie meinte, er hat endlich eine Frau gefunden, die er wirklich mag.«

Schon wieder dieser Kloß in ihrem Hals. Nelly schluckte. Da waren wild wechselnde Bilder in ihrem Kopf: die Umarmung auf der Herreninsel, wie sie im See gebadet hatten, Quirin und Nelly in seinem Bett, das Frühstück, bei dem er sich so seltsam benommen hatte. »Ich glaube, da hat sie sich getäuscht. Es ging Quirin wohl eher um … was anderes.« Wurde sie tatsächlich rot? Nelly ärgerte sich über sich selbst. Meine Güte, sie war schließlich kein Teenager mehr!

Katharina schüttelte den Kopf. »Um ehrlich zu sein, kann ich mir das ganz und gar nicht vorstellen.«

»Können wir jetzt mal los? Sonst sind wir um zwei noch nicht wieder da, und Katharina ist hier total überfordert – schließlich ist der Laden nicht ihr Terrain, richtig?« Kathi verdrehte die Augen. »Sensibel wie immer, Schwesterchen.« Katharina bezog Position hinter der Ladentheke. »Na dann. Ich bin bereit. Zieht los, ihr zwei!«

Zwei Laugenbrezen, zwei Cappuccino. Was auf den ersten Blick vielleicht nach einer etwas eigenwilligen Kombination klang, passte perfekt zusammen, fand Nelly. Sie hatte sich gewundert, dass Christina genau das Gleiche bestellte wie sie selbst. So einig waren sie sich noch nie gewesen.

Jetzt saßen sie draußen vor der Konditorei in der

Sonne. Gerade war es noch nicht zu warm. Aber ein Sonnenschirm stand bereit, um ihnen im Zweifelsfall den nötigen Schatten zu spenden.

Christina rührte schweigend in ihrer Tasse. Nelly hatte in ihre Breze gebissen. Das war etwas, das sie in Berlin vermissen würde: diese perfekten Brezen. Außen waren sie knusprig und leicht gesalzen, innen herrlich weich. Sie hätte sich von diesen köstlichen Backwaren ernähren können, besonders aufgeschnitten und genau mit der richtigen Menge Butter bestrichen.

Normalerweise hätte sie einfach alles ratzekahl aufgegessen. Heute nahm sie nur einen Bissen und legte die Breze zurück auf den Teller.

»So. Da wären wir«, stellte sie fest.

»Ja. Da wären wir.« Einfach machte Christina es Nelly nun wirklich nicht.

»Wie geht es Michael?« Mütter redeten gerne über ihre Kinder, oder?

»Bei Gitti immer gut«, kam die kurze Antwort von Christina, die jetzt einen Schluck aus ihrer Kaffeetasse nahm.

»Das freut mich. Einen ganz besonderen Jungen hast du da.«

Endlich hellte sich Christinas verstockte Miene ein wenig auf. »Findest du?«

»Oh ja. Er ist so bedacht und ruhig. Das mag ich echt an ihm. Gleichzeitig scheint er sehr genau zu wissen, wer er ist.«

»Hm.« Christina dachte nach. »Da könntest du schon recht haben. Das klingt wirklich nach Michi. Du solltest mal sehen, wie er mit dem Opa Blaubeeren sucht. Ganz akribisch pflückt er dann Beere für Beere vom Strauch.«

Nelly nickte. Sie war froh, dass Christina endlich mehr als das Allernötigste sagte. »Das kann ich mir gut vorstellen.«

»Das Einzige, was ihn ablenken kann, sind irgendwelche Krabbeltiere.« Christina lächelte.

»Michael hat sich sehr für eine Biene begeistert, als ich bei euch eingeladen war.«

»Oh ja, Bienen mag er besonders«, bestätigte Christina. »Michi will später mal Imker werden, weil Bienen so wichtig für unsere Ernährung sind, sagt er. Also die Bestäubung, um genau zu sein«, ergänzte sie.

»Er ist ein kluger Junge.«

»Oh, das ist er wirklich.« Es klang, als müsste Christina sich selbst von ihren Worten überzeugen. »Ich wollte, Berndt wüsste es auch«, platzte es plötzlich aus ihr heraus. »Der behandelt meinen Jungen wie einen Behinderten. Ja, ich weiß wohl, dass er anders ist als andere Kinder, aber muss man ihn das spüren lassen?«

»Halt, stopp. Jetzt komm ich nicht mehr mit. Fang noch mal von vorne an. Hab ich das richtig verstanden? Dieser Bonbon-Berndt ist Michis Vater?«

Christina schaute sie verblüfft an. »Wusstest du das nicht?«

»Nein, woher denn?«

»Ich dachte, weil du dort warst, dass du in irgendeiner Verbindung … Dann hab ich den Gedanken aber verworfen. Und Michi mochte dich. Das hat mich durcheinandergebracht, weil er nur sehr wenige Menschen wirklich mag.«

»Ich war dort, weil dieser Bonbon-Berndt Antons Konkurrenz ist.« Sie brachte es noch nicht über die Lippen, Anton Rieger Papa zu nennen. Dafür war er ihr zu fremd. »Mich hat einfach interessiert, was bei denen im Geschäft so verkauft wird. Ich wollte deren Lakritze probieren und hab ein paar Sachen gekauft. Und dann kamst blöderweise du.«

»Ich hab mir gedacht, er könnte dich geschickt haben, um uns auszuspionieren. Noch dazu, wo du dich so gut mit allem angestellt hast im Gegensatz zu mir. Da hab ich mir überlegt, dass du vielleicht … na, eingeschleust wurdest. Andi hat schon allen möglichen Mist gebaut. Es hätte schon sein können.«

Nelly überlegte, biss gedankenverloren in ihre Breze.

»Womöglich hast du da nicht ganz unrecht. Also zumindest was dein anfängliches Misstrauen mir gegenüber angeht«, räumte Nelly ein. »Schließlich hab ich so getan, als wäre ich diese Cornelia.«

Christina nickte. »Und da wir echt fast ausschließlich schlechte Erfahrungen mit Berndt gemacht haben …« Sie zuckte mit den Schultern.

Nelly kombinierte. »Er ist wohl kein Musterpapi?«

»Alles andere als das! An dem Tag, als wir fast vor seinem Laden zusammengestoßen wären, wollte ich ihn an die Unterhaltszahlungen erinnern und daran, dass er einen Sohn hat.« Wie resigniert Christina klang. »Vermutlich war es gar nicht schlecht, dass ich stattdessen dich getroffen habe. Ich hab Papa nämlich versprochen, dass wir alles nur noch über den Anwalt regeln. Aber manchmal gehen die Gäule mit mir durch.« Christina hatte ebenfalls nach ihrer Breze gegriffen. Jetzt nuschelte sie mit vollem Mund: »Ich hab keine Ahnung, wie ich auf so einen Typ reinfallen konnte. Aber immerhin hatte Papa ihn eingestellt. Im Grunde ist er zuerst auf ihn reingefallen. Weißt du, er war Auszubildender bei uns.«

Nelly nickte. »Ja, das hab ich mitbekommen.«

»Und ich war gerade mit meiner Lehre als Einzelhandelskauffrau fertig und hab im Laden angefangen. Damals war ich neunzehn. Berndt war am Gymnasium und genauso alt wie ich. Er hat sehr um mich gekämpft damals, das hat mir gefallen. Dass ich gleich schwanger wurde, war natürlich nicht geplant.« Christina trank einen Schluck Kaffee. »Außerdem mochte Papa ihn auch, er war als Lehrling superfähig. Konnte ja keiner ahnen, dass er diese Fähigkeiten dann nutzt, um ein Konkurrenzunternehmen aufzubauen.« Christina hatte noch lange nicht mit ihm abgeschlossen, ihre Wut glühte weiterhin.

»Also um ehrlich zu sein empfinde ich seine Waren jetzt nicht unbedingt als Konkurrenzprodukte.«

»Wie bitte?« Bei Nellys Worten hatte Christina aufgehorcht.

»Na, was dort hergestellt wird, ist bei Weitem nicht so gut wie die Lakritzen von deinem Papa. Ich hab mir zum Beispiel diese Salzkaramell-Lakritzen mitgenommen. Bei ihm heißen die, glaub ich, *Karamelltraum* oder so ähnlich.«

Christina nickte. »*Karamellträumchen.*«

»Ah, genau. Stimmt. So heißen sie. Jedenfalls hab ich das Gefühl gehabt, denen fehlt irgendwie was. Ich konnte es nicht genau benennen. Entweder kauft er billiges Salz, oder es ist eine andere Sorte Karamell, aber etwas an den Lakritzen ist verkehrt.« Nelly hatte schon viel darüber nachgedacht, was es war.

»Hm. Findest du wirklich?«

»Eindeutig. Ich hab auch noch was davon bei mir im Zimmer. Wir könnten einen direkten Vergleich machen. Sag, produziert Berndt denn noch von Hand?«, wollte sie wissen.

»Keine Ahnung. Aber da er jetzt drei Filialen hat, kann ich mir kaum vorstellen, dass alles noch in liebevoller Kleinarbeit hergestellt wird. Stell dir vor, er wollte sogar Papas Geschäft aufkaufen, mit dem Argument, dass er doch eh zu alt wird und seinen Großvaterpflichten besser nachkommen könnte, wenn er im Ruhestand wäre.« Christina standen Tränen in den

Augen. »Aber *er* kümmert sich überhaupt nicht um seinen Sohn. Das ist für ihn in Ordnung, weil er ja beruflich so eingespannt ist.« Sie verzog das Gesicht zu einer wütenden Fratze, die jedoch ihre Tränen und ihren Kummer nicht verbarg. Im Gegenteil: Nelly sah, wie untröstlich Christina gewesen sein musste, als sie Berndts wahres Gesicht erkannt hatte.

»Tut mir sehr leid, dass du auf so einen Kerl reingefallen bist.« Nelly dachte kurz an Marlon, dann an Quirin. »Mir ist klar, dass dich das nicht tröstet, aber was unseren Männergeschmack angeht, scheinen wir wirklich etwas gemeinsam zu haben. Ich hab auch einen Hang zu so Typen. Außerdem ist Michael ein wunderbares Ergebnis deiner Beziehung mit diesem Berndt.«

Christinas Miene hellte sich ein wenig auf. »Das stimmt. Ich liebe ihn sehr. Auch wenn es oft nicht einfach ist.«

»Ja, das kann ich mir vorstellen.«

»Ich bin ja sogar wegen ihm in die Stadt gezogen. Weil ich dachte, dass er dann auch mal seinen Vater sehen kann. Ha! Ich bin so doof gewesen!«

»Du hast dein Bestes gegeben. Mehr konntest du nicht machen. Mit Doofheit hat das nun wirklich nichts zu tun.«

»Ach, ich weiß nicht.« Christina griff nach ihrer Serviette und schnäuzte sich sehr undamenhaft die Nase.

»Ich schon. Und was dein Gefühl mir gegenüber angeht: Du hattest ja durchaus recht. Schließlich war ich nicht die, als die ich mich ausgegeben habe. Es war reiner Zufall, dass diese Cornelia nicht aufgetaucht ist und ich so als Nelly in ihre Rolle schlüpfen konnte. Ich war einfach zu feige, um gleich ehrlich zu sein«, gab Nelly zu. »Du hast das eben gespürt.«

»Meinst du?«

Nelly nickte energisch. »Na klar. Wenn man schon mal schlechte Erfahrungen mit Menschen gemacht hat, wird man misstrauisch.«

»Ja.« Christina trank ihren Cappuccino aus. »Dann bist du nicht sauer?«

»Nur, wenn du nicht sauer bist.« Nelly grinste breit.

»Nein. Ich bin schon nicht mehr richtig sauer, seit ich gesehen habe, wie sehr Michi dich mag. Der hat nämlich die beste Menschenkenntnis überhaupt.«

Ehe Nelly sagen konnte, wie sehr sie sich darüber freute, war Christina aufgestanden. »Wir müssen zurück. Kathi wird sich schon fragen, wann sie endlich wieder raus in die Natur kann.«

Nelly hätte gern nachgefragt, warum Christina und Katharina ein so angespanntes Verhältnis hatten. Aber für den Moment war genug gesprochen, entschied sie, als sie einen Zehner unter ihre Kaffeetasse klemmte.

Christina hatte sich bereits ihre Handtasche, die über dem Stuhl gehangen hatte, wieder umgehängt. »Danke, Nelly. Das hat wirklich gutgetan.« Nelly sah, dass Christina der Satz nicht leicht über die Lippen kam. Statt einer Antwort überwand sie die räumliche

Distanz zwischen sich und ihrer Halbschwester und umarmte sie. Erst spürte sie Widerstand. Doch dann fühlte sie, ganz zart, Christinas Hand auf ihrem Rücken, nur für eine Sekunde. Schon war der Moment vorbei, und sie standen einander gegenüber.

»Na, dann wollen wir mal.« Nelly drehte sich um. »Ich muss dringend noch mit Anton reden und ihm erklären, dass ich zurück nach Berlin fahre.«

Nebeneinanderher gingen sie zurück zum Laden. Nelly ahnte, dass es noch dauern würde, bis Christina ihr vertrauen würde. Aber der erste Schritt war immerhin gemacht.

22. Kapitel

Nach der Arbeit schob Nelly ihr Rad durch Prien, schaute in das Schaufenster des Schreibwarenladens, ging ein paar Meter weiter und stellte ihr Rad in den Fahrradständer, um in der Buchhandlung das Angebot zu durchforsten. Weiter vorne gab es ein Trachtengeschäft. An der Ampel überquerte Nelly die Straße. Dahinter fing eine kleine überdachte Fußgängerzone an. Vor einem asiatischen Restaurant duftete es nach Reis und Gewürzen.

Als sie am Ende des Fußgängerbereichs rechts abbog, noch immer ihr Fahrrad neben sich, überlegte sie, ob sie noch eine kleine Fahrt an den See unternehmen sollte – doch dann verwarf sie den Gedanken. Wenn es einen Ort hier gab, an dem sie Quirin traf, dann dort unten. Und das wollte sie auf jeden Fall vermeiden. Sie schob ihr Rad an einem Bekleidungsgeschäft vorbei. Die Preise trieben ihr förmlich die Tränen in die Augen. Im Leben nicht würde sie sich eine Hose für mehrere Hundert Euro leisten können – oder wollen.

Nellys Blick fiel auf die andere Straßenseite, wo gerade ein Mann in einem Rollstuhl die Straße entlangfuhr. Dort war auch die Sparkasse. Nellys Blick wollte schon weiterschweifen, doch dann blieb er an einer Frau hängen, die gerade aus dem Gebäude kam. Der Schock war wie ein Eimer eiskaltes Wasser, das jemand über ihrem Kopf ausschüttete. Es war Melanie, Quirins Schwester, die da mit dem kleinen Ludwig an der Hand heraustrat. Nelly blieb stehen wie versteinert. Ihr Herz tobte. Das war zwar nicht Quirin, aber auch seiner Schwester zu begegnen, vielleicht etwas erklären zu müssen, war keine erfreuliche Aussicht. Ganz automatisch schaute sie sich nach einem Versteck um. Aber da kam Melanie schon direkt auf Nelly zu.

»Hallo!« Sie winkte so wild, dass man sie leider nicht übersehen konnte. Nelly erwiderte die Geste halbherzig, während Melanie ihren Sohn schon an der Hand über die Straße zog.

»Das ist ja schön, dass wir uns treffen. Wie schauts aus? Gehen wir einen Kaffee trinken? Ich will eh noch nicht heim, da muss ich nur arbeiten.« Melly lachte und hakte sich bei Nelly unter, ohne eine Antwort abzuwarten. »Komm, Wiggerl. Du darfst dir eine Kugel Eis aussuchen und auf den Spielplatz.«

Nelly seufzte innerlich, ließ sich dann aber mit in das Café ziehen, das sich gleich hinter ihnen befand. Bald saßen sie im gemütlichen Gastgarten auf einer Bank, direkt auf der Wiese. Nelly war aus ihren Flip-Flops geschlüpft und genoss es, das Gras unter ihren

Füßen zu spüren. Das kleine Café Vellino hätte auch irgendwo in Berlin sein können. Es war einer der Läden, wo Pflanzenmilch als Alternative selbstverständlich war, wo man Bagels mit Hummus bekam, Lachsbrötchen und knusprig frisches Blätterteiggebäck. Außerdem gab es alle möglichen Sorten Tee, Postkarten und kleine Geschenke. Wenn eine Bestellung fertig war, steckte die freundliche Mitarbeiterin ihren Kopf aus dem kleinen Fenster heraus und rief die Kundschaft, die dann kam, um ihren Kaffee oder ihr Getränk zu holen. Das Konzept war so einfach wie genial, fand Nelly. In ihren Augen war das Café an Gemütlichkeit kaum zu übertreffen.

Viele Gäste wurden namentlich begrüßt, aber auch Laufkundschaft und Touristen saßen hier und genossen den lauen Abend. Es gab mit Buchsbäumen bepflanzte Blumenkübel und einen leuchtend orangefarbenen Schirm. Überhaupt war auch das winzige Haus, in dem das Café untergebracht war, für sich schon so gemütlich, dass man es einfach mögen musste.

Gleich nebenan war ein Spielplatz, was wohl dazu führte, dass Mütter mit ihren Kindern hier gerne ein Päuschen einlegten. Ein einziger Blick hatte ihr verraten, dass Melanie nicht zu den Mamas gehörte. Sie war nicht gestylt, ihr Karohemd hing ihr locker über die kurzen Shorts, und sie trug alte Birkenstocks.

Nelly hatte sich für eine Eisschokolade entschieden,

während Melanie ein Zimti und einen Kaffee geordert hatte. Das Gebäck auf ihrem Teller sah aus wie eine Art plattes Croissant mit Zimtschicht und duftete herrlich. Nachdem Nelly allerdings ihre Eisschokolade gekostet hatte, gab es für sie keinen Zweifel daran, dass sie richtig gewählt hatte, süß, leicht herb, herrlich schokoladig kam das Eisgetränk daher – und dazu noch wunderbar cremig.

Wiggerl war längst mit seiner Kugel Erdbeereis in der Waffel auf den Spielplatz gesaust.

Nelly war verlegen und wusste nicht recht, was sie mit Melanie reden sollte. Melanie schien nichts davon zu bemerken und nahm einen Schluck von ihrem großen Haferl Kaffee.

»Der Kaffee woanders ist immer besser als daheim, finde ich«, sagte sie, während sie die Tasse abstellte. »Und du? Was treibst du so?«

»Äh, nichts Besonderes.«

»Hm. Ehrlich gesagt bin ich froh, dass wir uns getroffen haben. Mein Bruder sieht aus wie ein Häuflein Elend.«

So viel Direktheit überraschte Nelly. Aus reinem Schock löffelte sie sich eine riesige Portion Sahne in den Mund. Erst im nächsten Augenblick sickerte die Wut durch, und Nelly wollte so schnell wie möglich runterschlucken.

»Also bitte! Dein Bruder hat sich danebenbenommen. Ich hab überhaupt nichts getan.«

Melanie erwiderte nichts, schaute Nelly nur an.

»Er hat mich abserviert, so sieht es aus.« Es tat weh, das laut zu sagen, viel zu sehr. Aber genau so entsprach es den Tatsachen. Es war an der Zeit, sich das einzugestehen, auch wenn es schmerzte. Nellys Mund fühlte sich plötzlich ganz klebrig an, und sie legte den Löffel auf ihre Serviette. Die Lust auf die Eisschokolade war ihr zur Gänze vergangen.

»Ich wusste das nicht.«

»Nein? Das wundert mich nicht. Scheinbar hast du selbst das letzte brauchbare Exemplar abbekommen.« Nelly hatte sich daran erinnert, wie Kathi von Melanie und ihrem Mann erzählt hatte.

Mit einer sanften Bewegung schob Nelly ihren Stuhl zurück. Es gab keinen Grund, das Gespräch weiter fortzuführen.

Sie holte tief Luft. »Es tut mir leid. Ich muss los. Ich bin eh schon spät dran.«

Bevor Melanie noch etwas sagen konnte, war Nelly schon weg. Zum Glück hatte sie ihre Schokolade gleich vorhin an der Theke bezahlt. So konnte sie ihrem Fluchtreflex einfach nachgeben.

Die Begegnung mit Melanie hatte Nelly ein weiteres Mal vor Augen geführt, wie sehr Quirin ihr zu Herzen gegangen war. Es würde gut sein, räumliche Distanz zu schaffen. Wie hatte sie sich nur so täuschen können? Sie waren keinesfalls die perfekte Mischung, wie sie es eingangs gespürt hatte. Als sie über den Marktplatz lief, um ihr Fahrrad zu holen, war da noch immer der dumpfe Schmerz, der sie immer dann überfiel, wenn sie an Quirin dachte.

Seltsamerweise musste sie sogleich an Lakritze denken, ihre andere Leidenschaft. Perfekte Mischungen – ja, die gelangen ihrem Vater scheinbar mühelos. Nelly fiel etwas ein. Kaffeelakritze wäre doch mal was Neues, oder? Etwas, das es sicher auch bei *Bonbon-Berndt* nicht gab – so wie den Likör, der seit gestern Nachmittag im Laden stand und von dem sie schon die Hälfte verkauft hatten. Anton hatte bereits angekündigt, den Likör fest ins Programm aufnehmen zu wollen. Wenn die *Süße Liebe* noch mehr frischen Wind bekäme, neue Rezepte und Ideen, dann würde sie sich doch bestimmt so sehr von der Konkurrenz abheben, dass sie gar nicht verlieren konnte?

Sie würde auf gut Glück zum Haus ihres Vaters fahren. Vielleicht war er ja daheim, und sie konnte ihm von der Kaffeelakritze erzählen. Sie musste ihm eh noch gestehen, dass sie zurück nach Berlin gehen würde. Im Geschäft war viel zu viel los gewesen, um dort eine ruhige Minute für ein Gespräch zu finden.

Auch als Nelly zum zweiten Mal über den knirschenden Kies auf das Haus ihres Vaters zuging, kam ihr der Rosengarten wie verwunschen vor. Ein wenig so, wie sie sich ein Dornröschenschloss vorstellte, fand Nelly. Die Blumen dufteten herrlich.

»Hallo!«

Als Nelly so unerwartet angesprochen wurde, zuckte sie zusammen.

»Entschuldige, ich wollte dich nicht erschrecken. Ich bin hier, bei meinem herrlichen *Rose de Resht.*« Eine mit einem Gartenhandschuh bekleidete Hand winkte Nelly aus einem rosafarbenen Rosenbusch heraus zu. Erst als Gitti einen Schritt hinter dem Busch hervortrat, sah man sie ganz. Nelly hatte sich schon gedacht, dass die Rosen Gittis große Leidenschaft waren. Ihr Anblick – Gartenschürze, Handschuhe und Schere – bestätigte Nellys Vermutung.

»Gitti! Schön, dich zu sehen.« Nelly ging auf das riesige Ungetüm von einem Rosenstrauch zu, wo Gitti offensichtlich gerade damit beschäftigt war, verblühte Kelche mit einer Gartenschere abzuzwicken. Neben ihr auf dem Boden stand ein Eimer.

»Ich freu mich auch. Weiß Anton, dass du kommst? Er hat gar nichts gesagt.«

»Nein.« Nelly hielt ihre Nase an eine der Blüten und atmete tief deren Duft ein. »Ich war in Prien unterwegs und bin dann ganz spontan hergefahren.«

Gitti schlüpfte aus ihren Handschuhen »Ach, das wird deinen Vater freuen. Komm mit, er sitzt auf der Terrasse und liest Zeitung.« Dass sie Anton so selbstverständlich als ihren Vater bezeichnete, war für Nelly noch immer ungewohnt. Aber immerhin hatte sie mittlerweile begriffen, dass Anton sie willkommen hieß und dass er keinesfalls etwas gegen eine weitere Tochter einzuwenden hatte.

Wie hatte er es formuliert, als sie sich nach dem Essen auf der Terrasse voneinander verabschiedet hatten? »Jetzt hab ich ein Dreimädelhaus.« Ja, genau, das waren seine Worte gewesen.

Nelly ging hinter Gitti her. Noch bevor sie um die Ecke bogen, hörte sie schon das leise Rascheln, das das Umblättern einer Zeitung erzeugte. Als sie die Stufen zur Terrasse hinaufgingen, schaute Anton auf. Er trug eine Lesebrille, die ihn mindestens fünf Jahre älter wirken ließ. Als er sie erblickte, nahm er die Brille ab und stand auf. »Nelly! Wie schön! Komm, setz dich. Möchtest du etwas trinken? Gitti, kannst du uns einen Saft bringen? Oder ich hol ihn, ich geh schon.« Er wirkte so aufgeregt wie ein junger Mann beim ersten Date. Das fiel auch seiner Frau auf, die ihm besänftigend eine Hand auf die Schulter legte.

»Ganz ruhig. Wie wäre es, wenn wir erst mal Nelly fragen, was sie möchte?« Gitti wandte sich an Nelly. »Was würdest du gerne trinken?«

»Ja, das ist gut. Also, Nelly?«, wandte sich auch ihr Vater an sie.

Nelly musste einfach lachen. »Ganz egal. Durst hab ich.«

Gitti nickte. »Gut, dann bekommst du ein Glas Eistee. Den hab ich vorhin kalt gestellt.«

»Danke.«

Gitti war schon an der Türschwelle zum Wohnzimmer, als Nelly sich gegenüber von Anton an den Tisch setzte.

»Ich freu mich, dass du da bist.« Anton schob die Zeitung achtlos weg, die zwischen ihnen auf dem Tisch gelegen hatte. Er beugte sich über die Tischplatte und drückte kurz Nellys Arm. »Gibt es einen Grund für deinen Besuch?«

»Eigentlich sogar gleich mehrere Gründe.«

»Aha?«

»Ich hab eine Idee für den Laden. Es ist nichts Besonderes. Aber …«

»Wenn es so was wie der Likör ist, dann bin ich offen für jeden deiner Vorschläge.«

»Ja, es ist tatsächlich so was Ähnliches. Ich hab mit Christina gesprochen heute Mittag.«

»Das habe ich mitbekommen. Ich war überrascht. Sie kann sehr stur sein.« Anton seufzte.

»Ja, das kann sie wohl.« Nelly dachte an ihren schwierigen Start, wollte sich aber jetzt nicht von ihrem eigentlichen Thema abbringen lassen. »Berndt hat einige deiner Rezepte genommen und macht deine Bonbons nach, sagte sie mir.«

Antons Augen wurden weit, aber er entgegnete nichts.

»Ich habe seine Ware probiert und finde nicht, dass sie deinen Lakritzen das Wasser reichen kann. Aber natürlich gibt es einen Kundenanteil, der eher nach

Preis einkauft oder Masse nicht von Klasse unterscheiden kann.«

Rieger nickte. »Ja, das ist eines meiner Probleme. Viele Leute schert auch nicht, wer zuerst da war oder zuerst ein Produkt angeboten hat.«

»Genau. Und dem können wir entgegenwirken.«

»Wie denn?«

»Na, indem wir das Sortiment anpassen. Äh, also du. Indem du das Sortiment anpasst«, korrigierte Nelly sich. »Du könntest noch ein paar Liköre mehr anbieten. Oder ich hab zum Beispiel eine Idee für Kaffeelakritze. Meines Wissens hast du die nicht im Programm?«

Rieger schüttelte den Kopf.

»Siehst du! Du könntest auch noch mehr salzige Spezialitäten anbieten oder so etwas wie die schärfste Lakritze der Welt. Solche Besonderheiten mögen die Leute.«

Antons Blick war nachdenklich geworden.

»Nach allem, was Christina mir von Berndt erzählt hat, glaube ich kaum, dass er sofort nachziehen kann. Er wollte das große Geld machen – ihm ging es nicht darum, mit Qualität zu punkten. Bei dir ist das anders. Dir geht es bei deiner Manufaktur darum, deine Leidenschaft auszuleben. Berndt ist nur ein Geschäftsmann.« Nelly machte eine abfällige Handbewegung. »Wenn du deinen ursprünglichen Weg weitergehst, kann er dir gar nicht folgen.«

Als Nelly mit ihrer kleinen Rede fertig war, senkte sich Schweigen über den Tisch, bis Gitti mit drei Gläsern und einer getöpferten Karaffe zurückkam. Das Keramikgefäß war ein Kunstwerk, regenbogenfarben und sommerlich.

»Die ist ja hübsch.« Nelly zeigte auf die Karaffe.

»Ja, oder? Christina hat sie gemacht, bei einem ihrer Töpferkurse.« Gitti goss eine bernsteinfarbene Flüssigkeit in die Gläser. Ab und zu schwappte auch ein Eiswürfel mit hinein, und es spritzte ein wenig.

Christina hatte also neben ihrem Sohn noch ein Hobby. Sicher waren auch die anderen getöpferten Gegenstände im und ums Haus ihre Kunstwerke.

»Du hast ja recht, mit allem, was du gesagt hast.« Anton deutete auf den Platz neben sich. Als Gitti saß, wiederholte er für sie kurz Nellys Ausführungen.

»Und wie sie recht hat!«, rief Gitti aus, nachdem Anton alles erklärt hatte. »Genau das musst du machen! Dass dir das nicht selbst eingefallen ist«, rügte sie ihren Mann sanft.

Er seufzte erneut, wie er es vorhin bei der Erwähnung von Christinas Sturheit schon getan hatte.

»Ach, Gitti.«

»Wie – ›ach, Gitti‹?« Seine Frau schaute Anton auffordernd an.

Rieger starrte auf sein Glas, ohne gleich zu antworten. Es dauerte einen Augenblick, aber Gitti wartete geduldig.

»Ich fühle mich alt. Weißt du, ich mag Berndt nicht, wirklich nicht. Aber vielleicht hat er damit nicht unrecht, dass ich langsam aufs Altenteil gehöre. Ich verbringe gern Zeit mit Michi, und außerdem habe ich langsam, aber sicher das Gefühl, dass der Garten und das Haus dir allein auch zu viel werden.«

Gitti starrte ihren Mann entrüstet an. »Meine Rosen? Zu viel? Wirst du verrückt auf deine alten Tage?«

»Siehst du! Du sagst auch, dass ich alt werde.«

»Äh, nein, das sage ich nicht. Ich sage lediglich, dass mein Garten *mein* Garten ist. Von dem wirst du schön die Finger lassen. Und was ich dir noch sagen möchte, ist, dass du gefälligst deinen Laden nicht aufgibst – jedenfalls nicht auf diese Weise und schon gar nicht wegen etwas, das Berndt meint!« Gitti schlug mit der flachen Hand auf die Tischplatte, netterweise ohne die Gläser zum Klirren zu bringen. »Wir reden von dem Kerl, der unserer Tochter das Herz gebrochen hat.« Gitti agierte mit der Leidenschaft einer Mutter, die ihr Junges verteidigte.

»Ist ja gut. Aber ich weiß einfach nicht, ob ich die Energie habe, in meinem Alter noch mal durchzustarten.« Erst als ihr Vater es laut aussprach, wurde Nelly klar, dass er tatsächlich nicht mehr zu den Jüngsten gehörte. Er war über sechzig. Sicher hatte er vorher schon hin und wieder daran gedacht, seine Berufstätigkeit an den Nagel zu hängen und sich im Privatleben zu verwirklichen.

Gitti stützte ihr Kinn in ihre Hände. »Ich glaube, du solltest die Energie aufbringen. Nicht nur für Christina, auch für dich, um dir zu beweisen, dass Berndt dir gar nichts kann. Habt ihr euch nicht neulich eh beim Anwalt getroffen? Was kam denn dabei raus?«

Anton schüttelte den Kopf. »Bei dem Termin ging es um Michael und den Unterhalt. Ich bin zu Berndt gefahren, habe den Jungen abgeholt und bin mit ihm in den Riedergarten gegangen. In der Zeit hat der Anwaltstermin stattgefunden. Es braucht wohl am Ende doch eine gerichtliche Klärung. Aber will man das? Gerichtlich klären, dass ein Vater sich um seinen Sohn kümmert?« Er klang bitter. »In meinem Leben war der größte Segen, dass ich Kinder haben durfte. Und dieser Mistkerl kapiert nicht einmal, was für einen großartigen Sohn er hat.«

Als Anton mit der flachen Hand auf den Tisch schlug, wie seine Frau, klirrten die Gläser sehr wohl.

Nelly wollte etwas sagen, aber er sprach schon weiter.

»Wisst ihr, was? Ich werde den Laden aufmöbeln, und zwar so, dass dieser Lackaffe nur so mit den Ohren schlackert. Ich werde Liköre zubereiten und mir neue Rezepte überlegen, die das Standardsortiment ergänzen. Niemand soll auch nur auf die Idee kommen, dass unsere Läden etwas miteinander zu tun haben könnten.«

»Das ist der richtige Spirit!« Nelly freute sich über

den Kampfgeist ihres Vaters. Auch Gitti sah sehr zufrieden aus.

»Ich kümmere mich auch gerne um Michael. Der hilft mir immer so schön im Garten.«

»Ach, der darf das?« Rieger hob eine Augenbraue, und seine Frau lachte.

»Der ist mein Enkel, der darf alles.«

»Bist du mit im Boot? Ich könnte jemanden brauchen, der mir in der Küche zur Hand geht.«

»Äh. Da kämen wir dann schon zum nächsten Punkt, warum ich gekommen bin.«

»Der da wäre?«

»Ich fahre Ende der Woche heim.«

»Wie – heim?«

»Na, nach Berlin. Meine Patentante hat einen Brief von Mama bekommen – und den sollen wir ganz ausdrücklich gemeinsam lesen. Außerdem sind auch noch tausend Sachen zu erledigen. Ich weiß noch nicht mal, was aus der Wohnung wird, was ich mit den Sachen von Ruth machen soll. Dann noch mein Job in der Bar. Mein Chef hat schon ein paarmal nachgehakt, wann ich zurück bin.« Alles, was Nelly gesagt hatte, stimmte. Dennoch hatte sie das Wichtigste verschwiegen.

»Und du willst einfach weg, was? Wegen Quirin?« Ihr Vater traf den Nagel auf den Kopf.

Nelly schaute auf ihr Glas, dessen Inhalt die Neugier einer Wespe geweckt hatte. »Ja«, gab sie verlegen zu. »Ich weiß, ich hab ihn nur sehr kurz gekannt, aber ich mochte ihn wirklich.«

»Ich auch. Bis er dich enttäuscht hat.« Anton Rieger klang grimmig. »Keine meiner Töchter scheint viel Glück mit Männern zu haben.«

Gitti klang traurig. »Es tut mir wirklich leid für dich, Nelly.«

»Danke.«

»Und ich kann dich nicht überzeugen, es dir anders zu überlegen? Schließlich ist es doch schön hier in Bayern, oder?«

»Doch, ja. Ich mag Prien wirklich viel lieber, als ich erwartet hatte«, gab Nelly zu. Die Kampenwand, die Herreninsel – das waren ihre beiden liebsten Erinnerungen hier, neben der Lakritzküche. Nur dass sie beide mit Quirin zusammenhingen, nahm ihnen ein wenig von ihrem Zauber. »Berlin ist halt meine Heimat.«

Weder Gitti noch Anton antworteten. Das war für Nelly aber ohnehin Antwort genug. Anton Rieger sah regelrecht traurig aus.

»Wenn du magst, können wir aber morgen früh noch miteinander tüfteln. Ich hab eine tolle Idee für Kaffeelakritze. Und vielleicht können wir einen Minzlikör machen, der mit einer Lakritznote im Abgang besticht. Ich kann mir das richtig gut vorstellen.« Nelly geriet ins Schwärmen, und Anton schaute zu Gitti, berührte seine Frau am Ellbogen. »Hab ich es dir nicht gesagt? Sie ist wie für die Manufaktur gemacht!«

»Scheint so. Du musst dich trotzdem schnellstmöglich nach einer Kraft für den Laden umsehen. Wenn Katharina erst auf ihrer Expedition ist, bist du sonst ziemlich aufgeschmissen.«

»Ich weiß.« Anton war ernst geworden.

Schweigend saßen sie beieinander. Einzig die aufgeregte Wespe machte Geräusche.

Schließlich räusperte sich Anton. »Es ist ein Jammer«, sagte er. Dann stand er auf. »Du hättest so viel Talent für die Lakritzherstellung.« Gebeugt ging er ins Haus.

23. Kapitel

Nelly stand ihrem Vater gegenüber. Jeder von ihnen hatte ein Gläschen mit Likör in der Hand, den sie gerade frisch zubereitet und in Flaschen abgefüllt hatten. Es roch herrlich nach Salmiak.

Die Kaffeelakritze war in Formen gegossen und kühlte aus. Die Rohmasse hatte köstlich geschmeckt. Mit Sicherheit ein neuer Renner im Geschäft.

Sie waren ganz früh heute in die *Süße Liebe* gekommen, um Zucker zu backen, wie Anton es genannt hatte. Aber sie hatten nicht nur Zucker gebacken, sondern auch den Likör gemacht, drei ausgegangene Sorten hergestellt und darüber philosophiert, welche neuen Rezepte den kleinen Laden noch bereichern konnten. Hand in Hand mit ihrem Vater zu arbeiten, jetzt, wo sie nichts mehr verheimlichen musste, war ein ganz besonderes Gefühl. Auch deshalb, weil sie nun wusste, dass er nicht aus Desinteresse keinen Kontakt zu ihr aufgenommen hatte, sondern weil er schlicht nichts von ihrer Existenz gewusst hatte. Es tat Nelly gut zu wissen, dass sie noch lebende Verwandte hatte, Menschen, zu denen sie irgendwie gehörte. Und noch besser fühlte es sich an, dass ihr Vater sie annahm – ohne Wenn und Aber.

»Prost, auf dich!« Anton setzte sein Glas an die Lippen.

Nelly hielt ihn zurück. »Warte, da fehlt was.«

Sie stellte ihr Glas ab und lief nach vorn ins Geschäft, wo Christina gerade dabei war, die Regale abzustauben.

»Christl? Magst du eben zu uns hinter kommen? Wir probieren den neuen Likör.«

Am Morgen, als die Halbschwester gekommen war, war sie von dem Aktionismus in der Küche überrascht gewesen. Aber nachdem Anton und Nelly ihr alles erklärt hatten, hatte sie vor Freude und Kampfgeist sogar die Faust in die Luft gereckt, was eine so ungewohnte Geste für sie war, dass Anton und Nelly erst einmal in lautes Gelächter ausgebrochen waren.

»Wir sind jetzt ein Team«, sagte Christl und nickte entschlossen. Von ihrer sonst so häufig dominierenden schlechten Laune keine Spur, als sie in ihre Schürze schlüpfte und die blonden Haare zu einem straffen Pferdeschwanz band. »Braut ihr beide mal Lakritz in der Küche, Nelly. Ich komm heute allein im Laden klar.«

Jetzt warf Christina das Staubtuch achtlos auf die Theke und folgte Nelly nach hinten in den Küchenbereich. Nelly holte ein drittes Gläschen aus einem Küchenschrank und befüllte es vorsichtig. Dann reichte sie es Christina. »Hier, bitte.«

Vorsichtig stießen sie an und nippten.

»Oh Gott, das schmeckt ja grandios«, platzte es aus Anton hervor. »Das ist wirklich was Besonderes!« Er hatte Nelly freie Hand bei der Wahl der Zutaten gelassen. Und Nelly hatte jeden ihrer Arbeitsschritte genau dokumentiert, damit sie nachvollziehbar waren.

Christina nickte. »Der schmeckt sogar mir, und ich trinke fast nie Alkohol.«

Nelly hatte noch den leichten Nachgeschmack der Lakritze auf der Zunge, der sich auf wunderbare Weise mit der Frische der Minze verband. »Ja, das ist echt ganz gut.«

»›Ganz gut‹ ist die Untertreibung des Jahrhunderts.« Christina setzte ihr Glas an und trank es leer. »Der wird super weggehen, das sag ich euch.«

Alle drei waren überglücklich mit dem Ergebnis.

»Damit haben wir ein echtes Alleinstellungsmerkmal«, schwärmte Anton. »Wir werden uns noch ein, zwei weitere Sorten Likör überlegen, und dann haben wir die Kaffeelakritze, die extra scharfe Feuerlakritze und diese Lakritzschlangen für die Kinder, die wie echte Schlangen aussehen. Und das ist erst der Anfang! Ha! Berndt kann einpacken.«

»Wenn du so brennst, wirkst du keinen Tag älter als fünfzig«, sagte Nelly. Und es stimmte. Die roten Wangen, die aufrechte Körperhaltung, die Freude in seinem Blick – all das verjüngte ihn.

»Nelly hat recht, Papa«, stimmte Christina zu.

»Nein, nein. Das liegt nicht am Laden. Dass ich so gut aussehe, liegt an meinen bezaubernden Töchtern. Da wirkt man selbst mit Mitte sechzig noch wie ein Welpe!« Rieger schaute von Christina zu Nelly. Sein Blick ließ keinen Zweifel daran, dass er in diesem Augenblick auch von Nelly sprach. Er sah wirklich glücklich aus.

Nelly wurde erstmals bewusst, dass auch in Berlin ein Neuanfang auf sie wartete, zumindest wenn sie aufhören würde, in der Bar zu arbeiten. Und dass sie sich bei ihrem Vater geborgen fühlte. Als Christina sich auf die Zehenspitzen stellte, um ihn auf die Wange zu küssen, spürte sie, wie alter Neid in ihr aufkam. Doch dann, Sekunden später, realisierte sie, dass sie sich gerade nur selbst im Weg stand. Also tat sie es ihrer Schwester nach. Sie machte sich groß, beugte sich zu Anton hinüber und gab ihm einen schüchternen Kuss auf seine mit Bartstoppeln übersäte, raue Wange.

Rieger waren die Augen feucht geworden – und das konnte er nicht verbergen, sosehr er es auch versuchte. »Ich muss eben noch Rosendünger für Gitti im Baumarkt besorgen. Haltet ihr Mädels hier die Stellung? Der Feierabend ist eh in Reichweite.«

Beide Frauen nickten.

»Willst du uns heute Abend noch mal besuchen?«

Nelly schüttelte den Kopf. »Würde ich gern. Aber ich hab noch nicht gepackt, und außerdem hab ich

Lotti versprochen, mit ihr Trampolin zu springen.« Das stimmte tatsächlich. Das kleine Mädchen aus der Pension war ziemlich traurig gewesen, als es hörte, dass Nelly abreisen würde. Deshalb hatte Nelly ihm spontan den Abend versprochen.

»Ich komm aber morgen früh auf dem Weg zum Bahnhof noch mal vorbei und verabschiede mich.«

Anton nickte ernst. »Ist gut. Also dann. Bis morgen!«

Als er mit einer schwerfälligen Geste seinen Hut aufsetzte und gebeugt den Raum verließ, wirkte er nicht mehr wie ein Fünfzigjähriger und wie ein Welpe schon gar nicht.

Nelly schaute ihm nachdenklich hinterher und bemerkte erst gar nicht, dass Christl ihr ihr Glas hinhielt. »Schenkst du mir noch ein bisschen was ein? Aber ganz wenig.«

Wie Freundinnen standen sie nebeneinander, als Christl nun das Wort ergriff. »Ich wollte mich bei dir entschuldigen. Für alles. Ich glaube, ich war nicht fair zu dir. Nein, ich weiß es sogar.«

»Alles gut. Wir haben doch schon darüber gesprochen.«

»Es war mir aber wichtig, dir das noch mal gesagt zu haben. Du hast nichts falsch gemacht. Wenn ich mich in deine Lage versetze … Ich glaube, ich hätte sehr ähnlich gehandelt.«

»Danke.«

»Du bist hier immer willkommen, ich wollte, dass du das weißt.«

»Das ist sehr lieb von dir. Vielleicht mach ich mal hier Urlaub in ein paar Jahren, mit dem unfassbar gut aussehenden, herzensguten Mann an meiner Seite, den ich bis dahin ganz sicher getroffen habe.« Nelly zwinkerte Christl zu und lachte, obwohl bei der Erwähnung eines Mannes an ihrer Seite sofort Quirin vor ihrem inneren Auge aufgetaucht war und sie Mühe hatte, das Bild sofort wieder zu verdrängen. Morgen würde sie nach Berlin zurückfahren und Quirin hinter sich lassen.

»Natürlich. An deiner Seite der *reiche*, herzensgute, gut aussehende Mann, der dich über alles liebt – so wie du es verdienst.« Christina hob ihr Schnapsglas, und Nelly stieß mit ihr an.

»Auf die Zukunft!«

Am nächsten Morgen ging Nelly zu Fuß mit ihrem Rucksack zur *Süßen Liebe*. In der Hand hielt sie die Gänseblümchen, die Lotti ihr am Vorabend noch zum Abschied überreicht hatte. Sie hatte es nicht übers Herz gebracht, die Blumen einfach in ihrem Zimmer stehen zu lassen. Es war schön gewesen, Dietlinde noch mal zu streicheln und mit dem kleinen Mädchen zu spielen, das ihr einen so netten Empfang bereitet hatte. Auch die Pensionswirtin hatte sie zum Abschied noch mal fest an sich gedrückt und versprochen, wieder bei ihr zu wohnen, wenn sie ins Chiemgau käme, und sie selbstredend auch an ihre Freunde und Bekannten weiterzuempfehlen.

Nelly schaute auf ihre Armbanduhr. Es war halb zehn. Noch schnell verabschieden, dann würde sie rechtzeitig am Bahnhof ankommen, auch mit dem schweren Rucksack auf dem Rücken sollte das kein Problem sein.

Als sie das Haus mit der Lüftlmalerei und den Sonnenblumen im Garten passierte, blieb sie stehen. Sie hatte das Gefühl, dass sich ein Kreis schloss, und lauschte in sich hinein. Jetzt, zwei Wochen später, war ihr das Haus schon gar nicht mehr aufgefallen, wenn sie daran vorbeiging. Ein Schmetterlingspaar schwirrte um ihren Kopf herum. Der Garten war wirklich ein Kleinod. Sie saugte den Anblick in sich auf. Irgendwie erinnerte er sie an Gittis Garten. Nicht weil er ihm ähnlich sah, sondern weil genauso viel Arbeit darin steckte.

Was war denn das dahinten? Der Anblick traf sie, als hätte ihr jemand eine eiskalte Hand auf den nackten Rücken gelegt. Sie zuckte regelrecht zusammen. Es gab einen kleinen Tisch neben der Haustür, und darauf stand ein großer, bunt bepflanzter Tontopf. Aber es war der Tisch, der Nellys Aufmerksamkeit erregte. Es war eine von Quirins Arbeiten, ganz ohne Frage.

Sie kniff die Augen zusammen, um besser sehen zu können. Ja, ganz sicher! Er war hier wirklich überall, kam es ihr vor. Als würde er den Ort förmlich durchdringen und seine Spuren hinterlassen. Das war natürlich kompletter Blödsinn, aber das Gefühl konnte Nelly nicht wegwischen.

Sollte sie ihm schreiben, dass sie nach Hause zurückfuhr? Tief in Gedanken, zückte sie ihr Handy. Schaute auf das Display, als ob sie tatsächlich noch immer hoffte, Quirin würde sich melden. Als hätten die letzten Tage sie nicht gelehrt, dass das nicht passieren würde. Sie steckte ihr Mobiltelefon wieder weg. Nein, wenn er sich nicht meldete, würde sie es auch nicht tun. Ein letztes Mal fiel ihr Blick auf den Tisch, dann wandte sie sich ab. In diesem Moment fühlte es sich gut an, Abschied zu nehmen. Ja, es war eine Flucht. Aber das war in Ordnung.

Nelly legte ihre Gänseblümchen auf einen der Pfosten an der Eingangspforte und ging weiter. Sie würde die Blumen eh nicht heil bis Berlin kriegen.

Jetzt wollte sie zügig zum Laden und vorher noch beim Bäcker drei der herrlichen Brezen für die Fahrt mitnehmen.

Als sie schließlich bei der *Süßen Liebe* ankam, war Nelly längst der Schweiß ausgebrochen. Es würde ein warmer Tag werden, so viel stand fest. In der Hand hielt sie die Tüte vom Bäcker, die gleich noch einen Platz im Rucksack finden sollte. Jetzt, auf den letzten

Metern vor dem Laden, merkte Nelly, dass ihre Schritte schwerer wurden, und das lag nicht nur an dem Rucksack. Es würde hart werden, sich von ihrem Vater zu verabschieden, den sie noch kein einziges Mal Papa genannt hatte, sondern nur einmal auf die Wange geküsst.

Als sie zum Laden kam, wies die große Werbetafel davor auf den neuen Lakritzlikör und die Kaffeelakritze hin. Nelly war ein wenig stolz auf sich. Schließlich hatte sie die Initialzündung für beide neuen Produkte gegeben. Und dass sie gleich beworben wurden, freute Nelly umso mehr.

Sie öffnete die Vordertür, hörte das vertraute Klingeln der Ladenglocke, und da war sie wieder – die Traurigkeit, die sie schon vor dem Haus mit der Lüftlmalerei gespürt hatte.

Christina, die gerade einen Kunden bediente, drehte sich zu ihr um, und als sie Nelly sah, lächelte sie und winkte ihr zu.

Etwas an dem Kunden kam Nelly bekannt vor. Als er sich auch umdrehte, erkannte sie Wast, den Mann von der Bank auf dem Berg.

»Ja, hallo!«, rief sie aus.

»Servus! Ach, das ist jetzt aber pfundig. Wie gehts?«

Christina kam auf Nelly zu. »Soll ich dir helfen, das Ungetüm abzunehmen?« Ohne abzuwarten, hatte sie schon nach dem Rucksack gegriffen und hob ihn an. Gleich ging es Nelly besser. Unvorstellbar, dass Kathi regelmäßig das Hochgebirge mit solchen Monstern auf dem Rücken eroberte.

Vorsichtig stellte Christina den Rucksack auf den Boden. »Was hast du denn geladen? Wackersteine?«

»Eigentlich nur zu viele Klamotten und ein paar Bücher, die ich nicht mal gelesen habe.«

»Na, das kannst du dann in Berlin machen.« Christina wandte sich um. »Michi? Katharina? Nelly ist da!«

Wast stand noch immer da und musterte sowohl Christina als auch Nelly. »Du hast es ihnen gesagt?«, wollte er wissen. Nelly nickte.

»Bist ein gutes Mädchen.« Wast trat ganz nah an Nelly heran und berührte vorsichtig ihre Wange. »Ja, das hast du richtig gemacht.«

Er trat zurück, griff nach der Papiertüte auf dem Verkaufstresen und einer Flasche Likör. »Alles Gute, gell? Habe die Ehre!« Wast hob die Flasche in die Luft. »Damit trink ich nachher auf dich.« Er lachte.

»Danke.«

»Vielleicht sieht man sich ja mal wieder.« Er grinste verschmitzt, als würde er etwas wissen, das allen anderen im Raum verborgen blieb. Dann ging er durch die offen stehende Ladentür hinaus auf den Platz.

Nelly wollte Wast noch etwas nachrufen, aber da stürmte Michi auf sie zu mit Kathi im Schlepptau. Michael hatte auf einem Blatt Papier eine Blume gebastelt, die aus Lakritzstangen bestand. Ganz vorsichtig trug er sie vor sich her, damit kein Teil verrutschte.

Dann baute der Junge sich vor Nelly auf.

»Für dich. Weil du jetzt meine Tante bist. Ich mag dich.«

Ihr kamen fast die Tränen bei so viel Zuneigung. »Oh, das ist wirklich lieb von dir. Ich freu mich auch, dass ich jetzt einen Neffen habe.«

Michi nickte, als sei das ganz selbstverständlich. »Und jetzt isst du die Blume, ja?«

Nelly hatte wirklich keinen Appetit. Aber sie nahm brav ein Stück Lakritze von dem Blatt Papier. »Komm, wir legen das ganz vorsichtig hier auf den Tisch, dann kann ich essen, und du hast die Hände frei.«

Mit Nellys Hilfe schaffte es Michael, die Blume abzulegen. Sie nahm gleich noch ein Stück und schaute sich ein letztes Mal um: der Ladentisch, die Regale, die altmodische Kasse, der Duft nach süßen Köstlichkeiten, der Blick hinaus auf den Marktplatz. Ja, hier hatte sie sich auf Anhieb wohlgefühlt. Nur einer fehlte noch, dann wäre die Runde komplett, denn von Gitti hatte Nelly sich gestern schon verabschiedet, die hatte heute einen Zahnarzttermin.

»Wo ist Anton?«, fragte sie in Kathis Richtung, die gerade neben Nellys Rucksack stand, ihn probeweise anhob und anerkennend in ihre Richtung schaute. Auf Nellys Frage hin wurde sie ernst.

»Der ist nicht da. Er entschuldigt sich. Aber er musste noch dringend was erledigen.«

»Ach so.« Nelly wollte sich den Schwestern gegenüber nicht anmerken lassen, wie enttäuscht sie war. Was wohl wichtiger war als ihre Abreise? Hatte Anton vergessen, Rohrzucker zu kaufen? War ihm das Chilipulver für die scharfe Lakritze ausgegangen? Wusste Anton nicht, dass sie seinetwegen überhaupt erst nach Prien gekommen war? Hatte er nicht gespürt, dass er wichtig für sie geworden war in den letzten Tagen? Das musste er doch gemerkt haben?

Nelly schaffte es nicht, ihre Tränen zurückzuhalten. Also tupfte sie sie mit den Fingern weg und versuchte sich an einem tapferen Lächeln. Die Lakritze in ihrem Mund war ein zäher Klumpen. Mühsam kaute sie weiter. Aber sie konnte unmöglich Michis Blume ausspucken.

Alle standen unschlüssig im Geschäft herum. Auch den Schwestern war sichtlich peinlich, dass Anton die Verabschiedung seiner großen Tochter nicht so wichtig war. Aber die beiden konnten schließlich nichts dafür, nicht wahr? Keiner wusste etwas zu sagen.

»Okay, also …«, sagte Nelly schließlich und klatschte in die Hände. »Ich glaube, ich sollte langsam. Sonst verpasse ich noch meinen Zug.«

Sie ging zu ihrem Rucksack. Katharina hob ihn hoch und half, dass Nelly ihn gut auf den Rücken bekam.

»Ich besuch dich in Berlin, ja?«, versprach Kathi und umarmte Nelly fest.

»Dann zeig ich dir die Clubs.« Nelly lachte. Sie

hatte keine Ahnung, ob Katharina gern feiern ging. Sie wusste so viele Dinge über ihre Schwestern noch nicht, fiel ihr mit leisem Bedauern auf.

Dann wandte sie sich an Michael. »Pass auf die Bienen in Gittis Garten auf, ja?«

Michi nickte ernst. »Das mach ich sicher.«

»Sehr gut. Ich weiß, dass ich mich da auf dich verlassen kann«, erwiderte Nelly mit der gleichen Ernsthaftigkeit.

Dann ging sie zu Christina. »Hat mich gefreut, dich kennenzulernen.«

Während sie die Schwester umarmte, schaute sie auf die Ladentür. Vielleicht kam Anton im letzten Augenblick, es konnte doch nicht sein, dass er sich nicht verabschiedete!

Erneut kamen Nelly die Tränen.

»Du kommst wieder, mit dem Porsche und diesem reichen Superfreund, erinnerst du dich?« Christina erwiderte die Umarmung fest.

»Oh ja. Und ich bring dir seinen Bruder mit«, frotzelte Nelly.

»Das möchte ich doch hoffen!«

»Mama? Warum willst du den Bruder von Nellys Freund kennenlernen?«, fragte Michael unschuldig.

Christina löste sich aus der Umarmung. »Oh, äh, Michi, das war ein Scherz.«

»Mädels, wir sehen uns«, versuchte Nelly es mit einer lockeren Abschiedsfloskel. Sie winkte. Erst jetzt fiel ihr auf, dass sie noch immer die blöden Brezen in der Hand hielt.

Aber es war zu spät, um jetzt noch mal den Rucksack abzusetzen. Sie musste wirklich zum Bahnhof, wenn sie ihren Zug erwischen wollte.

»Ciao, Nelly, bis bald!«

Nelly winkte erneut. Bis bald – das konnte sie Christina nicht versprechen. Da hatte sie gerade zwei Schwestern gewonnen, schon verlor sie sie wieder. Jedenfalls fühlte es sich gerade so an.

Zehn Minuten noch, bis der Zug kam. Natürlich war Nelly am Ende zu früh am Bahnhof. Hier herrschte reger Betrieb. Eine junge Frau saß mit einem aufgeklappten Laptop auf einer Bank, ein Mann mittleren Alters zog seine Krawatte fester zu, während er die Treppe ansteuerte, die zur Unterführung und dem Gleis gegenüber führte. Nelly hatte ihre Berliner Glitzerballerinas an und die Haare zu einer gewollt chaotisch aussehenden Zopffrisur gestylt, wie sie sie in der Stadt tragen würde. Falls es ihr zu kühl werden würde, hatte sie ihre Einhorn-Jeansjacke oben auf den Rucksack geschnürt, damit sie sofort greifbar war – was für eine Ironie bei dieser Hitze!

Neun Minuten noch. Langsam ging sie zu der Treppe. Auch sie musste zu Gleis zwei. Nelly konnte noch immer nicht glauben, dass ihr Vater einfach nicht aufgetaucht war. Sonst war er um die Zeit immer in der Lakritzwerkstatt, nur heute nicht. Nelly schluckte schwer, als sie durch die Unterführung ging.

Ein großes Graffito an der Wand schrie ihr einen Slogan entgegen: »Ich bin ein Spekulatius-Rebell!« Na dann, dachte Nelly. Wenigstens etwas. Langsam stieg sie durch die Unterführung und dann die Treppe zu Gleis zwei hinauf. Der Rucksack auf ihren Schultern drückte ordentlich. Als sie oben war, verriet die Anzeige, dass der Zug in sieben Minuten kommen würde. Am Bahnsteig war bereits eine beträchtliche Menschenmenge versammelt, die in Richtung München fahren wollte.

Direkt neben Nelly hielten sich zwei Menschen im Arm, ein Paar, dem der Abschied sichtlich schwer viel. Der Mann hielt das Gesicht der Frau mit den Händen umrahmt und übersäte ihren Mund mit Küssen.

Immerhin das war Nelly erspart geblieben, dachte sie trotzig. Dabei war sie insgeheim neidisch. Es war so schön gewesen, in Quirins Armen zu liegen und hinauf zu den Sternen zu schauen.

Vier Minuten noch, dann war es geschafft. Das Gewicht des Rucksacks wurde langsam unerträglich. Nelly wollte ihn abstellen, aber wo? Der Boden war keine Option. Er war ziemlich dreckig. Aber alle Sitzplätze waren jetzt belegt. Sie würde wohl durchhalten müssen.

»Sehr geehrte Damen und Herren, der Zug nach München, planmäßige Abfahrt um zehn Uhr vierundvierzig auf Gleis zwei, hat voraussichtlich zehn Minuten Verspätung. Ich wiederhole: Der Eurocity-Express von Prien am Chiemsee mit Halt in Rosenheim hat voraussichtlich zehn Minuten Verspätung.«

Nelly stöhnte auf. Das war ja wohl wieder typisch Bahn!

Sie schaute auf die große, runde Bahnhofsuhr. Jetzt wäre der Zug normalerweise eingefahren. Sie griff nach den Schultergurten ihres Rucksacks und versuchte, sie neu zu justieren, zog den Beckengurt enger, um das Gewicht anders zu verlagern. Das half. Nicht viel, aber immerhin ein wenig.

»Nelly! Da bist du ja.«

Erschrocken fuhr sie herum, der schwere Rucksack brachte sie beinahe ins Straucheln, aber dann fing sie sich wieder.

»Papa!« Sie sagte es, ohne darüber nachzudenken. Es fiel ihr nicht einmal auf. Er war gekommen! Ihr Vater hatte sie nicht im Stich gelassen, er war da.

Vor Nelly stand ein völlig verschwitzter, rotgesichtiger Anton, dem der Schweiß in Strömen von der Stirn lief.

Die zwei, die neben Nelly auf den Zug warteten und sich vorhin schon so rührend voneinander verabschiedet hatten, klammerten sich noch fester aneinander, Nelly hörte ein gedämpftes Schluchzen.

»Ich dachte schon, du kommst nicht«, platzte es aus Nelly heraus, und sie spürte, wie ihr Tränen in die Augen stiegen.

»Du bist ja eine! Natürlich komme ich, was denkst du denn.« Anton lächelte Nelly an. Er lächelte sie mit dem gleichen warmen Blick an, den er für Christina und Kathi hatte und den Nelly so neidvoll wahrgenommen hatte, als sie Christina zum ersten Mal gesehen hatte.

»Darf ich meine schöne Tochter ein letztes Mal umarmen?« Er breitete die Arme aus, und Nelly ließ sich vorbehaltlos in seine Umarmung fallen.

Erneut schaute sie in die Richtung, aus der der Zug kommen sollte – und da war er, früher, als es auf der Anzeigetafel stand. Ein Stück weg noch, aber es war eine Frage von wenigen Augenblicken, bis er am Bahnsteig eingefahren wäre.

»Es fährt ein …« Da war auch schon die Lautsprecherdurchsage. Nelly drückte sich erneut in die Arme ihres Vaters. Es war nicht leicht, von ihm wegzufahren, ja, schwerer, als sie gedacht hatte.

»Es war sehr schön, dich kennenzulernen«, sagte sie. Nelly wusste, wie steif und nichtssagend ihr Satz war, im Grunde ein Gemeinplatz. Aber sie meinte es so. Die Zeit mit ihrem Vater war schön gewesen – besonders nachdem sich alles zwischen ihnen geklärt hatte und sie wusste, dass er sie nicht aus seinem Leben verbannt, sondern schlicht nicht von ihr gewusst hatte.

Mit quietschenden Bremsen kam der Zug zum Stehen. Das Pärchen neben ihnen löste sich widerstrebend voneinander. Das Make-up der Frau war völlig ruiniert.

Nelly drückte auf den Knopf, und die Zugtür öffnete sich. Als sie sich umwandte, sah sie ihren Vater, der gerade ein altmodisches Stofftaschentuch aus seiner Hosentasche zauberte und damit winkte. Dann fuhr er sich verschämt damit über die Augen.

Nelly erwiderte sein Winken, dann wandte sie sich ab und ging sich einen Sitzplatz suchen. In einem Viererabteil war ein Platz bei einer älteren Frau frei, die nur kurz ihre Zeitung senkte, um sich dann sofort wieder hineinzuvertiefen. Nelly hievte ihren Rucksack vom Rücken – was für eine Erleichterung! – und setzte ihn auf dem Platz neben sich ab. Endlich konnte sie die Brezen verstauen. Sie lehnte sich zurück und schloss die Augen. Hinter ihren Lidern stauten sich die Tränen, dann ließ sie sie achtlos laufen. Viele Bilder der letzten Wochen zeigten sich vor ihrem inneren Auge.

Sie dachte an Antons flatterndes Taschentuch und unterdrückte ein Schluchzen. Vermutlich hatte sich das Bild für immer in ihr Gedächtnis eingebrannt.

»Darf ich?«, hörte sie da eine bekannte Stimme und riss die Augen auf.

»Was machst du denn hier?«

Quirin war völlig verschwitzt und total außer Atem. Dennoch griff er nach Nellys Rucksack, hob ihn scheinbar mühelos hoch und stopfte ihn in die Ablage über Nellys Kopf. »Ich fahre schwarz nach Rosenheim.«

Sie hätte nicht überraschter sein können, ihn zu sehen. Sprachlos beobachtete sie ihn bei seinem Tun. Dann saß er viel zu nah neben ihr, sie spürte seine Wärme, sie konnte ihn riechen, Quirinduft – Holz, Seife und eben Quirin. Ihr Herzschlag, der sich gerade etwas beruhigt hatte, begann, wieder Kapriolen zu schlagen.

»Was machst du hier?«, fragte Nelly erneut.

»Ich sitze.« Quirin zwinkerte ihr zu. Nelly verdrehte die Augen.

»Das sehe ich.«

»Dein Vater war bei mir. Er wollte mich überzeugen, dich aufzuhalten. Um ehrlich zu sein, hat er mir so den Kopf gewaschen, dass ich mich erst mal davon erholen musste. Wenn der Zug keine Verspätung gehabt hätte …« Er ließ die Worte in der Luft hängen.

Die ältere Frau ihnen gegenüber räusperte sich hinter der Zeitung. »Entschuldigen Sie«, sagte Quirin. »Normalerweise bin ich überhaupt nicht der Typ für solche illegalen Abenteuer. Aber manchmal heiligt eben der Zweck die Mittel.«

Die Frau widmete sich wieder ihrem Lesestoff.

»Ich musste einfach hinter dir her.«

Nelly konnte nicht glauben, was sie da hörte. Sie war so überrascht, dass ihre Tränen einfach versiegten.

Quirin räusperte sich. Dann schaute er auf seine Hände, die er fest ineinander verschränkt hatte. Langsam löste er die Finger. Sie hörte trotz der Zuggeräusche, wie er tief einatmete. »Nelly, ich weiß, dass ich es verkackt habe.«

»Das kann man wohl sagen.«

»Ja.« Wie automatisch verknoteten sich Quirins Hände erneut, um sich dann wieder zu lösen. »Aber … ich hatte plötzlich das Gefühl, dass ich mich dir in den Weg stelle. Das wollte ich nicht.«

»Wie bitte?« Nelly verstand überhaupt nichts mehr.

»Ich habe bei unserem Gespräch gemerkt, wie wichtig dir Kinder sind. Du hast so glücklich ausgesehen, als du von deiner Familie erzählt hast. Und da ist mir eingefallen, dass du auch bei Melanie, als wir den Kuchen gegessen haben, so zufrieden warst. Das war dann zu viel.«

»Es ist dir zu viel, wenn ich glücklich bin?« Das war ja wohl das Letzte! Nelly spürte, wie Ärger sich in ihr regte.

Quirin schüttelte energisch den Kopf. »Nein, natürlich nicht. Genau das ist ja das Problem. Ich will dich glücklich machen.«

»Weswegen du mich nach dem Frühstück bei dir zurück nach Hause in die Pension gefahren und dich nicht mehr gemeldet hast? Na, das ist so ungefähr das Gegenteil von dem, was ich unter Glück verstehe. Es fühlt sich einfach furchtbar an, nur eine Frau für eine

Nacht zu sein.« Sie konnte gar nicht anders, als ihrem Ärger Luft zu machen. Das war das Gute an Situationen, in denen man nichts mehr zu verlieren hatte.

»Nein, lass mich doch mal zum Punkt kommen.« Eine feine Schweißschicht hatte sich auf Quirins Stirn gebildet. Er musste wirklich ganz schön gerannt sein.

»Das dauert aber«, kam es trocken hinter der Zeitung hervor, und Quirin warf einen verärgerten Blick in Richtung der Frau, die nur die Seiten rascheln ließ, aber nicht ihr Gesicht zeigte. Dann holte er tief Luft, einmal, zweimal, dreimal.

»Ich kann keine Kinder zeugen.«

Nelly schaute ihn ungläubig an. Ganz krumm saß er da, die Hände wieder ineinander verknotet, ein bisschen wie ein Hund, der auf Prügel wartete, als hätte er total versagt.

»Äh … und?«

»Nelly, du bist mir so wichtig geworden in der kurzen Zeit. Und ich habe gesehen, dass Kinder dich so glücklich machen. Da dachte ich mir, es ist besser, dich einfach gehen zu lassen.«

Nelly starrte Quirin fassungslos an. Er hatte Schlüsse gezogen, die sie nur schwer nachvollziehen konnte.

Quirin sprach weiter: »Ich wollte mich außerdem schützen. Es gab da mal eine Frau, Marlene, die unbedingt Kinder wollte – und ich konnte ihr das nicht geben. Wir waren lange zusammen, ein paar Jahre. Aber als sie dann nicht schwanger wurde, hat sie mich verlassen. Jetzt wohnt sie drüben in Bernau. Reihenhaus, Mann, zwei Kinder. Manchmal seh ich sie und …«

»Stopp!«, unterbrach Nelly Quirin. »Du hast mich abserviert, weil du dachtest, ich könnte sonst später irgendwann dich abschießen, wenn ich erfahre, dass du zeugungsunfähig bist?«

»Ähm … ja. Irgendwie schon.«

»Das klingt total verrückt.«

»Jetzt, wo ich es laut höre, denke ich auch, dass ich besser mal mit dir darüber gesprochen hätte.« Quirin dachte nach. »Aber ich hab dich gefragt, ob du Kinder magst. Erinnerst du dich?«

»Ich *mag* Kinder ja auch. Das heißt aber nicht, dass ich selbst welche *möchte*. Meine Güte, ich hatte bis vor Kurzem nicht mal beruflich eine Ahnung, was ich mit meinem Leben anfangen will, geschweige denn sonst einen Plan.« Sie dachte an ihre vielen verschiedenen Jobs und daran, wie viele Nächte sie im vergangenen Jahr noch durch Diskotheken getanzt war, wie viel Zeit sie mit Marlon vergeudet und wie sie bei Anton in der Lakritzküche zum ersten Mal das Gefühl gehabt hatte, beruflich da angekommen zu sein, wo sie wirklich hinwollte. Nein, als Mutter sah sie sich wahrhaftig nicht. Wenn sie daran dachte, was Ruth als ihre Mutter geleistet hatte, dann zog sie innerlich den Hut. Es brauchte Größe, um so einer Aufgabe gewachsen zu sein.

»Heißt das, du möchtest gar keine Kinder?« Quirins Trauermiene hellte sich ein wenig auf.

»Das heißt, ich hab mir darüber noch nie Gedanken gemacht.«

»Ah.«

»Nein, eben nicht ›Ah‹. Ich meine, ich kann Tante sein, ich kann Kinder zur Pflege aufnehmen, man kann adoptieren – ist dir das alles noch nie in den Sinn gekommen? Außerdem ist es wohl am wichtigsten, dass man als Paar gut funktioniert, um überhaupt auch nur über Kinder nachzudenken. Du hast Schritt drei vor Schritt eins gemacht.«

Quirin saß sprachlos neben ihr und wischte sich mit einem Zipfel seines T-Shirts den Schweiß aus dem Gesicht.

Nelly echauffierte sich so sehr, dass sie ohnehin keine Antwort abwarten konnte, sondern einfach weitersprach.

»Überleg mal, wie viele schöne Stunden du uns gestohlen hast! Darüber will ich gar nicht nachdenken. Und jetzt ist es zu spät. Jetzt fahre ich nach Berlin zurück.«

Sie hatte den sprichwörtlichen Frosch im Hals. Gleich würde sie aus Enttäuschung und Traurigkeit schon wieder weinen. Neben ihr saß Quirin, der mit Abstand tollste Mann, den sie seit Langem kennengelernt hatte – und er hatte sie verlassen, weil er davon ausgegangen war, sie würde sofort eine Familie gründen wollen. Was für ein Blödsinn! Die Wut, die Nelly empfand, fühlte sich sehr hilflos an.

»Es tut mir leid«, sagte Quirin leise. Für eine Sekunde nur berührte er sanft Nellys Handrücken, bevor er sich sofort wieder zurückzog.

Schweigend saßen sie nebeneinander. Gerade passierten sie einen See, im Hintergrund sah man die Chiemgauer Berge.

»Mir auch.« Mist, jetzt weinte sie tatsächlich.

Gemeinsam schwiegen sie, bis die ersten Häuser Rosenheims auftauchten.

»Nächster Halt Rosenheim«, kam es knisternd aus einem Lautsprecher über ihren Köpfen.

Quirin straffte sich. Man konnte sehen, dass er sich einen Ruck gab. »Komm, steig mit mir aus. Wir fahren einfach zurück. Du bleibst noch ein paar Tage, und wir fangen von vorn an.«

Er griff nach Nellys Händen und hielt sie fest. Allein diese entschlossene Berührung ließ schon viel von ihrer Wut einfach verrauchen. »Lass mich dir beweisen, dass ich kein kompletter Idiot bin.«

»Das weiß ich schon. Also … dass du kein Idiot bist. Höchstens manchmal.« Sie lächelte.

»Heißt das, du kommst mit?« Sein flehender Blick ließ Nelly nicht kalt. Sie dachte fieberhaft nach. Der Zug war sicher nicht mehr weit weg vom Bahnhof. »Dein Vater will auch, dass du bleibst.«

»Wie kommst du denn darauf?«

»Immerhin hat er sehr eindrücklich gefordert, dass ich meinen Fehler geradebiege.«

»Wie bitte?«

»Er meinte, nur ich könnte dich zum Bleiben bewegen.«

Der Zug fuhr über einen breiten Fluss. Das musste der Inn sein. Zu hören, dass ihr Vater sich so sehr wünschte, sie bliebe, tat gut. Die Bahn wurde immer langsamer.

»Nelly, bitte. Überleg es dir.« Quirin klang jetzt sehr eindringlich.

»Aber meine Mutter hat einen Brief geschrieben und – ach, das dauert jetzt viel zu lange, um das alles auch noch zu erklären.« Nelly fühlte sich von der Situation überfordert. Es gab zu viel zu reden für die kurze Zeitspanne, bis der Zug in den Bahnhof einfuhr. Quirin hielt noch immer ihre Hände – und sie wollte wirklich nicht, dass er sie wieder losließ.

Auf dem Sitz gegenüber herrschte plötzlich Unruhe. Mit lautem Geraschel knüllte die Frau ihre Zeitung zu einem großen Papierball. Zum Vorschein kam eine leicht übergewichtige Person, die ein altmodisches Kostüm in Lindgrün trug. Um ihren Hals hingen gleich mehrere Goldketten, und alle Finger, auch der Daumen, ihrer rechten Hand waren mit Ringen geschmückt. »Ihr beide seid unglaublich.«

»Wie bitte?«, fragten Quirin und Nelly im Chor.

Sie rollte die Augen gen Decke, wo über ihr der

Rucksack verstaut war. Dann deutete sie mit ihrem beringten Zeigefinger auf Quirin. »Sie sind in diese Frau verliebt, und aus Angst, verletzt zu werden, haben Sie einen – wie ich finde – dummen Fehler gemacht. Statt mit ihr zu reden, haben Sie sie einfach gehen lassen. Und Sie«, der Finger wanderte in Nellys Richtung, »Sie leiden so darunter, dass er nicht mit Ihnen gesprochen hat und Sie beide dadurch Zeit verloren haben, dass ich nicht umhinkomme, davon auszugehen, dass Sie seine Gefühle erwidern. Aus meiner Sicht haben Sie also zwei Möglichkeiten. Entweder steigen Sie hier gemeinsam aus, oder Sie fahren gemeinsam zumindest bis nach München und besprechen unterwegs alles. Ich zahle das Ticket, wenn es sein muss.« Nelly bewunderte die Energie und die Entschlossenheit der Dame und begriff, dass jedes Wort, das sie gesagt hatte, wahr war.

»Heb meinen Rucksack runter. Ich fahr später«, wandte Nelly sich kurz entschlossen an Quirin. Mit einem triumphierenden Gesichtsausdruck nickte die Fremde.

Der Zug fuhr laut quietschend in den Bahnhof ein.

»Na los, raus mit euch, ihr Verliebten.« Die Dame holte aus und ließ ihren Zeitungsball in Nellys Richtung fliegen. Dass sie das tat, passte überhaupt nicht zu ihrem Äußeren. Kichernd nahm Nelly Reißaus.

Nelly und Quirin standen sich auf dem Bahnsteig gegenüber. Sie schauten sich an, als würden sie einander zum ersten Mal sehen. Quirin tat einen Schritt nach vorn und griff nach Nellys Händen und zog sie in seine Arme. Dann hielt er sie ein kleines Stück von sich weg und umschloss ihr Gesicht mit seinen Händen. Er beugte sich zu ihr vor, seine Lippen fanden die ihren zu einem sinnlichen, festen Kuss.

»Du bist noch da.« Quirins Freude ließ ihn aussehen wie einen kleinen Jungen an Weihnachten.

»Sind wir das?«, fragte er so leise, dass Nelly ihn im Getümmel auf dem Bahnsteig fast nicht hörte. Gerade fuhr der Zug los, der sie hätte nach München bringen sollen, von wo aus es nach Berlin ging.

»Was?«

»Na, verliebt. Bist du in mich verliebt, Nelly?«

Man sollte seine Gefühle nicht verstecken. Wenn Nelly in Prien etwas gelernt hatte, dann das. Es war immer der bessere Weg, die Wahrheit zu sagen.

»Ja.« Ihre Antwort war so kurz wie ehrlich. Sie schaute in Quirins blaue Augen – blau wie der Chiemsee – und sah, wie sie sich für einen Moment weiteten. Dann neigte sie ihm ihr Gesicht erneut entgegen.

»Quirin«, flüsterte Nelly leise. Ganz bewusst formulierte sie seinen ungewöhnlichen Namen, spürte den beiden Silben nach, hörte sich selbst zu. All das geschah in dem einen, winzigen Augenblick, bevor ihre Lippen sich erneut trafen. Und was sie mit Worten nicht geschafft hatten, fand in ihren Körpern Ausdruck. Nelly schlang ihre Arme um Quirins Hüften, unter dem Rucksack hindurch. Es war nicht bequem, aber nah. Und Quirin hielt Nelly so fest, dass sie ein Gefühl totaler Geborgenheit verspürte. Sie dachte daran, wie sie sich von ihm getröstet gefühlt hatte bei ihrem Ausflug zur Herreninsel. Es kam ihr vor, als wäre dieser Tag eine Ewigkeit her, so viel war in der Zwischenzeit passiert. Die Zeit verlor ihre Bedeutung. Quirin und Nelly standen da, hielten sich fest und wussten beide, dass sie einander nie wieder loslassen wollten.

Doch schließlich lösten sie sich voneinander, und der Kuss, der jetzt folgte, war voll wilder Leidenschaft. Wen interessierte es schon, dass der Bahnsteig voller Menschen war? Es gab nur Nelly und Quirin in diesem Augenblick, und das Feuer zwischen ihnen war noch lange nicht erloschen, im Gegenteil: Es brannte lichterloh.

Epilog

Ingrids Wohnung war ein Winterwunderland. In ihrem Wohnzimmer waren die Regale über und über mit Schneekugeln bestückt. Ihre Lieblingskugel, sagte sie, war die mit Currywurst und Pommes darin. Weil diese Kugel so schön absurd war.

Anton und Quirin standen vor den Schneekugeln und betrachteten sie.

»Ich liebe einfach Schnee«, erklärte Ingrid, die gerade mit einem Tablett hereinkam, auf dem sie *Sanfte Engel* drapiert hatte – Orangensaft mit Vanilleeis und Sahne. Heute war ein weiterer heißer Sommertag, und hier in Berlin schien die Luft regelrecht zu kochen. Da war das kalte Getränk genau richtig. Die Gläser beschlugen schon von außen.

Nelly, der der Anblick der vielen Schneekugeln von anderen Gelegenheiten vertraut war, kam nicht umhin, das Kuvert zu bemerken, auf dem Ingrids Adresse geschrieben stand – in Ruths Schrift. Ihre Hände zitterten ein wenig bei diesem Anblick. Das hier war die letzte Botschaft, die ihre Mutter ihr und Ingrid schickte.

Alfred, der Kaktus, stand als Briefbeschwerer auf der Ecke des Kuverts. Er sah prächtig aus. Als Nelly mit Quirin und Anton die Wohnung betreten hatte, hatte Ingrid Nelly nach der Begrüßung sofort hinter sich her ins Wohnzimmer gezogen, um ihr begeistert zu zeigen, dass sich eine kleine Knospe auf der Pflanze gebildet hatte. Bald würde er blühen.

»Ich mag diese Kugel am liebsten«, Quirin zeigte auf eine kitschige Berglandschaft mit einem kleinen Zug davor. Nelly erinnerte die Szenerie an Lummerland – und natürlich an die Chiemgauer Berge. Vermutlich waren ebendiese Berge auch Quirins Assoziation.

Nelly stand auf und ging zu den beiden Männern hinüber. Sie war ihnen mehr als dankbar, dass sie sie auf ihrem Weg nach Berlin begleitet hatten. Anton war gefahren. Sein Auto, ein alter VW Passat, war noch kaum je über die Landkreisgrenzen hinausgekommen. Aber es war an der Zeit, fand ihr Vater, dass das Auto mal so richtig bewegt wurde. Christina hatte sich bereit erklärt, den Laden zu öffnen – und Gitti passte auf Michael auf. Nur drei Tage, dann wollte Anton wieder zurück nach Bayern.

»Ich möchte nur Ruths Grab besuchen und bei meiner Tochter sein, wenn sie hört, was in dem Brief steht – also wenn ich darf«, hatte Anton gesagt, als sie mit Quirin bei Gitti im Garten gesessen hatten, umgeben vom betörenden Duft der Rosen. Zur Feier des

Tages, weil Nelly noch da war, gab es Bienenstich, und Nelly war schier das Herz aufgegangen, als Gitti das gesagt hatte. Quirins Arm lag locker um ihre Schulter. Seine Nähe war wie die Kirsche auf der Sahnehaube ihrer Lebenstorte.

»Ich will auch mit«, sagte er kurz und knapp. »Ich war noch nie in Berlin.«

Nelly sprang innerlich auf und ab, als sie das hörte. Die beiden Männer ihres Lebens würden sie begleiten. Sie würde nicht allein sein.

Und jetzt standen die beiden da und diskutierten wie zwei kleine Jungen über die Optik von Schneekugeln.

Nelly legte von hinten ihre Arme um Quirin. »Ich mag die!« Sie zeigte auf eine Kugel, in der ein Märchenschloss zu sehen war. Der Schnee war mit Glitzerelementen durchsetzt.

»Kitschiger geht aber auch echt nicht«, meinte Quirin.

»Drum mag ich sie ja so gern.« Nelly steckte ihre Nase in Quirins T-Shirt. Der Holzgeruch war schon fast verflogen. Aber er roch nach Quirin, und das reichte aus.

Ingrid hatte die Getränke auf den Tisch gestellt. »Also wenn ihr jetzt nicht kommt, dann schmilzt euch das Vanilleeis weg.«

Nelly ließ sich das nicht zweimal sagen. Sie konnte kaum erwarten, dass der Brief endlich geöffnet wurde. Schnell löste sie sich und ging zurück zu Ingrids gemütlichem hellblauem Ecksofa. Das ganze Zimmer war hell und freundlich eingerichtet, ein Ort zum Wohlfühlen und genau deshalb der richtige Platz, um den Brief zu öffnen, den Ruth geschrieben hatte. Quirin und Anton setzten sich wie zu ihrem Schutz rechts und links neben Nelly.

»Sind wir bereit?« Ingrid warf einen Blick in die Runde. Alle nickten.

»Gut.« Sie nahm Alfred beiseite und griff sich den Umschlag.

Nachdem Ingrid ihn mit einem Messer sorgfältig geöffnet hatte, zog sie ein Blatt Papier heraus und faltete es auf.

Dann las sie laut vor.

Liebe Nelly, liebe Ingrid,

wie schön, dass ihr meinen Brief bekommen habt! Hoffentlich seid ihr beide gesund, und es geht euch gut. Ich für meinen Teil kann sagen, dass ich froh bin, wenn mein Leiden ein Ende findet. Langsam, aber sicher wird jeder Atemzug mühsam, auch wenn ich versuche, tapfer zu sein. Wenn ihr diese Zeilen lest, habe ich es geschafft und durfte weiterziehen. Wo auch immer ich sein werde, ich bin sicher, ich werde keine Schmerzen mehr haben, und allein dieses Wissen erleichtert mir den Abschied, auch wenn ich weiß, dass ihr mich vermissen werdet, besonders du, Nelly.

Meine liebe Tochter, sicher hast du viele Fragen, besonders wegen deines Vaters.

Anton räusperte sich laut, und Ingrid schaute kurz von dem Brief auf, wie um sich zu vergewissern, dass alles in Ordnung war. Quirin, der die Tränen in Nellys Augen gesehen hatte, griff nach ihrer Hand und hielt sie fest in seiner.

Deinen Vater, Anton Rieger, habe ich kennengelernt, als er hier in Berlin war. Aber vermutlich weißt du das schon? Wie ich dich kenne, bist du zu ihm gefahren und hast ihn getroffen. Falls nicht: Ich kann dir sagen, dass er nicht von dir wusste. Und du wirst dich wundern, warum ich ihm nicht von dir erzählt und auch dir verschwiegen habe, wer dein Vater ist. Die Antwort ist leicht: Ich wollte euch nicht belasten. Anton war meine große Liebe. Nach ihm habe ich keinen Mann mehr getroffen, der mich so sehr in seinen Bann gezogen hat. Aber Anton war todunglücklich in Berlin. Und ich hätte damals nicht aufs Land ziehen können. Meine Mutter war nach einem Schlaganfall sehr krank, du erinnerst dich sicher, ich habe dir davon erzählt. Manchmal, fürchte ich, reicht Liebe nicht. Und Anton so unglücklich in Berlin zu sehen hat mir das Herz gebrochen. Hätte er von dir gewusst, er wäre nie-

mals nach Bayern zurückgekehrt. So konnte er frei ziehen. Ich kann dir verraten, dass ich nach dem Tod meiner Mutter nach Bayern gereist bin, mit all meinen Hoffnungen im Gepäck, Anton wiederzusehen. Aber als ich ankam, fand ich heraus, dass er mit einer Brigitte zusammen ein Kind erwartet. Nein, da konnte ich mich nicht dazwischendrängen – und dich auch nicht. Das wollte ich dir ersparen.

Doch als ich krank wurde, habe ich erkannt, dass du ganz allein bist, wenn man mal von einem Kaktus namens Alfred absieht, den ich dir selbstredend vererbe. Und dass niemand dir etwas über deinen Vater sagen kann außer mir selbst. Deshalb habe ich im letzten Moment entschieden, dass du wissen sollst, wer dein Papa ist. Schließlich, darauf vertraue ich bis heute, ist er ein Mann mit dem Herzen am richtigen Fleck, so wie du.

Ich baue darauf, dass du nach Bayern gefahren bist, um Anton zu treffen – sonst bitte ich dich inständig, das nachzuholen. Nimm Ingrid mit, sie ist so was wie deine Tante. Und sie war noch nie in Bayern. Der gefällt das sicher da. Vielleicht kann sie eine König-Ludwig-Schneekugel kaufen. Hörst du, Ingrid? Fahr mit!

Ingrids Stimme versagte kurz, als sie von Ruth im Brief direkt angesprochen wurde.

»Soll ich weiterlesen?«, fragte Nelly, aber Ingrid schüttelte den Kopf.

»Kommt nicht infrage. Das ist meine Aufgabe.« Ingrid räusperte sich. Quirin strich mit seinem Daumen sanft über Nellys Handrücken. Und auf der anderen Seite saß ihr Vater, der sein Stofftaschentuch gezückt hatte, mit dem er sich ein wenig verlegen über die Augen wischte.

Ingrid räusperte sich erneut.

Nelly, ich bin sehr stolz auf dich. Du bist genau die Tochter, die ich mir immer gewünscht habe. Keine Angst, du wirst noch rausfinden, was dich im Leben begeistert. Und dann geh, wohin dein Herz dich leiten möchte. Ich liebe dich sehr, mehr, als ich sagen kann. Du hast mein Leben reich gemacht. Und Ingrid, dir danke ich dafür, dass du die beste Freundin bist und warst, die man sich nur wünschen kann. Ohne dich hätte ich es nicht geschafft. Danke. Das hier also ist mein Abschied. Nelly, sag deinem Vater einen schönen Gruß von mir, vergiss das nicht.

Bleibt mir nur eins zu sagen, entschuldigt meinen Pragmatismus: Tschüss, wir sehen uns auf der anderen Seite! Eure (Mama) Ruth.

Ingrid hob den Kopf. Ihre Wangen waren tränennass. Die Stimmung im Raum war schwer und leicht zugleich. Wie gern hätte Nelly ihrer Mutter gesagt, dass sie jetzt wusste, was sie wollte, dank Anton, dass sie ihn gefunden hatte, dass er neben ihr saß und weinte und dass es Quirin gab, der gerade ihre Hand hielt und damit verhinderte, dass Nelly ins Bodenlose fiel. Sie hätte ihrer Mutter gern gesagt, dass sie so wenig allein war, wie das eben ohne Ruth überhaupt möglich war.

Anton wischte sich erneut mit seinem Taschentuch über die Augen. Dann wandte er sich an Nelly. »Geht es dir gut?«

Nelly horchte in sich hinein. »Ja, irgendwie schon. Ich bin traurig, klar, aber es geht mir gut.«

Ingrid nickte. Behutsam legte sie den Brief auf den Tisch.

»Ich wollte, ich könnte Mama sagen, dass ich jetzt weiß, was ich will.«

»Ja?«, fragte Quirin.

»Absolut. Ich werde Konditorin. Die Arbeit in der *Süßen Liebe* hat mich mehr erfüllt als jede Arbeit zuvor. Und wenn ich als Zuckerbäckerin arbeiten will, brauche ich diese Ausbildung. Also werde ich mal sehen, ob ich für den Herbst noch eine Ausbildungsstelle ergattern kann.«

Anton schaute von Nelly zu Ingrid und zurück. Wieder räusperte er sich. Offenbar war das für ihn typisch, wenn er emotional ergriffen war. »Äh, Nelly? Ich hätte da eine Ausbildungsstelle frei.«

»Du? Ich dachte, du willst keinen Lehrling mehr, das hast du doch zu Gitti gesagt?«

»Ich hab meine Meinung eben geändert. Ich werde langsam alt. Gitti hat schon recht.« Anton steckte sein Taschentuch weg. »Was meinst du? Prien ist doch schön, oder?«

»Das schon«, gab Nelly zu.

»Ich glaube außerdem, dass ich nicht der Einzige bin, der dich gern im Chiemgau hätte.«

»Wo er recht hat, hat er recht.« Quirin hatte die ganze Zeit geschwiegen. »Ich finde die Idee fantastisch. Du könntest bei mir wohnen.« Erst als er es laut aussprach, wurde ihm die Größe dieses Schrittes bewusst. »Also wenn du magst, sonst findet sich da sicher eine andere Lösung.«

Nelly schaute vom einen zum anderen.

Ingrid hatte ihr Getränk in die Hand genommen. Bei allen war das Eis geschmolzen. Niemand hatte bis jetzt daran gedacht zu trinken. »Ich finde die Idee prima.«

»Aber – Mama meinte, wir sollen zusammenhalten.«

»Ja und dass du deinen Weg gehen sollst, das meinte sie auch. Meiner Meinung nach ist es wichtig, dass du an deine Zukunft denkst. Berlin ist nicht aus der Welt – wir schaffen auch zusammenzuhalten, wenn du nicht vor Ort bist. Außerdem liegt Ruth durchaus richtig: Ich glaube wirklich, ich sollte diese Schneekugel mit dem bayerischen König kaufen und mich mal ein wenig im Chiemgau umsehen.« Ingrid zwinkerte Nelly zu.

Nelly dachte nach. Was hielt sie hier noch? Das war die entscheidende Frage. Die Bar – da war die Kündigungsfrist zwei Wochen. Und sie hatte so viele Überstunden, dass sie quasi frei war. Nelly hatte schon damit angefangen, die große Wohnung ihrer Mutter aufzulösen, und sich auf die Suche nach einem Zimmer gemacht. Und Mareike, ihre beste Freundin, lebte in Italien.

Nellys Blick wanderte von Anton zu Quirin und zurück. Diese beiden Männer waren die wichtigsten Menschen in ihrem Leben. Welchen Sinn machte es da zu zögern? Sie musste einfach alles auf eine Karte setzen, und diese Karte war der Chiemsee. Nelly erwiderte Quirins Händedruck mit aller Kraft.

»Versprich mir, dass du mich oft in Bayern besuchst«, verlangte sie von Ingrid.

Auf deren Gesicht erstrahlte ein Lächeln. »Aber sicher!« Sie lachte. »Mich wirst du nicht los.«

Nelly löste ihre rechte Hand aus Quirins. Dann wandte sie sich ihrem Vater zu. Sie streckte ihm die Hand hin. »Abgemacht. Ich nehm den Ausbildungsplatz an!«

Anton strahlte kein bisschen weniger als Ingrid. Er griff nach Nellys Hand und zog sie in seine Arme. »Das ist fantastisch, einfach fantastisch. Ich helfe dir natürlich mit dem Umzug und allem, das ist ja wohl klar. Gut, dass wir das Auto genommen haben, um herzufahren.«

Nelly lachte. Der Eifer ihres Vaters amüsierte sie und tat ihr gut.

»*Wir* helfen dir«, verbesserte Quirin Anton Rieger.

»Darauf stoßen wir an, ja?« Ingrid hatte noch immer ihr Glas in der Hand.

Jetzt griffen alle nach ihren *Sanften Engeln* und ließen die Gläser klirren.

»Auf uns, auf unsere Familie«, sagte Anton und fügte mit einem Blick auf Ingrid noch rasch, »und auf unsere Freunde«, hinzu.

Die Mischung aus Vanille und Orange war köstlich. Man könnte, dachte Nelly, mal ausprobieren, wie Orange und Lakritze sich vertrugen. Sie nahm sich vor, bei Gelegenheit mit ihrem Vater ein entsprechendes kulinarisches Abenteuer zu wagen.

Sie saßen beisammen und nippten an ihren Getränken. Für den Moment war alles Wichtige gesagt. Der Rest hatte Zeit. Anton kam erneut auf die Schneekugeln zu sprechen, und Ingrid stand auf, um ihm ihr Lieblingsstück zu zeigen. Anton folgte ihr, von Ingrids Sammelleidenschaft fasziniert.

Nelly blieb mit Quirin auf dem Sofa zurück. Sie hatte sich entspannt zurückgelehnt, sehr müde plötzlich, und ihren Kopf auf Quirins Schulter abgelegt.

»Danke, dass du mit aus dem Zug gestiegen bist«, flüsterte er ganz nah an ihrem Ohr.

Nelly hob den Kopf und lächelte ihn an. »Ich hätte es ewig bereut, wenn ich das nicht getan hätte.«

»Das möchte ich hoffen.« Quirin lachte sein leises warmes Lachen. Dann neigte er leicht den Kopf und küsste Nelly. Er küsste sie auf die Weise, die Nelly mittlerweile vertraut geworden war und die sie so sehr liebte: sanft, aber entschlossen; zart, aber mit all seiner Liebe.

Als ihre Lippen sich voneinander lösten, wusste Nelly, dass sie sich noch unendlich viele solcher Quirin-Küsse wünschte. Sie schmeckten prickelnd wie die beste Lakritze, die Nelly in ihrem ganzen Leben gegessen hatte. Wie etwas, von dem sie nie genug bekommen würde.

Vielleicht, dachte Nelly, ging es ihr ja wie ihrer Mutter mit Anton, und ihre Liebe würde nie enden.

Als Nelly Quirin zu sich heranzog, um ihn erneut zu küssen, hatte sie das Gefühl, dass alle Einzelteile ihres Lebens an den richtigen Platz gerückt waren.

Und das Bild, das sich daraus ergab, gefiel ihr außerordentlich gut.

Ende